O amor nos tempos do ouro

Marina Carvalho

O amor nos tempos do ouro

Marina Carvalho

Copyright © 2016 Editora Globo S.A.
Copyright do texto © 2016 Marina Carvalho

Todos os direitos reservados. Nenhuma parte desta edição pode ser utilizada ou reproduzida — em qualquer meio ou forma, seja mecânico ou eletrônico, fotocópia, gravação etc. — nem apropriada ou estocada em sistema de banco de dados sem a expressa autorização da editora.

Editora responsável **Eugenia Ribas-Vieira**
Editora assistente **Sarah Czapski Simoni**
Capa **Renata Zucchini**
Imagem da capa **Rekha Garton/ Arcangel**
Diagramação **Gisele Baptista de Oliveira**
Projeto gráfico original **Laboratório Secreto**
Preparação **Jane Pessoa**
Revisão **Milena Martins, Carolina Caires Coelho e Simone Oliveira**

Texto fixado conforme as regras do Acordo Ortográfico da Língua Portuguesa (Decreto Legislativo nº 54, de 1995).

CIP-BRASIL. CATALOGAÇÃO NA FONTE
SINDICATO NACIONAL DOS EDITORES DE LIVROS, RJ

C325a	Carvalho, Marina
	    O amor nos tempos do ouro / Marina Carvalho. - 1. ed. -
	São Paulo : Globo, 2016.
	    328 p. ; 23 cm.

	ISBN 978-85-250-6205-5
	1. Romance histórico brasileiro. I. Título.
16-31009	CDD: 869.93 CDU: 821.134.3(81)-3

1ª edição, 2016
1ª reimpressão, 2020

Direitos de edição em língua portuguesa para o Brasil adquiridos por
Editora Globo S.A.
Rua Marquês de Pombal, 25 — 20230-240 — Rio de Janeiro — RJ
www.globolivros.com.br

Nas entrelinhas do tempo
Contaram as andorinhas e os sabiás
As histórias que ali passaram
Deixaram segredos escondidos
Difíceis de serem esquecidos.
São verdades que a história não contou
A imagem perfeita que ninguém pintou
O sorriso doce da doce donzela,
As mãos fortes do herói e suas mazelas
Feridas abertas que não cicatrizam,
Não contam a dor e o amor
Que naquele tempo se passou...

Mayra Carvalho
(poema escrito exclusivamente para esta obra)

[…]
Vive tu teu viver simples,
Mimosa e gentil donzela,
Dentre todas a mais bela,
Flor de candura e de amor!
Cr'oa melhor eu t'ofreço,
D'ouro não, mas de poesia,
Cr'oa que a fronte alumia
Com a luz dum resplendor!

Gonçalves Dias, "As duas coroas",
em *Últimos cantos*

Nota da autora

Para escrever esta história, ambientada na primeira metade do século XVIII, tive que recorrer a meses e meses de pesquisas. Percebi que meus conhecimentos sobre a História do Brasil — os quais eu avaliava como bons — não passavam de *flashes* da época do colégio, tão superficiais que fiquei com vergonha de mim mesma.

Como minha ideia era construir um enredo de ficção sustentado em fatos históricos de nosso país, precisei assimilar muita informação antes de me lançar nessa empreitada. E o processo de aprendizado tem sido maravilhoso. Percebi que a falta de interesse pela história do nascimento do Brasil se deve a um alarmante desconhecimento, porque, à medida que vamos desvendando o passado, ele se apresenta fantástico, arrebatador.

Graças a uma bibliografia diversa — ainda que o livro *Boa Ventura! A corrida do ouro no Brasil (1697-1810): A cobiça que forjou um país, sustentou Portugal e inflamou o mundo*, de Lucas Figueiredo, tenha sido o norte do processo de construção deste romance —, pude ir modelando meu texto, guiada pela beleza que é o aprendizado.

Nem por isso me isentarei de possíveis lapsos. Não sou historiadora, apenas uma apaixonada pela História. Qualquer incoerência com os fatos originais é de minha total responsabilidade.

Peço que sejam benevolentes com minhas licenças poéticas. Em algumas passagens, permiti-me acrescentar um pouco de fantasia à realidade — o bandeirante Anhanguera que o diga.

Quanto à linguagem empregada, preciso esclarecer alguns pontos:

- Até 1759, quando os jesuítas foram expulsos do Brasil, a língua oficial falada por aqui era o nheengatu, ou língua-geral, uma mescla do português com dialetos indígenas. Obviamente, não seria possível adotar essa linguagem nos diálogos presentes nesta história por ela ser muito diferente da que estamos habituados a usar hoje em dia.
- Optei pelo português parecido com o de Portugal para os personagens de origem lusitana e por uma linguagem mais variada para os escravos e homens da terra.
- A narração, feita em terceira pessoa, foi trabalhada num português formal e mais condizente com a atualidade.
- O uso de termos pejorativos para designar os africanos contrabandeados para o Brasil foi necessário a fim de garantir o realismo da história. Mas deixo claro que odiei cada vez que precisei escrevê-los, pois os considero preconceituosos e cruéis, a essência do racismo, infelizmente presente até hoje neste país. *Jamais* o faria em qualquer outra situação. A todos que sofreram e ainda penam com o preconceito, meu sincero respeito.

Escrever este livro foi uma experiência reveladora para mim. Espero que vocês apreciem a história, bem como a *nossa* História.

Boa viagem ao passado!

Marina Carvalho

Diário de Cécile Lavigne

Marseille, 24 de outubro de 1734.

Meus amados e saudosos *papa*, *maman*, Pierre e Jean,

Como é possível me sentir tão morta, ainda que meu coração insista em me contradizer a todo momento? Por que Deus permitiu que eu permanecesse viva depois de tirar-vos de mim? Não me restou nada...

Tio Euzébio achou por bem desocupar nossa casa em Marseille, pelo menos até que decida o futuro do lugar responsável pelas maiores alegrias de minha meninice. Jamais serei capaz de apagar da memória tantos momentos, sendo a maioria a tradução de tudo o que é perfeito, enquanto alguns só mereçam ser lembrados como inadequados. Afinal, três crianças sem o mínimo de juízo protagonizaram ali fanfarrices épicas.

Ah, pobre Abigail! Quantas vezes a expusemos à censura de *maman* só porque inventávamos de nadar no lago quando devíamos estar na saleta de estudos, recitando as lições que a preceptora insistia em nos ensinar.

As peraltices costumavam ter um sabor adocicado, pois *papa* nunca se zangava — ou apenas forjava sermões que não passavam de tentativas vãs de exigir de nós disciplina e respeito. No íntimo, ele se vangloriava por seus filhos terem saído à sua imagem e semelhança. Ficava a cargo de *maman*, *pauvre chose*,[1] garantir que não nos tornássemos um trio de selvagens indomáveis, de educação questionável e nada condizente com a posição da família Lavigne na aristocracia francesa.

Não que fôssemos crianças más. Éramos felizes.

E se felicidade for pecado, imploro a Deus perdão pelos risos espontâneos, pelos abraços carinhosos que trocávamos sem motivo, pelas brincadeiras espalhafatosas debaixo da chuva, pelos gritos de alegria por razão alguma. Porque, se foi meu comportamento pouco convencional a causa de vossas mortes prematuras, eu me condenaria à tristeza eterna caso me fosse concedida a graça de voltar no tempo e impedir aquele maldito acidente.

Mas que grande insensatez! Estou me enganando com uma fantasia que apenas me faz sofrer mais e mais...

Papa, maman, Pierre e Jean, reconheço que blasfemo contra Deus ao desejar minha própria morte. Sei que erro por não crer que fui poupada devido aos desígnios divinos, cujos planos desconheço e não entendo, embora os venha questionando cada dia mais. Por que viver se me foi roubado tudo o que me era caro e precioso? Como seguir adiante sem ouvir as risadas dos meus queridos irmãos, ou sentir o cheiro do perfume de *maman*, ou apreciar a companhia de *papa* em um passeio a cavalo pelas margens do lago?

Por favor, se meu fardo é carregar o castigo de viver sem vós, que eu tenha resiliência para aceitar esse terrível destino antes que acabe cometendo o desvario de me entregar à morte.

Diário de Cécile Lavigne

Rio de Janeiro, 20 de dezembro de 1734.

Depois de intermináveis semanas a bordo daquela asquerosa nau, um verdadeiro monstro fétido e glutão sobre as águas ora revoltas, ora brandas do imenso oceano Atlântico, já me encontro em terras da colônia, mais precisamente na cidade de São Sebastião do Rio de Janeiro, onde moram meus tios.

Por muitas vezes, ao longo da travessia, roguei a Deus que me abençoasse com a morte. De que outra forma eu conseguiria livrar-me da tristeza por ter perdido minha família e do fardo de ser obrigada a casar-me com um homem que, além de não amar, nem mesmo conheço?

Entretanto, ser levada agora não faz parte dos planos divinos para mim. Caso contrário, eu teria sucumbido à viagem, imensamente desconfortável, perigosa e insalubre. Em tantas ocasiões vi-me presa com Marie em meu camarote, receosa de transitar livremente pelo navio e ser atacada por homens de má índole; de acabar sendo confundida com uma das prostituées levadas aos montes para divertir os animais que seguiam viagem até o Brasil em busca das riquezas prolíferas da colônia; de ver-me diante de ratos e vermes, companheiros inglórios da expedição — embora mais amistosos que os próprios seres humanos —; ou de ter que suportar o mau odor característico de um lugar onde não há condições ideais de higiene — e, mesmo que houvesse, de todo modo ninguém estava preocupado em manter o corpo limpo.

Ainda nos primeiros dias de viagem, quando eu me forçava a participar das refeições no salão coletivo, vi homens se alimentarem como feras famintas, deixando rastros de comida pelas barbas e roupas e pelo assoalho. Jamais havia presenciado tamanha bestialidade. Por tantas e tantas ocasiões, refugiei-me na cozinha de nossa casa, renunciando à companhia de Pierre, Jean e até de *maman*, a fim de ouvir as histórias impressionantes dos empregados enquanto ceávamos juntos. Tratava-se de um capricho autorizado por *papa*, sempre disposto a me conceder as maiores regalias. Todavia, estar com as criadas, os cocheiros, e os cavalariços significava adentrar um mundo tanto diferente quanto fascinante. À mesa, minha mente viajava por lugares fantásticos, nascidos da vivência e da imaginação daquela gente simples, criada sem as amarras obrigatórias às crianças da aristocracia. Nem por isso eu sentia repulsa diante da maneira como se alimentavam. Faltavam-lhes modos e etiqueta; educação, não.

Quanto aos meus *compagnons de voyage*,[2] impossível defini-los de forma semelhante.

Nos quase dois meses de travessia, não foram poucas as vezes em que desejei mergulhar no oceano e permitir que aquelas águas profundas me sugassem, libertando meu espírito da tormenta sem fim. Creio que meu temor a Deus, insuflado pela presença de uma comitiva da Companhia de Jesus, tenha me impedido de cometer tal disparate.

Só não me entreguei completamente à melancolia por obra de padre Manuel Rodrigues, missionário jesuíta por demais habituado com as mazelas humanas. Sempre que eu fraquejava, fosse por expressões, falas ou atitudes, ele argumentava — sem pregação: "São diversos os desígnios divinos, minha filha. E eles quase nunca são permeados de flores. Serena teu coração. Nossa trajetória é imperfeita, inferiores que somos. A existência dos seres humanos é muito mais agraciada por momentos bons do que por aqueles considerados maus. Aos olhos comuns, estes são assim tratados. Porém, são os que deixarão os maiores ensinamentos".

Santo homem! Como foi fundamental para a minha abalada sanidade! No momento derradeiro da viagem, nós nos despedimos com afeto. Depois de me conceder uma bênção, padre Manuel Rodrigues profetizou: "Minha filha, tu decides o que se eternizará em teu coração. Não te preocupes. O futuro está sendo plantado. A vida ainda não terminou".

Com lágrimas nos olhos, eu lhe disse adeus. Mas ainda havia uma última mensagem a ser proferida: "Até breve, *ma petite*. Não duvidemos da capacidade de Deus de entremear caminhos, ainda que de maneira tortuosa".

Parte I

Caminho Novo

1.

Ó mar salgado, quanto do teu sal
São lágrimas de Portugal!
[...]
Deus ao mar o perigo e o abismo deu,
Mas nele é que espelhou o céu.

Fernando Pessoa, "Mar português",
em *Mensagem*

Cécile Queiroz Lavigne nasceu em uma família de nobres. A mãe, uma portuguesa de Coimbra pertencente à nobre Casa de Bragança, por intermédio do matrimônio, uniu sua fortuna à de Antoine Lavigne, aristocrata francês de mente liberal, embora dono de uma riqueza imensurável.

A primogênita do casal fora educada com esmero. Portava-se feito uma dama — o que realmente o era (sua mãe fazia questão) —, ainda que vez ou outra lhe fosse permitido que as influências vanguardistas do pai sobressaíssem sobre o comportamento talhado dentro dos moldes mais exemplares da sociedade.

Aos dezenove anos, Cécile exibia graça e recato nos salões marselheses. Era constantemente cortejada, e mais de uma vez fora sondada por nobres, jovens ou não, para um possível — e vantajoso — matrimônio, o que ela sempre descartava sem remorso. Com a anuência do pai, alegava que se casaria apenas por amor, se um dia fosse abençoada com a sorte de encontrá-lo.

Nos limites do lar, deixava-se aflorar uma diferente versão de Cécile, menos preocupada em seguir os conceitos predeterminados. Junto aos irmãos mais novos, Jean e Pierre, ousava correr, subir em árvores, nadar no lago com apenas as roupas de baixo — o que deixava Teresa, sua mãe, escandalizada —, deitar na relva e apreciar as estrelas.

Em todos os aspectos da vida, Cécile era feliz. E se sua beleza e fortuna garantiam olhares embevecidos — além de cobiçosos e, às vezes, cheios de inveja — de toda a aristocracia francesa, era de sua personalidade que ela se orgulhava: rica, mas generosa; não só letrada, mas culta; bela, mas humilde. Cécile sentia prazer em viver e demonstrava isso distribuindo alegria por onde passava.

Até que o destino se incumbiu de acabar com tudo de uma vez, como se alegasse: "Já recebestes por demais".

Então Cécile não era mais Cécile, a linda e carismática jovem de Marselha, e sim uma sombra de si mesma, tão destroçada que suspeitava jamais ser capaz de se encontrar novamente.

Observando a cidade pela janela do quarto no sobrado do tio, Cécile olhava para as montanhas, sem esperança. Mais cedo, durante o jantar, suplicara a tio Euzébio que reconsiderasse o acordo de casamento firmado com Euclides de Andrade, um velho e abastado fazendeiro e senhor de produtivas minas de ouro nas longínquas Minas Gerais. Sob o olhar reprovador do irmão de sua mãe, seu único parente vivo, Cécile acabou submetida a um discurso feito em um português um tanto quanto peculiar, moldado por anos e anos de residência na colônia.

— Minha estimada sobrinha, acaso não mensuras o tamanho da sorte que recai sobre ti? Como imaginas sobreviver sem o amparo de teus pais? Cairias em desgraça tão logo te visses sozinha na França, sem família, tutor ou marido.

Cécile queria ressaltar que na França era possível, sim, viver com dignidade e respeito, ainda que órfã e solteira, desde que um cidadão idôneo assumisse a função de tutor da moça. Mas seu tio nem sequer refletira sobre a possibilidade, entendendo que um casamento arranjado seria a única solução para o futuro da sobrinha.

— Euclides de Andrade é um homem respeitável, temente a Deus, além de muito rico. Devias sentir-te grata a mim por querer-te tão bem a ponto de conseguir um bom matrimônio para ti semanas antes de aportares no Brasil — expusera Euzébio, sem alterar o tom de voz, sempre moderado, embora impregnado de autoritarismo, marca inegável de seu caráter.

Desnecessário suplicar pela ajuda da tia, sentada à mesa de frente para Cécile. Pelo olhar taciturno da mulher, ninguém diria que ela, um dia, tivera coragem suficiente para contradizer o marido. Grávida, só fazia concordar com tudo o que ele pregava.

"O oposto de *maman*", Cécile pensara. D. Teresa Bragança Queiroz Lavigne havia sido educada segundo a tradição da família portuguesa, mas o casamento com Antoine Lavigne e os anos de influência francesa fizeram dela uma mulher que não apenas pensava por si só, como também costumava agir sem necessitar da aprovação do marido.

Sozinha, não restava a Cécile outra alternativa a não ser aceitar a decisão do tio, mesmo que, com isso, sentisse a alma mais morta — como se fosse possível ficar em um estado pior do que aquele em que já se encontrava.

Seus devaneios foram interrompidos pela chegada de Marie, sua dama de companhia. A lua cheia pendia alta no céu. Significava que era hora de se preparar para dormir. Em uma noite comum, Cécile permitiria que a fiel companheira de uma vida inteira escovasse seus longos cabelos castanhos, aproveitando o momento para relaxar um pouco ou pensar na vida. A jovem possuía uma imaginação fértil e usava essa qualidade para escrever em seu diário. "Um passatempo peculiar", como diria o pai.

Porém, naquela noite, nem mesmo a companhia de Marie era bem-vinda.

— Posso te ajudar, *mademoiselle*? — A pergunta certamente fora feita para preencher o silêncio do quarto. A dama de companhia, desde a morte dos patrões, estava cada vez mais acostumada com o isolamento da antes animada e falante patroazinha.

— Hoje não, Marie — Cécile respondeu sem desviar os olhos da paisagem por trás da janela.

A mulher, sempre devotada à família Lavigne, pousou a camisola de linho sobre a cama forrada com uma elegante colcha de renda guipura. Seus ombros envergaram, sinal de tristeza por não saber o que mais poderia fazer para animar Cécile. Marie também sofria, afinal, fora acolhida ainda jovem pelo duque de Chandelier, pai do sr. Antoine Lavigne. E, desde então, dedicou sua vida a acompanhar o crescimento e a educação dos três filhos do aristocrata, tornando-se dama de companhia de Cécile tão logo ela completara dezesseis anos.

Portanto, vê-la naquele estado depressivo era de cortar o coração.

— Vamos, menina! Anima-te! Não percas as esperanças ainda. Nem conheces teu futuro marido. E se ele for um cavalheiro, um homem de bem? Terás uma casa só para ti, em um lugar novo, onde poderás recomeçar.

Cécile virou a cabeça minimamente, apenas para encarar Marie com descrença.

— Eu já tinha uma casa. — Puxando o ar com força, ela deu vazão à sua revolta. — E meu pretendente é um velho. Segundo meu tio, ele tem um único filho, que tem a minha idade! O homem é um fazendeiro das tais Minas Gerais, além de ser proprietário de minas e dono de escravos. Ganancioso, isso sim! Está de olho em minha herança e no fato de eu ser jovem e capaz de lhe dar uma penca de filhos.

— *Mademoiselle!* — Marie a repreendeu, como se não estivesse familiarizada com os pensamentos avançados da moça. — Sabes que não deves falar dessa forma.

—Ah, e o que importa meu linguajar justo agora? Viverei enterrada em um fim de mundo, de todo modo.

— Não é bem assim. Ouvi dizer lá na cozinha que Vila Rica é puro esplendor e beleza. — Marie abriu um modesto sorriso. — A cidade tem sido chamada de pérola preciosa do Brasil, tamanha a riqueza proporcionada pelo ouro abundante. Estejas certa de que teus modos refinados, *ma chère*, irão muito a calhar quando deres o ar da graça nas casas de ópera e nos saraus.

Como se isso pudesse motivar Cécile. Pelo contrário. As tentativas de animá-la, engendradas pela ingênua dama de companhia, faziam com que ela se sentisse ainda pior. Não desejava participar de festas nem frequentar a sociedade do tal lugar esplendoroso onde seria obrigada a viver. Nem sequer suportava a ideia de se casar! Antes não tivesse escutado padre Manuel Rodrigues, com seu discurso otimista sobre os desígnios de Deus. Não fosse a companhia do jesuíta durante a travessia até o Brasil, seu corpo certamente estaria sepultado no oceano Atlântico, ainda que a alma estivesse condenada a vagar pelo purgatório por toda a eternidade.

— *Papa* nunca desejou um casamento sem amor para mim. Ele dizia que não se importava se eu precisasse depender dele pelo resto da vida. Não te lembras, Marie, do lema ridículo que ele inventou, para desgosto de *maman*? — A doce recordação do passado fez brotar um sorriso no rosto da melancólica Cécile. — Antes solteirona do que mal-amada.

A dama de companhia também sorriu.

— Teu pai não temia as convenções.

— Já titio, sim.

As tradições portuguesas estavam enraizadas no espírito de Euzébio Bragança Queiroz. Para ele, mulheres nasciam para obedecer aos homens e representar seus poucos papéis na sociedade. Comportar-se adequadamente era um deles. Consentir com um casamento arranjado sem questionar, também — e este era o mais importante.

Sua irmã e seu cunhado — aquele ex-libertino francês que não dava a mínima para as convenções — não souberam educar Cécile adequadamente. A sobrinha mal conseguia distinguir o apropriado do vulgar. Dos vestidos reveladores demais à irritante mania de misturar palavras francesas no meio das frases proferidas em português, tudo nela soava inadequado. Afinal, que família de bem se vangloriaria de ter uma parente que insistia em exibir seus laços com a França, um país movido por ideais revolucionários e filosóficos bastante perturbadores da ordem?

Segundo o advogado da família — que cuidou dos trâmites da mudança de Cécile para o Brasil e ficou a cargo da administração da herança da moça até que ela se tornasse apta a receber o que lhe era de direito —, a sobrinha lia Madame de La Fayette e assistia a peças de Molière, um assumido crítico dos costumes da época. Euzébio não podia mesmo esperar submissão e recato de alguém acostumado com esse tipo de pensamento.

"Estúpidos!", lamentava ele, referindo-se à irmã e ao cunhado.

A união com Euclides de Andrade não só aplacaria o espírito irrequieto e pouco convencional de Cécile como proporcionaria uma vantagem financeira de tamanho inigualável para Euzébio. Isso porque, de acordo com o testamento de Antoine Lavigne, todos os seus bens, caso ele e a esposa viessem a faltar, deveriam ser igualmente repartidos entre os três filhos. A morte dos caçulas fazia de Cécile a única herdeira, desde que tivesse vinte e um anos completos. Porém, enquanto não atingisse a idade mínima para gerir a própria fortuna, a responsabilidade seria passada para o parente mais próximo, no caso — e providencialmente —, Euzébio. E se Cécile se casasse antes disso, obviamente seus bens se uniriam aos do marido.

O tio, que à primeira vista não lucraria coisa alguma com o enlace precoce da sobrinha, deu um jeito de resolver a questão da melhor maneira possível. Durante as semanas em que Cécile enfrentava a dura travessia até a colônia, Euzébio firmara um acordo com Euclides. Ao entregar a sobrinha de bandeja para o velho fazendeiro e proprietário de diversos negócios escusos nas Minas Gerais, este lhe prometera, em troca, um "agrado": nada menos que quarenta por cento da herança da moça.

Portanto, era de suma importância que o matrimônio acontecesse rápido. E a única maneira de apressar as coisas era enviar Cécile para Vila Rica o quanto antes. Certo de que a sobrinha se oporia ao combinado, Euzébio articulou sua partida de modo que ela permanecesse o mínimo de tempo possível no Rio de Janeiro.

Em poucos dias, um enviado de seu pretendente chegaria à cidade para acompanhar Cécile no trajeto até as Minas Gerais, usando o Caminho Novo, cuja distância percorrida a cavalo podia ser vencida em apenas catorze dias. Anos atrás, essa opção não era sequer cogitada, pois só havia um meio de chegar às terras mineiras — ou minas do sertão, como costumavam ser conhecidas —: pelo Caminho dos Paulistas. A travessia, além de desgastante — com muitos obstáculos naturais, como matas fechadas, montanhas, índios emboscadores —, durava cerca de dois meses. O próprio Euzébio já tivera a oportunidade de percorrê-la e não recomendava a experiência a ninguém. Por pouco não acabou envenenado por uma tenebrosa cobra peçonhenta. Não gostava nem de se lembrar.

— Mandaste me chamar, meu tio? — Cécile, altiva, parou diante do escritório de Euzébio, esperando ser convidada a entrar. Esse tipo de formalidade jamais havia sido exigido em sua casa na França. O pai apreciava o movimento dos filhos e sempre os recebia de bom grado onde — e com quem — estivesse.

— Por favor, minha querida.

A palavra carinhosa e o olhar amistoso não enganavam Cécile. Ela sabia que, por trás da falsa doçura, escondia-se um homem muito calculista.

Euzébio indicou uma das cadeiras de frente para sua mesa, onde a sobrinha se sentou. O corpo dela estava rijo de apreensão. Que outra má notícia estaria por vir?

— Decerto tuas bagagens não foram desfeitas — especulou ele, transmitindo uma simpatia não verdadeiramente sentida. — Ou apenas uma parte delas, suponho.

Cécile, imaginando para onde a conversa se encaminharia, ficou agitada, embora se esforçasse para disfarçar. Não morria de amores pelo tio, nem planejava viver naquela casa desprovida de sentimentos pelo resto da vida. Mas deixar o Rio de Janeiro significava se aproximar do seu casamento, ou melhor, do massacre definitivo de suas esperanças.

— Ainda não tirei meus pertences dos baús — admitiu ela, arrependida por não ter esvaziado tudo, se isso representasse um adiamento da viagem ao inferno.

— E nem vais precisar. — Com alegria, Euzébio ficou de pé e caminhou até parar ao lado de Cécile. — Viajas ainda esta semana.

O amor nos tempos do ouro **27**

Mesmo prevendo o teor do assunto que levara o tio a solicitar a sua presença, a moça não assimilou nada bem a informação de que seu calvário era iminente. Tentou argumentar, ainda que as chances de ao menos ser ouvida fossem quase nulas.

— Serei enviada à casa do pretendente que escolheste para mim antes de o casamento ser sacramentado? — Até para uma francesa criada com mais liberdade, aquilo era demais, uma afronta aos costumes. — Desejas a minha desgraça, meu tio?

Euzébio foi duro ao encará-la.

— Obviamente a dama de companhia te acompanhará o tempo todo — frisou ele. — Além disso, teu futuro noivo é um respeitador das tradições. Será incapaz de se portar de maneira inapropriada em relação a ti.

Cabisbaixa, Cécile optou por não prolongar a discussão. Sem forças para agir de outra forma senão obedecer, ela avisou:

— Prepararei Marie para a nossa partida, licen...

Mas antes que acabasse de pronunciar todas as sílabas, o tio fez questão de esclarecer mais um ponto, como se tivesse a intenção de destruir os sentimentos de Cécile de vez.

— Marie ficará aqui. Tua tia está grávida e requer cuidados especiais devido à idade e às inúmeras perdas que sofreu. Úrsula é uma boa companhia, mas é jovem e inexperiente.

Dessa vez, Cécile não foi capaz de controlar o gênio e deixou fluir tanto a mágoa quanto a indignação por ser tratada com extrema desconsideração pelo homem que deveria, no mínimo, protegê-la. Era, afinal de contas, sangue do seu sangue.

— O senhor é um desalmado, um ser cruel que, por algum motivo, odeia-me tanto que decidiu punir-me tal qual o destino anda a fazer! Não te bastava me obrigar a vir para esta terra, longe de tudo o que me era mais caro, e planejar um casamento insuportável para mim? Agora me tiras Marie, minha única amiga e meu último laço com meus amados pais e irmãos? — Levando as mãos ao peito, como que procurando acalmar as batidas desenfreadas do coração, Cécile finalizou o desabafo em um fio de voz: — A ganância costuma ser o calvário da maioria dos homens. Caso não estejas a te preparar, sugiro que sejas mais precavido.

Antes de obter uma resposta pelo mau agouro, Cécile deixou o aposento. Passou a noite em claro, trancada no quarto, escrevendo ferozmente em seu diário secreto, sua única válvula de escape nos últimos tempos.

2.

Caminheiro que passas pela estrada,
Seguindo pelo rumo do sertão,
Quando vires a cruz abandonada,
Deixa-a em paz dormir na solidão.

Castro Alves, "A cruz da estrada",
em *Os escravos*

Fernão não devia satisfações de sua vida a ninguém. Trabalhara durante alguns anos como explorador do precioso metal dourado, o suficiente para não só conquistar uma independência financeira como também viver de modo tranquilo, dentro de seus padrões, é claro.

Costumava chamar a si mesmo de nômade, pois não se apegava a lugar algum por tempo suficiente para desejar criar raízes. Nascido em Portugal, cedo se mudou com a família para a colônia, todos instigados pela ilusão do rápido enriquecimento proporcionado pela mineração. O pai não teve muita sorte e morreu sem conseguir alcançar seu objetivo. Não passava de uma mão de obra sem valor para os proprietários das lavras de ouro. A mãe se foi em seguida, vítima da quase sempre fatal maleita, enquanto migrava da capitania de São Paulo para as Minas Gerais junto a uma caravana — na qual também estava o filho —, pelo Caminho Velho. O sonho dourado era, ao mesmo tempo, o motivo de existir e o algoz da maioria das pessoas que se embrenhava sertão adentro em busca do mítico "Eldorado".

Mas Fernão resistiu e criou seu próprio estilo de vida. Jovem, forte e saudável, suportava com certa facilidade a penúria do trabalho de minerar. Apesar de, por determinação da Coroa, ser obrigado a destinar a quinta parte de seus lucros a Portugal, os oitenta por cento restantes — além da quantia sonegada — eram mais do que suficientes para não apenas garantir seu enriquecimento como "comprar" sua entrada no mundo dos bem-nascidos.

Por incontáveis vezes, Fernão fez favores a fazendeiros, nobres e ilustres. Aceitava as propostas especialmente pelo peso do ouro com que lhe pagavam. Na maioria das vezes, fingia compactuar com as exigências de seus contratantes, embora acabasse agindo a seu próprio modo. De qualquer forma, não se orgulhava muito de suas ações. Mas se apegava às injustiças da vida para legitimar seus atos.

Fernão pelo menos tinha consciência de que, um dia, haveria de ser cobrado — se não pela vida, pelo poder divino. Não se considerava um temente a Deus exemplar, mas levava em conta um ou outro dogma da Igreja. Sabia, portanto, que no julgamento final só haveria uma opção para sua eternidade.

Cansado até mesmo de se sentir livre, jurou a si mesmo — e à mãe enterrada em algum ponto entre Taubaté e Guaratinguetá — que o serviço contratado pelo odioso Euclides de Andrade seria o derradeiro. Depois, partiria para sua propriedade a oeste e lá permaneceria pelo resto da vida.

Pelo menos esse último trabalho parecia ser mais tranquilo em relação aos demais já realizados. Acompanhar a viagem da futura noiva de Euclides, comparado a tudo o que já precisou fazer, era como distribuir doces a crianças. Talvez o único dissabor fosse a personalidade da moça. Quem, em sã consciência, aceitaria se unir a um homem como Euclides de Andrade? Ele possuía todos os atributos característicos de um ser odioso. Apesar de tudo, era rico como nenhum outro nas Minas Gerais, quiçá nas demais capitanias, como a de São Paulo e a de Pernambuco. Por certo, a moça — uma fulana francesa cheia de modernidades na cabeça — só estava interessada na ascensão social proporcionada pelo vantajoso matrimônio. Fernão se enojava de pessoas assim. Por mais que ele próprio tenha se cansado de usar subterfúgios para atingir suas metas, mulheres interesseiras ocupavam uma posição nada louvável em sua escala de interesses pessoais. Não nutria a menor simpatia por elas.

Diante do suntuoso casarão situado na rua do Padre Homem da Costa,[3] no Rio de Janeiro, ele meditou pela última vez sobre a proximidade de uma existência verdadeiramente livre.

Fernão admirou o espaço ao seu redor. As ruas estavam movimentadas àquela hora da manhã, repleta de damas e suas acompanhantes — algumas levavam pequenos cães em coleiras que mais pareciam as joias da Coroa —, além de fidalgos, mascates, comerciantes, criados e escravos. No entorno, as casas eram luxuosas e ostentavam o estilo de vida dos moradores da região, a maioria juízes nomeados pelos governadores das capitanias.

Sentiu-se deslocado. Antes de se apresentar ao distante parente do rei d. João V, Fernão aproveitou o último pernoite em uma estalagem próxima ao Rio de Janeiro para executar uma caprichada higiene pessoal. Estava limpo, com os cabelos lavados e a barba aparada. Mas não tinha jeito. Sua própria consciência insistia em lembrar-lhe de que era um homem dos recônditos, acostumado com o perigo; um selvagem, até. Não temia a espada — e fazia uso da sua com certa frequência — nem as flechas inimigas. Por mais que se limpasse e trocasse as roupas, jamais se passaria por um filho bem-nascido da sociedade.

Resignado, deu ordens a seus homens, instruindo-os a ficarem de prontidão para a partida, e apressou-se em se apresentar a Euzébio Bragança Queiroz. Pretendia pegar a estrada o mais breve possível.

Cécile deixou os aposentos em que ficara hospedada na casa do tio sentindo-se como se estivesse indo, pela segunda vez, ao velório dos pais e irmãos. Fez questão de usar preto, ainda que tivesse aberto mão do luto. Em certa ocasião, seu pai lhe dissera que há sentimentos que não precisam ser externados para provar que são sentidos. Mas a escuridão de suas vestes, naquele dia, representava a indignação pela situação à qual o tio lhe impusera e o seu sombrio estado de espírito.

A moça desceu as escadas seguida pela nova dama de companhia, Úrsula, com quem não tinha a menor afinidade. Nem houvera tempo, na verdade, para que nascesse algum tipo de relação amistosa entre elas. A troca da acompanhante não havia completado nem uma semana ainda.

De cabeça erguida e olhar altivo, Cécile caminhou placidamente até o escritório do tio, onde — já sabia — o homem que a levaria até o futuro noivo a aguardava. A entrada da moça foi anunciada pelo mordomo, um negro retinto que, ela não conseguia imaginar o motivo, era tratado muito melhor do que os demais escravos do casarão.

A situação dos africanos usados como mercadoria era algo que oprimia a alma de Cécile. Ela não compreendia como as pessoas, a maioria considerada exemplo de caráter e conduta, enxergavam os negros como seres inferiores, dignos de todas as maldades a que eram submetidos. Soubera que Euclides de Andrade possuía dezenas de escravos e que os punia açoitando-os amarrados a um tronco estrategicamente localizado próximo à senzala. Se não houvesse outras tantas, essa já seria uma razão suficiente para desprezar o homem com quem deveria se casar.

— Por favor, entre, minha querida. — A voz de Euzébio era pura ternura. Como se Cécile não o conhecesse.

Sem proferir palavra alguma, ela esperou que o tio falasse logo o que tinha a dizer. Porém deixou de ouvir o discurso, provavelmente ensaiado, do irmão de sua mãe ao olhar para o outro homem presente no local, que a encarava de volta com uma mistura de curiosidade e desprezo.

Não era um aristocrata. A pele era dourada demais, quem sabe curtida pelo tempo de exposição ao sol, os cabelos, sem corte e um tanto caídos sobre os olhos, e as roupas, longe dos padrões da alta-costura, informavam que o homem não fazia parte do círculo de amizades do tio esnobe. Talvez fosse um bandeirante. Cécile já ouvira falar sobre os

O amor nos tempos do ouro   33

exploradores incansáveis das minas de ouro e pedras preciosas das Américas portuguesa e espanhola. Além de bravos e fortes, os bandeirantes nada temiam, nem mesmo os homens de pele vermelha, os tais nativos da colônia que viviam em tribos e aterrorizavam muita gente. Mas padre Manuel Rodrigues, durante a viagem da Europa ao Brasil, garantira que, na maioria dos casos, os índios é que eram os pobres coitados da história.

O homem analisou Cécile devagar, deliberadamente. Seus olhos, de um azul-pálido feito os de um tigre branco, pareciam querer aniquilar a existência da moça, como o imponente felino ao caçar sua presa. Ela teve medo dele e concluiu que sempre havia um jeito de as coisas piorarem.

— Fernão, esta é minha sobrinha, Cécile Queiroz Lavigne, a noiva prometida do sr. Euclides de Andrade.

Cécile sentiu o estômago revirar ao ouvir tais palavras. Preferiria ter sido apresentada como a moça que cresceu cercada de amor e que adorava nadar no lago perto de casa. Também teria ficado satisfeita se o tio tivesse mencionado que ela era uma excelente leitora, apaixonada pelas epopeias gregas, pelos sonetos de Shakespeare, pelas histórias de Madame de La Fayette. Agora, por Deus! Noiva de um homem que não conhecia e já detestava?

Fernão não se deu ao trabalho de lhe fazer uma reverência nem de cumprimentá-la com cortesia. Ela parecia uma porcelana da China, prestes a se romper em mil pedaços ao menor toque. Não saberia dizer se o luto era apenas uma forma de comover as pessoas. O que estava bem óbvio era o fato de que a cor preta deixava Cécile ainda mais pálida, conferindo-lhe uma aparência um tanto etérea. Tamanha fragilidade não combinava em nada com o fazendeiro Euclides de Andrade, sem mencionar a diferença de idade. Pelos cálculos de Fernão, ela não devia ter nem vinte anos ainda.

— Temos de partir o quanto antes. — Foi tudo o que disse, dirigindo-se a seu contratante. Fernão ignorou Cécile de propósito. — Teremos somente algumas horas antes de escurecer, se precisarmos parar.

— Pois muito bem — concordou Euzébio, nitidamente satisfeito. — Minha sobrinha, viaje tranquila. O casamento será daqui a uns dois meses. Tão logo seja anunciada a data, tua tia e eu iremos ao teu encontro em Vila Rica. — Depois de ponderar um pouco, ele completou: — Isto é, se for seguro que minha esposa enfrente a longa viagem no estado em que se encontra.

Cécile suspirou e, antes que fosse capaz de controlar a língua, deixou escapar:

— Não penses, senhor meu tio, que te agradeceria pelo estrago que fazes em minha vida ao me obrigar a me casar contra a minha vontade. Este não era o desejo de *papa* para mim. Tu feres a memória dele e de tua própria irmã, inclusive, ao me entregar de bom grado a um homem que desprezo.

Dois pares de olhos encararam Cécile com surpresa. Um deles lançava a ela uma raiva falsamente controlada. O outro, certa admiração.

— Menina insolente! Não fales assim com teu tio! Tenho o direito de castigar-te por teu comportamento atrevido.

— Ainda mais do que já me puniste?

Sem esperar a resposta, Cécile deu as costas ao tio e se retirou. Fernão, subitamente sem palavras, acenou para Euzébio e acompanhou a moça para fora do casarão.

Talvez ela não fosse tão frágil e interesseira como havia imaginado. Ainda assim, não cabia a Fernão construir conjecturas a respeito de Cécile. Ela era seu último trabalho. Nada mais.

Cécile tinha todos os motivos para estar exaltada. Não entendia por que o tio estava sendo tão cruel com ela, se jamais fizera qualquer coisa para perturbá-lo. Mal se conheciam, na verdade. Passara a vida ouvindo poucas histórias sobre ele, algumas pela boca da mãe e outras nas versões sem censura do pai, que não tinha o cunhado em boa conta, apesar de ela nem imaginar o porquê.

Ao se precipitar para o lado de fora do casarão — onde pretendia nunca mais pisar —, o coração descompassado da moça martelava em seu peito com força, roubando quase todo o fôlego que lhe restara do embate com o tio Euzébio. Por isso, demorou alguns instantes até com-

O amor nos tempos do ouro   **35**

preender o cenário que a rodeava. É certo que Cécile não se deu ao trabalho de prever o modo como seguiria viagem para as Minas Gerais. Nem por isso deixou de se surpreender com a comitiva armada bem no pátio da mansão, um impressionante contraste entre caos e calmaria.

Cavalos, charretes, homens mal-encarados, outros de pele vermelha, negros, baús, tudo isso misturado em um grande pandemônio, atraindo a atenção das pessoas e não de forma positiva. Olhares chocados acompanhavam a movimentação inusitada diante do casarão do nobre Euzébio Queiroz, que preferiu se manter longe da vista das pessoas ao escolher permanecer dentro de casa e não se despedir da sobrinha. *Ela não merecia.*

Úrsula se aproximou de Cécile tão ou ainda mais assustada que sua nova patroa, mas a francesa de sangue português logo se recompôs. Afinal, semanas singrando o Atlântico em um navio degradante faziam qualquer outro modo de viajar parecer uma travessia rumo ao paraíso. Isso era o que a moça pensava *antes* de enfrentar o duro trajeto a que seria submetida em breve.

Ela percorreu os últimos metros que a separavam de uma espécie de coche, o único veículo apresentável em meio a charretes caindo aos pedaços, mulas desmilinguidas e imponentes cavalos de montaria, estes em menor número, destinados aos homens mais fortes do grupo. Imaginava de onde havia saído aquela deferência a sua pessoa. Do tio muquirana é que não era. Portanto, o bonito coche, um caprichado trabalho que certamente envolveu o esforço de carpinteiros, pintores, douradores e vidraceiros, só podia ser obra do noivo de Cécile, uma forma de agrado, como se ele esperasse conquistar a sua simpatia antes mesmo de conhecê-la pessoalmente.

"C'est inutile!", ela pensava. Nem toda a fortuna do mundo seria capaz de mudar sua opinião a respeito desse acordo injusto de casá-la a qualquer preço.

Com um suspiro que mais parecia um som de agonia, Cécile ergueu levemente a saia, preparando-se para subir no coche. Não esperou pela gentileza de nenhum dos homens, pois acreditava conseguir executar um movimento tão banal com a ajuda dos próprios ossos e músculos. Porém, nem chegou a encostar um dos pés no apoio. Sua ação foi interrompida por uma mão pesada, que a segurou, feito opressivos grilhões.

— Permite-me, senhorita — disse Fernão, usando palavras educadas, embora a entonação dada a elas expressasse o oposto da boa educação. Não passou despercebida aos ouvidos de Cécile a ironia empregada, tampouco a intensidade daquela voz. Ela precisou conter a ligeira sensação de medo que a atingiu de repente. Sem dúvida, aquele era um homem perigoso.

Ainda assim, ignorou a oferta de auxílio, olhando com desdém para a mão estendida de Fernão.

— Obrigada. Mas sou perfeitamente capaz de subir em um simples coche sem requerer ajuda.

De caso pensado, Fernão analisou Cécile dos pés à cabeça, enquanto um sorriso zombeteiro brotava lentamente em seu rosto rude.

— Percebe-se.

Não foi preciso ressaltar que ele se referia à aparente fragilidade da prometida de Euclides de Andrade, tão esguia e pálida. Não duvidava de que um simples vento pudesse arrancá-la do chão e arrastá-la até o lado espanhol da América. Mas não devia esperar de uma francesa uma fisionomia diferente. Era sabido que as mulheres da França se submetiam a todos os tipos de sacrifícios em prol de uma imagem de acordo com os padrões criados por aquela sociedade.

Ruborizada, Cécile balbuciou um monte de frases ininteligíveis aos ouvidos de Fernão, que não entendia coisa alguma do idioma de nascença da moça. Isso não o impediu de captar a essência daquele amontoado de palavras, ou seja, não duvidava de que se tratava de um conjunto de impropérios, indignos de uma boa dama.

— Tens razão. Entrar e sair deste coche será o menor de teus infortúnios ao longo da viagem. Entretanto, se me permites um conselho, sugiro que abras os olhos. Surgirão demasiadas complicações pelo caminho.

— Ora, senhor... Fernão — retrucou Cécile, pestanejando como uma donzela afetada —, creio que meu amado tio investiu uma subs-

O amor nos tempos do ouro   **37**

tancial quantia na contratação do melhor entre os aventureiros destas terras. Logo, não permitirás que as tais complicações cheguem a mim, não é verdade? — Estreitando os olhos, ela o encarou com bastante coragem. — Ou pretendes entregar-me ao meu noivo com a aparência de uma *mercadoria avariada*?

Embora tenha falado em um tom de voz mais baixo, tanto Úrsula quanto alguns dos homens de Fernão conseguiram ouvir o questionamento de Cécile e reagiram com espanto ante sua ousadia. Ninguém era corajoso — ou burro — o suficiente para provocar o lendário explorador das minas de ouro, mas a moça parecia não se dar conta disso.

— No teu lugar, *mademoiselle*, eu escolheria não ser entregue de forma alguma — declarou ele, sem emoção. E completou, dando as costas para Cécile: — Porém, o que um reles *aventureiro* entende de casamentos por conveniência, não é mesmo?

Não houve mais conversa, pelo menos não entre Cécile e Fernão, que se incumbiu de instruir os homens da comitiva para a partida. Não valia a pena se compadecer da má sorte da francesinha de língua afiada e topete alto. Tudo o que precisava fazer era completar o trabalho. Depois planejaria a melhor maneira de viver longe da aristocracia e usufruir, sem complexos, do patrimônio construído à custa do minério dourado e dos favores aos ricos.

Diário de Cécile Lavigne

Caminho Novo, 2 de janeiro de 1735.

Queridos *papa*, *maman*, Jean e Pierre,

Faz três dias que deixamos o Rio de Janeiro e só hoje conseguimos um lugar decente para pernoitar. A viagem, para meu horror, começou em embarcações a vela, no cais Braz de Pina (nome estranho esse), no sopé do morro onde está abrigado um mosteiro, chamado São Bento. Navegamos por horas a fio, sem conforto algum, até o porto de Pilar do Iguaçu. Desse ponto em diante, ao encontrarmos parte da comitiva nos esperando em terra, seguimos viagem — Úrsula e eu embarcadas novamente em um coche, alguns homens a cavalo e muitos a pé (negros da África e da terra[4] em especial).

Sou um estorvo para a comitiva. Os homens não se importam em dormir ao relento, debaixo de árvores ou sob cabanas improvisadas. Todavia, não se trata de uma expedição como as demais. Não estão a desbravar territórios à procura de ouro e pedras preciosas. Eu sou a mercadoria a ser entregue, sem danos e dentro do prazo previamente definido.

Portanto, viajamos horas ininterruptas, só parando para descansar os cavalos e ingerir um pouco de alimento, muitas vezes preparado sobre fogareiros pelos negros e pelos homens de pele vermelha — estes são os únicos que me amedrontam de verdade. Falam uma língua estranha e deixam suas vergonhas à mostra ou parcamente cobertas, além de me fitarem com um tipo enervante de curiosidade. Quando tentam se aproximar de mim, são desencorajados pelo rústico Fernão. Confesso que é um alívio ele agir dessa forma, apesar de eu preferir guardar as palavras de gratidão comigo mesma.

Ah, *mes chers*, como me arrependo das vezes em que, por capricho e voluntariedade, reclamava de um ou outro prato da culinária francesa! A comida desta terra além-mar é estranha, desde a aparência — escura, molhada — ao efeito negativo à digestão. Mesmo alimentando-me pouco, acabo com uma terrível sensação de peso no estômago, o que me causa uma letargia irritante por horas. Por sorte há pães no cardápio, e graças a eles tenho evitado passar fome.

Ontem um pobre escravo ofereceu-me um caldo preto cheio de caroços, o que ele chamou de feijão. Sentada sobre a raiz exposta de uma árvore, cogitei recusar o agrado. Mas o negro me olhou com tanta expectativa que não fui capaz de desapontá-lo. Então não só me esforcei para ingerir a iguaria como tentei estabelecer um diálogo com o rapaz, que me disse ter sido arrancado à força de sua tribo na África. "Me perdi de todo o meu povo, sinhazinha", revelou ele, em um português estranho — aqui chamado de língua-geral — marcado pelo sotaque de origem. Para não assustá-lo, toquei seu ombro de leve e indaguei se pelo menos o tratavam bem aqui no Brasil. "Bem? Sinhô Euclides é o diabo, sinhazinha. O demônio em forma de gente", foi o que me respondeu, com o olhar cheio de ódio. Quis garantir-lhe, *papa*, que zelaria pelo bem-estar dos negros assim que me tornasse a esposa do terrível fazendeiro. Mas como, se minha própria integridade está correndo riscos também?

Acabei por agir com impulsividade — que novidade! — e lhe agradeci pelo feijão, que não é tão intragável assim, com um beijo no rosto. O rapaz se assustou, claro, e fugiu de mim feito um rato. Eu não poderia culpá-lo, afinal. Imagino quantos castigos lhe são infligidos apenas por ousar existir. Que mundo!

Assim que ele sumiu de minha vista, ergui os olhos para fitar a copa das árvores — muitas, tantas que quase não permitem a entrada da luz do sol —, mas acabei presa no olhar de Fernão, que emitia um misto de choque e desconfiança. Às vezes tenho a impressão de que, assim como uma corça, virarei a presa de um leão cruel e esfomeado. Mas, por Deus, *papa*, não me deixo intimidar. Não por ele.

Agora, tarde da noite, na escuridão desta hospedaria no meio do nada, livre temporariamente do calor úmido e opressor que desgasta minhas forças, tento, inspirada pelas palavras do padre Manuel Rodrigues, encontrar um sentido em tudo isto ao meu redor. Será que os tais desígnios tortuosos de Deus para mim ainda se endireitarão?

3.

Da nuvem densa, que no espaço ondeia,
Rasga-se o negro bojo carregado,
E enquanto a luz do raio o sol roxeia,
Onde parece à terra estar colado,
Da chuva, que os sentidos nos enteia,
O forte peso em turbilhão mudado,
Das ruínas completa o grande estrago,
Parecendo mudar a terra em lago.

Gonçalves Dias

No quinto dia de viagem, o silêncio recaiu sobre todos. Os homens só falavam quando havia alguma informação a ser trocada, e Cécile mal se dirigia a Úrsula, pois não estava no melhor dos ânimos para lidar com assuntos frugais. Sentia em cada parte do corpo o peso da umidade do ar. Prova disso eram os cabelos agarrados à testa e à nuca e as diversas camadas de roupa grudadas pelo suor.

Fernão cavalgava na frente da comitiva, guiando seus homens até uma faixa de estrada mais próxima ao rio. A intenção era apear antes do anoitecer e erguer o acampamento para o pernoite, pois não podia ignorar o temporal que se anunciava. Tinha se deparado com algumas casas de joão-de-barro cujas entradas apontavam para o poente, um indicativo inquestionável de chuva próxima.

Por precaução, ordenou aos índios, os mansos agregados da tribo puri, que se adiantassem à caravana e abrissem uma clareira a cerca de dois ou três quilômetros à frente. Era um homem do mato. Tinha consciência de que temporais com raios e árvores por perto resultavam em tragédias. Temia pela saúde de Cécile, não porque se preocupasse com ela, mas porque não seria agradável avisar ao tio e ao noivo, dois corvos da aristocracia colonial, que o jovem tesouro deles havia sido atingido por um raio e sucumbido ao elevadíssimo choque.

Fernão sorriu ao imaginar a situação e desacelerou o cavalo, um corcel negro de origem árabe, dado a ele por um afortunado contratador como pagamento por um serviço bem-sucedido.

— Assume, Estêvão — ordenou, dirigindo-se a um de seus melhores homens. Então entregou o comando da comitiva e cavalgou despreocupadamente em direção ao coche onde Cécile viajava.

Antes de chegar até ela, a moça pôs a cabeça para fora da estreita janela e observou o céu. Fernão se permitiu analisá-la, pela primeira vez sem pressa, e constatou que a francesa possuía um perfil bastante aristocrático, com aquele nariz fino e arrebitado, a tez alva, quase translúcida, e maçãs do rosto proeminentes, ligeiramente coradas depois de dias na estrada.

Cécile estava se mostrando bem resistente às intempéries da viagem, o que não deixava de ser uma surpresa. Fernão imaginava que ela reclamaria sem dar trégua e faria exigências por acreditar ser melhor que os demais. No entanto, o que ele via o tempo inteiro era uma moça equilibrada, de comportamento manso — exceto quando se encontrava perto dele. Nessas horas, ela se ouriçava feito um porco-espinho.

Por outro lado, agia de modo amistoso com quase toda a comitiva — embora se intimidasse diante dos puris —, não se acanhando nem mesmo em beijar um escravo. Não se considerava um ser superior aos negros ou a qualquer outro humano — não mais. Ainda assim, Fernão foi incapaz de reagir, a não ser com espanto, ao visualizar a cena diante dele. Até mesmo o pobre negrinho, Akin, um iorubá franzino retirado do labor nas lavras e alocado na sede da Fazenda Real como um pau para toda a obra de Euclides, assustara-se, fugindo às pressas mata adentro.

O amor nos tempos do ouro **43**

Se essa fosse a verdadeira personalidade de Cécile, Fernão já calculava a intensidade do sofrimento a que ela seria submetida ao se unir ao mais poderoso, além de inescrupuloso, senhor de terras, minas e escravos da capitania das Minas Gerais. E ainda havia o filho do homem, dr. Henrique de Andrade, o jovem advogado que acabara de retornar de Coimbra, onde passara anos se dedicando à faculdade de direito. Apesar da juventude e da compleição angelical, as más línguas afirmavam que o rapaz não era tão bonzinho quanto procurava aparentar. Haja vista a gravidez de uma das escravas, a bela Malikah, filha da mucama particular da falecida esposa de Euclides de Andrade. Mesmo que teimasse em dizer que a criança era fruto de uma rápida relação com um dos feitores da fazenda, providencialmente desaparecido desde então, outra história rondava pela senzala, bem mais preocupante e sórdida.

Cécile permanecia com a face voltada para o céu enquanto Fernão tratava de apagar esses pensamentos da cabeça e pareava seu cavalo à lateral do coche. O som do trote do animal, além da proximidade repentina, obrigou a moça a desviar os olhos para o imponente explorador. Com a barba um pouco mais cerrada do que no dia em que se viram pela primeira vez, ela o enxergou como uma ameaça a ser evitada a qualquer custo.

— Vai cair uma tempestade — anunciou, receosa.

— Shhh… Não faças previsões ou acabarão espalhando por aí que és uma feiticeira — aconselhou Fernão, de modo debochado.

Embora tivesse sido educada para jamais revirar os olhos, por ser desrespeitoso com o interlocutor, Cécile não resistiu dessa vez e o fez de um jeito bastante desdenhoso.

— Ah, senhor, por quem me tomas? Não se trata de eu ter uma bola de cristal ou algo do tipo. É o céu e todas aquelas nuvens carregadas que prenunciam o temporal. — Ela apontou o indicador enluvado para cima, ilustrando sua declaração.

Fernão sorriu, afetado pelo linguajar rebuscado da jovem prometida. Desconfiava de que ela exagerasse de propósito, com o intuito de provocá-lo. E vinha conseguindo, só que não como esperava. Na verdade, Cécile, com tal comportamento, com toda aquela frieza calculada, lhe proporcionava diversão.

— Tens razão. A chuva não demora a cair. Vamos parar logo adiante e levantaremos o acampamento.

— Mais uma noite ao relento? — Desnecessário perguntar, pois ela já sabia a resposta. Não apreciava dormir daquela forma, tão exposta aos perigos gerados tanto pelos homens quanto pela natureza. Andava ouvindo os rugidos de um grande felino, sempre distante, mas nada o impediria de se aproximar se lhe desse nas ventas.

— Estamos a dois dias de uma nova hospedaria. Até lá, nada de povoados ou vilas que possam nos oferecer abrigo. Apenas algumas choupanas abandonadas — informou Fernão, enquanto lutava para controlar o cavalo, ansioso por acelerar as passadas.

— De todo modo, não seriam mais seguras do que tendas armadas no meio do nada?

— Com todos aqueles animais peçonhentos que se abrigam nos buracos do assoalho e em frestas na parede? Creio que não.

Cécile estremeceu de leve ao, mentalmente, dar nome aos tais *animais peçonhentos*. Cobras e aranhas encabeçavam a lista, embora escorpiões e lacraias não ficassem muito atrás.

— E quanto aos jaguares?

Rindo mais abertamente, Fernão explicou:

— Onças, por aqui os maiores felinos se chamam onças. — Como se o nome do bicho fizesse alguma diferença.

Uma forte ventania fez folhas e poeira formarem redemoinhos em torno da comitiva. Fernão decidiu que era hora de retomar a dianteira e guiar seus homens o mais rápido possível até a clareira provavelmente já aberta pelos índios. Mas, antes, olhou para Cécile uma última vez e garantiu:

— Não seremos atacados. Nem por onças, nem por lobos ou bugios.

A moça abriu a boca e a cobriu com uma das mãos, chocada demais com essa mais nova informação. Assim que Fernão desapareceu de sua vista, encarou a muito espantada Úrsula, e repetiu:

— Lobos e bugios? — Respirou fundo antes de se questionar: — Mas o que diabos seria um bugio?

O amor nos tempos do ouro **45**

A dama de companhia, mesmo querendo ajudar, não conseguiu esclarecer a dúvida da nova patroa, uma vez que era completamente ignorante no tópico animais da fauna brasileira. E, ainda que soubesse, estava assustada demais para proferir qualquer palavra.

Pelo visto, entre felinos, répteis e insetos, o ser humano Fernão lhe provocava mais pavor do que todas as demais feras existentes por aquelas bandas da colônia.

O céu desmoronou mais depressa do que o previsto. Para os cavalos isso não chegava a ser um grande problema. Porém, quanto ao coche, não poderia se dizer o mesmo.

Tão logo a tempestade atingiu a estrada, um lamaçal se formou imediatamente e as rodas do veículo afundaram no barro em um ângulo arriscado, indicando que, em breve, o coche acabaria virando.

Úrsula gritou, desesperada, mas não executou qualquer movimento para sair da cabine. Do lado de fora, os raios e trovões não produziam o menor alento, o que a deixou em um beco sem saída. "Tombar ou ser eletrocutada?", refletia, em pânico.

Imune à histeria da dama de companhia — *que falta fazia Marie...* —, Cécile saltou do coche antes que qualquer um decidisse ir resgatá-la. Suas impecáveis botas de caminhada no campo, ricamente confeccionadas sob medida, em couro, pelo melhor sapateiro de Marselha, chafurdaram na lama, junto com boa parte das pernas, impedindo-a de sair do lugar. Todas as suas vestes, bem como os cabelos, ficaram arruinados pela chuva fustigante. Só então Cécile começou a gritar. Não de medo, como Úrsula, mas por pura frustração. Não queria parecer uma donzela em perigo, incapaz de resolver seus próprios problemas.

Akin, o escravo que fizera feijão cozido para ela, avistou a moça enquanto tentava salvar um dos baús de suprimentos, virado de cabeça para baixo a poucos metros de uma ribanceira.

— Sinhazinha! — gritou com todas as suas forças. — Precisa sair daí! O coche!

O barulho da chuva era ensurdecedor, tanto que Cécile não distinguia palavra alguma berrada a plenos pulmões pelo rapaz.

— Vai virar, sinhazinha! O coche!

Por sorte, nessa segunda tentativa, ela conseguiu ouvir, deparando-se com o coche prestes a tombar em cima do seu corpo.

— Úrsula! Pula!

Ao mesmo tempo que procurava convencer a dama de companhia a reagir, Cécile forçava o corpo para a frente, em uma tentativa vã de se mover, de se livrar do esmagamento iminente.

Então, de repente, parou. E se essa fosse sua única chance de escapar do destino que o tio lhe traçara? E se morrer daquele jeito, sem provocar a própria morte, como pensara tantas vezes nos últimos meses, levasse sua alma diretamente ao encontro dos pais e dos irmãos? Tudo se resolveria a contento, afinal.

Extasiada com a revelação repentina, Cécile não percebeu a aproximação de um cavalo, nem mesmo quando seu condutor executou uma manobra arrojada e a puxou com força, içando-a e acomodando-a na frente dele, sobre a montaria. Ela não teve tempo de reagir de modo algum, a não ser soltar uma interjeição de choque, que logo se transformou em ultraje.

— Por que me puxaste? *Pourquoi?*

— Devia, então, ter permitido que morresses? — Fernão retrucou, atônito com a reação da francesa, que, aos soluços, lamentava-se copiosamente.

— Sim! Seria preferível em vez de ser obrigada a me casar com um velho interesseiro e viver sem *papa, maman,* Jean e Pierre.

Era óbvio que Cécile estava sob os efeitos de um ataque histérico, o que fez Fernão relevar aquela loucura. Ninguém poderia preferir a morte a qualquer outro destino, porque, para ele, sempre haveria uma maneira — ou mais até — de driblar o destino.

— Acalma-te, senhorita! Estás transtornada.

— Úrsula… — choramingou ela, amaldiçoando o mundo pela injustiça de ter levado a pobre dama de companhia em seu lugar.

O amor nos tempos do ouro **47**

Fernão a sacudiu um pouco, usando a outra mão para guiar o cavalo até uma encosta de pedra levemente arqueada, que serviria como um abrigo temporário.

— Ela está bem. Foi retirada a tempo do coche. — Ele apontou de modo que Cécile pudesse comprovar a declaração.

— Ah...

— Quanto ao impressionante coche enviado por seu... — O explorador se interrompeu, ciente de que a menção à palavra *noivo* acarretaria uma nova crise na moça. — Enfim, o coche está arruinado.

Cécile assentiu, apática, e enterrou a cabeça entre as mãos. As finas luvas de renda portuguesa se transformaram em farrapos encardidos, mas ela nem se preocupou com isso, nem mesmo em retirá-las. Derramou seu pranto contido há dias sobre as palmas da mão, esquecida de que, às suas costas, um homem muito vigoroso e temido tentava encontrar uma maneira de lhe devolver a razão.

— Prometo que tudo ficará bem — Fernão murmurou, com os dois braços soltos nas laterais do corpo. Não sabia o que fazer com eles, tendo Cécile diante de si.

— Não gastes tua palavra em vão. Sou uma amaldiçoada.

"Talvez sejas mesmo", ele pensou. Mas não permitiria que padecesse em suas mãos. Enquanto estivesse sob seus cuidados, garantiria o bem-estar dela.

Ciente de que naquele momento forçar uma conversa não daria resultado algum, Fernão puxou as rédeas do cavalo e, ainda que a chuva não tivesse abrandado nem um pouco, guiou-os até a clareira, onde as tendas já haviam sido erguidas. *Benditos puris!*

Foi difícil se concentrar em qualquer outra coisa além dos tremores do corpo de Cécile. Eram espasmos de choro e frio. E ele nada pôde fazer para consolá-la, já que não sabia como. Tampouco conseguiria ceder-lhe um pouco de calor. A chuva estava sendo implacável com todos eles.

Bem que o cavalo tentou fazer o percurso até o acampamento com dignidade, afinal, vivia envolvido em situações adversas. Mas o piso enlameado não proporcionava firmeza nem mesmo às patas hábeis do animal, gerando uma instabilidade difícil de controlar. Mais de uma vez Cécile escorregou na sela, e Fernão se viu com as mãos nela, procurando mantê-la na montaria.

Quando finalmente alcançaram o acampamento improvisado, ele foi o primeiro a saltar, para, em seguida, auxiliar a moça, que pousou ainda mais trêmula em seus braços. Estava gelada! Se não se aquecesse logo, cairia doente.

— Fica aqui. — Fernão a conduziu até o interior de uma das tendas, onde o abrigo amenizava o clima frio causado pela tempestade. — Vou encontrar a dama de companhia. A senhorita precisa vestir algo seco.

A consciência de que todas as peças de roupa levadas na bagagem pudessem estar arruinadas deixou Fernão apreensivo. No entanto, ele procurou esconder os receios, preferindo agir. Antes, garantiu que Cécile se mantivesse abrigada, ordenando a um de seus homens — aquele em quem mais confiava — que permanecesse de guarda na entrada da tenda. Em seguida, partiu à caça de Úrsula e dos baús.

Aos poucos, a chuva foi se dissipando, até se tornar uma garoa fina e, por fim, ceder seu lugar a um céu límpido e estrelado. O ar ficou leve, tão puro que era possível sentir o cheiro da natureza. Devagar, os membros da comitiva calcularam os estragos e deram um jeito de amenizar, na medida do possível, a situação. Divididos em grupos, uma parte cuidou da limpeza da área, secagem dos suprimentos e conserto dos itens mais prejudicados pela tempestade, enquanto outra equipe se encarregou de preparar a refeição da noite.

Fernão vistoriava os trabalhos, auxiliando no que fosse preciso para que tudo se normalizasse e eles pudessem seguir viagem aos primeiros raios de sol da manhã seguinte. Já fazia algumas horas que deixara Cécile aos cuidados da dama de companhia, confiando que a mulher daria conta de acalmar o espírito da atormentada francesa.

Ele sabia muito pouco sobre ela, a não ser que se tratava da filha de um aristocrata de Marselha, que havia se casado com uma portuguesa do ramo dos Bragança e tido três filhos, sendo Cécile a primogênita e única sobrevivente da família, arruinada por um trágico naufrágio.

O amor nos tempos do ouro   **49**

Desamparada na França, foi enviada ao tio, que moveu os pauzinhos para arranjar um casamento bem vantajoso para ela — assim pensava Fernão, antes de conhecê-la. Há dias ele vinha se questionando se os grandes beneficiados desse acordo não eram apenas os dois homens, enquanto Cécile estava sendo impiedosamente usada.

Protegida pela tenda, ela fez o que pôde para se livrar do vestido, espartilho, anáguas e combinação molhados. Por sorte, seus pertences haviam sido resgatados intactos, mas a carência de claridade e o desânimo por sua situação impediram que a bela jovem aproveitasse o alívio proporcionado pelas roupas secas e limpas. Continuava com frio, os cabelos pingavam sobre os ombros e, acima de tudo, não se conformava em estar ainda mais perto do seu terrível destino.

— A senhorita precisa se animar. — Úrsula tentava transmitir conforto à patroa. — Minha situação não é muito melhor. Fui obrigada a deixar tudo o que conheço para viver afastada, longe de meus familiares, em um lugar suscetível aos mais inglórios perigos. — Ela suspirou, demonstrando resignação. — Ainda assim, confio que esta mudança há de ser boa.

Cécile procurou enxergar as feições da mulher, apesar da escuridão quase total. Úrsula nem lembrava a assustadiça criatura de horas antes, apavorada com o temporal e, mais ainda, com a imponência de Fernão.

— Não compreendo. Acaso não te revoltas por não poder administrar tua própria vida?

— E desde quando uma criada possui esse direito, senhorita? Eu me conformo e entrego nas mãos de Deus a minha sorte. E enquanto ela não chega, procuro manter as esperanças vivas dentro de mim.

Tomada pela surpresa, Cécile não foi capaz de elaborar uma resposta aos argumentos de Úrsula. Sabia que seria impossível simplesmente se conformar com o que a vida andava tramando contra ela. Por outro lado, o que o futuro lhe guardava era desconhecido. E se ela ainda fosse merecedora de receber algo de bom do destino?

4.

[...]
São rudos, severos, sedentos de glória,
Já prélios incitam, já cantam vitória,
Já meigos atendem à voz do cantor:
São todos Timbiras, guerreiros valentes!
Seu nome lá voa na boca das gentes,
Condão de prodígios, de glória e terror!

Gonçalves Dias, "I — Juca-Pirama",
em *Últimos cantos*

A lua brilhava alta e imponente, refletida em cada poça de água represada pelas depressões do terreno, vestígios inegáveis da força do temporal que caiu no fim daquela tarde.

Atraídos pelo aroma da comida recém-preparada, os homens deixaram o abrigo das tendas e se reuniram em torno de uma grande fogueira, acesa com muito custo pelos puris, já que, ao que parecia, o mundo inteiro estava encharcado, inclusive as folhas caídas das árvores e os gravetos.

Como sempre, quando se juntavam sem a pressão do trabalho, a conversa surgia fácil, sobre variados temas, dando um pouco de mansidão às vidas naturalmente aceleradas. Somente os índios não se sentiam muito à vontade para participar ofertando histórias e comentários.

Tímidos, preferiam ouvir o que os mais falantes tinham a dizer. Ficavam, portanto, às margens do círculo principal, de cócoras e à espreita.

Embora socializar fosse o que Cécile menos desejava, a fome a obrigou a deixar a cabana, seguida por Úrsula, que estava tão faminta quanto a patroa. As duas interromperam o discurso animado de um dos homens assim que apareceram arrastando suas saias pelo solo molhado. Mais que depressa, Akin se levantou, oferecendo seu assento improvisado para a jovem francesa. E quem poderia reprimi-lo? Estava tomado de encantamento pela dama de olhar perdido.

— *Merci* — agradeceu ela, com uma ligeira reverência.

Todos ao redor a olharam, intrigados, afinal não era comum serem tratados com respeito, tampouco com consideração, por membros da aristocracia. Menos Akin. Este tinha certeza de que Cécile possuía uma alma boa.

— Quando uma sinhá branca beijaria um preto como eu, hein? — conjecturou ele, mais cedo, dirigindo-se a outro escravo, mais desconfiado. — Céci tem um coração puro, tem sim.

— Céci? — repetiu Hasan, jocosamente. — Agora a moça branca é Céci para vosmecê?

— É assim que penso nela — retrucou Akin, sem se abalar. — Não percebes que ela é como um anjo, uma fada enviada para trazer um pouco de respeito ao nosso povo?

Naquele momento, Hasan evitou o desenrolar do assunto. Conhecia Akin havia anos. Tinham sido capturados na mesma época e despachados para o Brasil em um tumbeiro pelo Porto de Ouidá, na África. Resistiram juntos às condições subumanas a bordo do grande navio negreiro e acabaram criando um laço, embora fossem de tribos e idades diferentes. Dos quase setecentos escravos transportados, cerca de cento e cinquenta morreram durante a travessia do Atlântico. Tanto Hasan quanto Akin presenciaram o que de pior poderia acontecer a um ser humano, e só não sucumbiram também porque, acreditavam, não havia chegado a hora deles. Mas o estrago estava selado em suas almas, especialmente na do negro mais velho. Hasan não confiava em quase ninguém, a não ser em seus semelhantes, companheiros de labuta e senzala. Já Akin, talvez pela juventude recém-atingida, ainda pressupunha que a bondade genuína e abnegada não havia sido extirpada por completo do planeta.

Agora, ao avistar a felicidade do amigo ao conceder uma gentileza à moça fina que o oceano trouxera da Europa, Hasan temeu pelas consequências futuras dessa natureza ingênua e benevolente de Akin.

Cécile não apenas aceitou o agrado, como sorriu para o negro, ainda que timidamente. A moça se sentou no lugar cedido por ele e olhou ao redor, encontrando dezenas de pares de olhos encarando-a fixamente. Seu peito se contraiu um pouco, talvez por receio, mas Cécile não abaixou a cabeça nem desviou o olhar. Precisava conservar todas as suas forças caso quisesse manter a mente sã. Não se mostrar indefesa configurava uma de suas estratégias.

— Vejo que a senhorita já se recompôs — observou Fernão ao lado dela, sem esclarecer o sentido dado à afirmação.

— Sim, obrigada — Cécile respondeu, com educação, mas de modo frio.

Ela havia trocado o vestido, como era de esperar. Não estava de preto, o que esmorecia o efeito impactante da pele alvíssima em contraste com o tom escuro das vestes, embora o azul-claro não ajudasse, de forma alguma, a equilibrar a palidez daquele rosto. Fernão se flagrou imaginando que um pouco de cor daria a ela um aspecto muito melhor, e se perguntou se um sorriso não resolveria parte do problema. Desejou questionar se Cécile costumava rir quando ainda morava com a família na França, mas se conteve a tempo. Seria indelicado e constrangedor, para ambos nesse segundo caso.

— Com fome, suponho?

— Sim.

Satisfeito com o fato de todo o drama não ter afetado o apetite da moça, Fernão lhe entregou uma cabaça utilizada como cumbuca, de onde um caldo grosso exalava um cheiro relativamente bom.

— O que é isso? — quis saber Cécile.

— Melhor comer. Vai adiantar eu dizer o que é? A senhorita não saberia, de todo modo — desconversou Fernão.

O amor nos tempos do ouro **53**

— Conta-me! — ela exigiu, fazendo uma careta que indicava uma óbvia propensão à teimosia.

Fernão deu de ombros.

— Chama-se angu.

— E de que é feito? — insistiu, deixando transparecer sua impaciência.

O explorador estava se divertindo, como sempre. Coisa alguma passava batida por aquela francesa.

— Farinha de milho, água e sal — recitou, sucintamente.

Aliviada, Cécile aceitou a tigela improvisada e a colher e devorou a papa amarela. Tinha uma consistência engraçada, como um creme, e o sabor não era ruim. Ela gostou, apesar de não estar certa se a opinião havia sido induzida pela iguaria em si ou pela fome que a consumia. Não importava.

Fernão acompanhava a avidez da moça com admiração. Ela, uma dama acostumada com os requintados bailes parisienses — ele supunha —, também sabia comer como um plebeu.

Enquanto Cécile se refestelava com o angu e Fernão se impressionava com a voracidade dela, os homens se distraíram e voltaram ao assunto interrompido minutos antes.

— Ouvi dizer que os guaicurus e os paiaguás fizeram um novo estrago lá pelas bandas da Vila Real do Senhor Bom Jesus de Cuiabá.

— Pobres diabos! Como se as monções[5] não tivessem obstáculos suficientes, ainda há aqueles selvagens desgraçados para complicar.

Ao captar o teor da conversa, Cécile apurou os ouvidos. Havia algo de fantástico — e pavoroso — nas histórias que envolviam os índios.

— Simão, capataz da Fazenda Ouro Velho, contou que dessa vez a coisa foi feia — comentou aquele que chamavam de Tenório e era uma espécie de braço direito do líder, Fernão. — Primeiro apareceram os terríveis guaicurus, montados em seus cavalos desselados, pendurados a eles, agarrados ao pescoço do bicho, como macacos em galhos. Eles interceptaram um comboio de paulistas e assassinaram metade dos homens, inclusive o bandeirante que chefiava a expedição. O velho nem teve tempo de sacar o arcabuz, coitado. Uma lança lhe atravessou o pescoço. — Tenório soltou um muxoxo. — Parece que a última coisa a passar diante de seus olhos foi a imagem da filha, prometida a um novo-rico de Cuiabá e sumida desde então.

— Deve ter sido raptada pelos selvagens — alguém opinou.

— Ou comida pelos canibais.

Cécile e Úrsula se entreolharam.

— Canibais? — intrometeu-se a francesa, perdendo a fome subitamente.

— Não há com o que se preocupar, senhorita — rebateu Fernão, apenas tratando de impedir um novo ataque de pânico. Porque, sim, havia tribos de índios canibais espalhadas pela região, os temíveis botocudos. Mas, por sorte, eles jamais cruzaram seus caminhos. E se o fizessem, seriam enfrentados de igual para igual.

Indecisa em relação ao conselho do explorador, Cécile decidiu guardar a informação para esclarecimentos futuros. Não pretendia ser uma ignorante acaso se deparasse com os antropófagos pela frente. Gostaria muito de saber como agir.

— Sim, corremos menos riscos do que os infortunados exploradores das minas a oeste. Além dos guaicurus, são judiados também pelos paiaguás, um tanto mais bravos e sanguinolentos, se querem saber — explicou Tenório, como se narrasse uma história para criança dormir.

— Mais bravos como? — indagou Cécile, já esquecida do angu, deixado de lado sem cerimônia.

— Senhorita, eles são habilidosos canoeiros. Dominam as águas dos rios e determinam seus ataques escondidos na mata, com os corpos inteiramente pintados e com penachos na cabeça. Assim eles se camuflam e acompanham os comboios sem serem notados. Quando os alvos atingem um ponto ideal para o ataque, uma infinidade de selvagens pula na água com suas canoas e investe com tudo. Um horror, é o que dizem, pois, graças a Deus, nunca estive por aquelas bandas, de modo que não posso comprovar.

— Mas eu já. — A voz de Fernão sobressaiu, naquele timbre forte e rouco, atraindo todos os olhares para ele. — E escapei por muito pouco.

O amor nos tempos do ouro   **55**

Cécile mal podia esperar para ouvir a história. Estava diante de um ser mítico ou o quê? Se esses paiaguás eram os tais monstros terríveis e ainda assim ele saíra ileso de um ataque, em que categoria de ser humano se enquadrava Fernão?

Ela o encarou com expectativa, ansiosa pelo desenrolar dos fatos.

— Há dois anos, participei de uma monção pelos lados de lá. É uma região muito bonita, mas cheia de perigos, desde as estradas móveis, ou seja, rios traiçoeiros que se ligam uns aos outros por todo o trajeto, até os encontros inesperados com feras, como onças-pintadas — Fernão deu ênfase ao nome do felino, olhando de relance para Cécile. — E cobras gigantes. Sem contar as doenças malignas, que derrubam mais homens que as picadas dos animais peçonhentos.

— Dizem que a malvada da maleita deixa as pessoas com pernas e barrigas inchadas e com as cores de um defunto — supôs Akin, de olhos arregalados.

— E quem disse está com a razão. A febre mata tanto que sei de lugares por aquelas paradas onde se enterram mais de dez corpos. — Fernão fez uma pausa estratégica, para causar um impacto maior em seguida: — Por dia.

— Oh! — exclamou Úrsula, usando uma das mãos para esconder o círculo formado pela boca.

— Porém, nada disso é pior que os malditos paiaguás. Nada.

— Decerto o senhor escapou de selvagens mais amistosos, não? — Cécile sugeriu, não resistindo em alfinetar um pouco o orgulho do homem. — Acaso não seria um grupo dos mansos puris?

— Se bem que nossos companheiros puris podem não ser tão mansos como imaginas, *mademoiselle*. — Sempre que usava esse tratamento, Fernão caprichava na ironia e no desprezo. Não gostou da gracinha, tampouco permitiu que passasse em branco. E ganhou o que desejava: a incerteza no olhar altivo da jovem francesa.

— Mas, sinhô, por que não nos livra da aflição e conta como foi o encontro com os índios ferozes do oeste? — Akin insistiu.

—Aconteceu em uma tarde de calor escaldante. A expedição rumava esperançosa em direção ao arraial de Mato Grosso, local onde o ouro brota à flor da terra, segundo relatos dos viajantes anteriores. De repente, ouvimos sons horripilantes, berros daqueles que, do nada, projetavam-se sobre nós, lançando flechas e azagaias. Outros desferiam golpes de porrete.

— E, por certo, a vantagem dos brancos eram as armas de fogo — opinou Hasan, muito envolvido pela história também.

— Das quais os índios se defendiam com as canoas inclinadas, fazendo-as de escudo.

Por alguns instantes, o silêncio prevaleceu naquela clareira no meio do nada, provisoriamente povoada por um heterogêneo grupo de pessoas. Talvez estivessem criando cenas e cenários da história em suas próprias mentes, colocando-se, ainda que de modo imaginário, no lugar de Fernão, que, por fim, prosseguiu:

— Nossas pistolas precisavam ser recarregadas de tempos em tempos. Durante essas pausas para a troca de munição, os paiaguás iam com tudo. Endireitavam as canoas e recomeçavam uma nova saraivada de flechas.

Os puris ao redor, não só amansados e convertidos ao cristianismo pelos jesuítas, já dominavam a língua portuguesa também. Portanto, mantiveram a atenção dirigida ao relato, com um misto de horror e fascínio diante do comportamento de outros homens de pele vermelha como a deles.

— Isso quando não nos desnorteavam. Os desgraçados afundavam as canoas, para dar a entender que haviam recuado. Mas então apareciam em outro ponto do rio, a nos pegar desprevenidos. Foi um massacre. As águas se tingiram de vermelho. Em terra, um grupo entrincheirou outros de nossos homens. O mais incrível é que os selvagens, mesmo conscientes de que seriam mortos, atiravam-se na frente dos brancos, a esperar que estes descarregassem as armas. E assim que a munição acabava, novos índios atacavam.

Fernão parou para respirar e coçou a cabeça. Relembrar o episódio ainda produzia um gosto amargo em sua boca. Por instinto, ele tocou a cicatriz sobre a sobrancelha esquerda, desenhada pelo arcabuz de um paiaguá, morto sem piedade com o facão do explorador atravessado no meio de suas costelas.

O amor nos tempos do ouro　**57**

— A cada paiaguá que caía, logo aparecia outro, e outro, e outro... Até que os tiros cessaram. Satisfeitos com a chacina, os índios se retiraram, largando seu rastro de morte e pavor. E foi então que eu fiquei cara a cara com um deles. Sem munição, dava meu fim como certo. O desgraçado sorriu e apontou sua lança para mim. Tateei meu facão na cintura, por hábito. E, bom, a pontaria dele não era tão boa assim. Afora o corte na cabeça, quem deve ter se arrependido do encontro foi ele, se estivesse vivo a essas alturas.

— Mataste o índio? — quis saber Cécile.

— Sim, e teria matado mais de uma vez se essa façanha fosse possível.

Todos acharam graça da piada, mas a moça, não. Ela permanecia com os olhos grudados em Fernão, como se buscasse os sinais da batalha impressos em seu rosto.

— É essa a cicatriz? — sussurrou ela, com o indicador apontado para a marca.

— A própria. — Fernão teve certa dificuldade para responder, visto que caiu na besteira de fixar o olhar na mão desnuda de Cécile. Era tão delicada! Subitamente, um calor estranho lhe percorreu o peito ao imaginar aqueles dedos suaves em contraste com a pele curtida do velhaco Euclides de Andrade.

— Deve ter doído bastante.

— Sim, um pouco.

— Espero que não existam guaicurus e paiaguás em nosso percurso.

Fernão sorriu de uma forma amena pela primeira vez desde que se conheceram.

— Não. Não existem mesmo. — Ele mal escutou o suspiro aliviado de Cécile, pois já emendava mais uma frase à resposta, enquanto a moça desfrutava os poucos segundos de tranquilidade: — Quanto aos botocudos, bom, não posso afirmar o mesmo.

— Sei bem. — Indecisa entre confiar na palavra de Fernão e descartá-la como mais uma de suas provocações, Cécile se levantou. Com um aceno, despediu-se do grupo e tratou de se retirar.

Na tenda, incomodamente deitada em uma rede de sisal, ela mantinha os olhos bem abertos. Apesar do cansaço, o sono se recusava a chegar. Então, impedida de repousar, a mente trabalhava, enchendo Cécile de diversos pensamentos e conjecturas. Não se via mais como a moça criada na França, repleta de amor pela família e feliz somente por existir. Havia endurecido, por tudo o que estava sendo obrigada a passar. Tampouco sabia em que tipo de pessoa estava se transformando, embora tivesse uma leve noção de quem gostaria de ser.

Não conhecia o futuro noivo, porém agora desejava mais coisas do que antes. Continuava odiando a ideia de se casar por obrigação. No entanto, se conseguisse lutar pelas causas em que começava a acreditar, como defender os negros e entender melhor os índios, pararia de reclamar do destino. Cécile reconhecia que havia situações bem piores do que um matrimônio arranjado. Os seus sentimentos talvez não fossem tão importantes assim.

Diário de Cécile Lavigne

Caminho Novo, 7 de janeiro de 1735.

Querida *maman*,

Eu adoraria que estivesses por perto, pois sinto tanto, tanto a tua falta... Hoje, em especial, dedicarei esta página do meu surrado diário para desabafar meus sentimentos conflitantes com a senhora. Seria constrangedor por demais acrescentar *papa* e os meninos a esta "conversa".

Desde que o coche que me levava para Vila Rica tornou-se um amontoado de peças retorcidas, arruinado pela chuva torrencial que nos atingiu dias atrás, Úrsula, minha nova dama de companhia — sim, Marie permaneceu no Rio — e eu seguimos viagem como os homens, isto é, usando os cavalos como montaria. A senhora sabe que nunca pude ser classificada como uma amazona exemplar, afinal, jamais tive equilíbrio suficiente para tal feito. Portanto, divido o transporte com aquele que comanda a comitiva, um explorador rústico, de poucas palavras, embora cheio de atitudes que desafiam o bom senso.

É tão estranho, *maman*, passar horas recostada ao corpo de um homem. Juro que procuro não me ater a essa questão e manter o foco na estrada e nos perigos que a todo momento nos surpreendem, mas tem sido muito difícil ignorar o calor que a presença dele produz em mim. Envergonho-me de admitir que parte da angústia que me devasta desde a tua partida se esvai quando os braços de Fernão — é esse o seu nome — roçam as mangas do meu vestido ao segurar as rédeas do corcel.

Não que eu goste dele. De forma alguma. Um homem que vive de exploração e trocas de favores com fazendeiros, donos de minas e aristocratas merece meu desprezo. Nem imaginas o que já ouvi a respeito dele ao longo destes dias, *chère maman*. As conversas escapam entre os homens. Fernão possui seus próprios princípios, os quais repudio. Há negócios escusos envolvendo tráfico de escravos, sonegação de impostos, domesticação de negros da terra e sabe-se lá mais o quê.

Tão diferente de *papa*...

Será que enlouqueci de vez? Acaso ainda vivesse em Marseille, eu dedicaria um segundo sequer dos meus pensamentos a um homem como Fernão? Sabes que nunca me apaixonei, *maman*, mas se porventura o tivesse feito, seria por alguém como ele? Imponente, forte, destemido, dono do próprio destino... E belo. Absurdamente belo, com aqueles olhos ora azuis glaciais, ora cinzentos, os cabelos negros como as penas de um corvo, e o porte atlético de alguém habituado a trabalhar a musculatura na lida do dia a dia.

Vejo-me numa encruzilhada: ou rezo para que a viagem chegue logo ao fim, de modo que a tormenta provocada pela proximidade de Fernão cesse, ou imploro ao tempo que diminua seu ritmo, evitando, assim, que eu seja entregue ao meu prometido.

Ah, por que não existe uma terceira alternativa?

O amor nos tempos do ouro   **61**

5.

Rubi, concha de perlas peregrina,
Animado Cristal, viva escarlata,
Duas Safiras sobre lisa prata,
Ouro encrespado sobre prata fina.

Gregório de Matos, "Desayres da formosura com as pensões da natureza ponderadas na mesma dama"

Fernão perscrutou as árvores ao redor. Havia dias um bando de maritacas — para ele, miniaturas escandalosas de papagaios — acompanhava a comitiva, seguindo o rastro da infinidade de mangueiras espalhadas pelo Caminho Novo. A fruta doce e suculenta não apenas satisfazia as aves como incrementava as refeições dos membros da comitiva.

Chegavam ao nono dia de viagem. Até então, a tempestade que destruiu o coche havia sido a única ocorrência complicada. Sem encontros inesperados com índios selvagens nem ataques de animais ferozes, tudo se desenrolava dentro dos conformes.

Se bem que cavalgar com Cécile encarapitada no lombo do cavalo, bem à sua frente, exigia dele uma concentração redobrada, fazendo-o se distrair de praticamente tudo mais ao redor. Fernão tinha uma imensa resistência em dividir sua sela com outras pessoas. Eram raríssimas as ocasiões em que se dispunha a carregar alguém, a não ser que houvesse um motivo justificável. Cuidar da segurança da futura noiva de seu contratador e entregá-la inteira configuravam razões mais que suficientes, de modo que teria de se conformar com a moça presa a ele sobre o cavalo por, no mínimo, mais uns cinco dias.

E isso o preocupava até mais que outros problemas. Fazia tempo desde que estivera com uma mulher nos braços e a carência corroía suas entranhas gradativamente. Seria um panaca se não reagisse ao corpo de Cécile pressionando o seu daquela forma, horas a fio, ainda que preferisse curvas mais generosas, como as de Sabine, a cortesã de origem duvidosa que virava a cabeça dos homens de Vila Rica e redondezas.

Precisava de um banho frio.

E como se a natureza tivesse resolvido lhe conceder uma prenda, ouviu o som de uma cascata anunciando sua presença um pouco mais adiante.

— Vamos apear por aqui — avisou aos homens. — Os cavalos precisam se refrescar.

— Ah, será mesmo um alívio caminhar depois de horas cavalgando — opinou Cécile, animada com a chance de esticar as pernas e se afastar por alguns minutos de Fernão.

Ele lhe dispensou um olhar ininteligível enquanto a ajudava a descer da montaria. Não passou despercebido a nenhum dos dois que, dessa vez, as mãos do explorador permaneceram poucos segundos a mais na cintura de Cécile, algo quase irrelevante, não fossem os sentidos aguçados pelas longas horas compartilhando a mesma sela do cavalo.

A moça tratou de minimizar sua reação ao toque de Fernão, afastando-se rapidamente, enquanto ele soltava um longo suspiro e seguia rumo à cachoeira, louco para se livrar da incômoda sensação de carência provocada pela francesa prometida.

— A senhorita está bem? — perguntou Úrsula, ao se juntar à patroa assim que pôs os pés no chão.

— Claro, embora um tanto dolorida. Cavalgar nunca foi meu forte — confessou, massageando o pescoço.

— Tampouco o meu, especialmente com um brutamontes às minhas costas. Isso é tão inapropriado!

Cécile achou graça do comentário de sua dama de companhia.

O amor nos tempos do ouro **63**

— Suponho que seja preferível a caminhar.

— Obviamente, senhorita. — Lembrando, de repente, que seus incômodos não deveriam ser prioridade, mas sim o bem-estar da moça para quem trabalhava, Úrsula deixou de expor sua opinião a respeito da viagem e procurou se concentrar no seu papel de braço direito de Cécile. — Queres que eu desembarace teus cabelos? Decerto estão cheios de nós, como os meus.

— Obrigada, mas não. Se não te importas, gostaria de caminhar um pouco.

— Ah, claro. Podemos seguir por aquela trilha de lírios do campo.

Cada vez mais admirada com o comportamento de Úrsula, Cécile se perguntava como o tio não reduzira a espontaneidade dela a pó. Para o estilo de vida que ele levava, a dama de companhia era como um dente-de-leão em meio a margaridas, totalmente destoante. Pensando bem, o fato de tê-la destinado à sobrinha foi a chance ideal de se livrar da criada.

— Agradeço muito pela oferta de companhia, porém prefiro ficar sozinha um pouco — esclareceu Cécile com cuidado para não magoar Úrsula.

— Mas, senhorita, é perigoso.

— Não irei muito longe. Só desejo aproveitar a solidão para apreciar os sons da natureza.

A dama de companhia tinha uma lista de argumentos para tentar demover a patroa dessa ideia arriscada. Porém se resguardou de uma possível repreensão, uma vez que o olhar de Cécile informava em letras garrafais que ela não estava aberta a negociações, não sobre esse assunto.

Resignada, Úrsula se afastou, deixando a francesa sozinha, como queria. Então ela desceu pela margem da estrada até o pequeno riacho onde os animais e os homens da comitiva se refrescavam, e seguiu adiante, parando de tempos em tempos para admirar os seixos brilhantes que adornavam a beira do pequeno rio.

Mas o que adoraria mesmo era mergulhar naquela água translúcida. Se estivesse em sua casa em Marselha, certamente já estaria exercitando suas braçadas no lago que ficava dentro da propriedade da família Lavigne. Nem os sermões da mãe quando aparecia molhada a impediam de voltar e repetir a arte todas as vezes. Cécile tinha a sensação de que o mundo ficava suspenso quando ela nadava, como se o tempo parasse e só voltasse ao normal assim que ela colocava os pés de volta no chão.

Sorridente por ter se recordado da época em que era mais que feliz, Cécile se esforça para reter a lembrança. Então se afastou um pouco mais, recusando-se a voltar e perder o elo gostoso com seu passado. Caminhava despreocupadamente, com o olhar seduzido pelas belezas naturais daquela região. E tudo ficou ainda mais interessante no momento em que uma exuberante cachoeira se revelou diante dela.

— *Mon Dieu!* — murmurou para si mesma, em êxtase.

Nunca, durante toda a sua vida, havia visto algo como aquilo. A água despencava das rochas de uma altura impressionante, criando o efeito de um imenso véu descendo imperioso pelas costas de uma noiva. E a luz do sol, refletida pelas gotas, produzia minúsculos arco-íris, o que evocava uma visão um tanto surreal.

Cécile não conseguia resistir a tamanha beleza. Talvez resolvesse ficar ali para sempre, sobrevivendo como os índios.

— Ah, claro. — Ela riu do próprio pensamento. — Como se me fosse permitido algum tipo de escolha.

E bem quando a moça concluía que até então jamais se deparara com algo tão fantástico, um segundo elemento — totalmente inesperado naquele cenário — entrou em seu foco, derrubando suas defesas de vez.

Fernão...

Com medo de ser flagrada espiando, Cécile se escondeu atrás de uma árvore. Sabia que o mais sensato era dar meia-volta e esquecer o que viu. Mas não conseguia. Estava hipnotizada pela imagem daquele homem, praticamente nu, não fosse a ceroula, que, na verdade, não cobria coisa alguma, encharcada daquela forma.

Seu coração pôs-se a bater desgovernadamente no peito.

Se viajar recostada a ele lhe dava a nítida noção de que Fernão possuía um corpo vigoroso, vê-lo despido não apenas comprovava a im-

O amor nos tempos do ouro **65**

pressão de Cécile como desmentia tudo o que conjecturava a respeito da constituição física dos homens. Não que fosse uma completa ignorante, pois já vira os irmãos sem roupas algumas vezes. Mas nada podia se comparar, nem mesmo em seus sonhos — pois os tinha, não negava —, com a exuberante figura masculina bem ali, a poucos metros.

Caso fosse forçada a descrever Fernão, diria que sua anatomia sem dúvida se assemelhava às estátuas gregas de mármore, com todos aqueles músculos esculpidos de modo harmonioso e viril ao longo do corpo. Está certo que as esculturas não possuíam pelos no tronco, que costumavam induzir a uma ideia de falta de asseio, mas naquele homem eles complementavam a figura absurdamente máscula que Fernão era.

Sem desviar, nem por um instante, os olhos do corpo de Fernão, Cécile chegou a uma nova descoberta, que o distanciava um pouco mais dos objetos usados como comparação: ou os artistas da Grécia Antiga economizavam bastante ao esculpir determinadas partes da fisiologia masculina, ou aquele explorador rústico não poderia ser... normal.

Sentiu-se enrubescer por se permitir pensar em algo tão indecoroso, e então puxou o ar com força. Precisava voltar à razão e apagar da mente a imagem de Fernão em seu ápice de exuberância sob as águas daquela cachoeira. Resoluta, Cécile deu meia-volta e disparou na direção oposta. Morreria se fosse flagrada, o que tornaria o restante da viagem intolerável.

Enquanto corria, não conseguia parar de sorrir. Estava prestes a se casar contra a própria vontade, mas pelo menos teria algo com que sonhar durante os piores momentos com Euclides de Andrade.

Quando achou que havia se afastado o bastante, Cécile desacelerou os passos. Estava sem fôlego, por isso parou, apoiando as mãos acima dos joelhos a fim de recuperar a compostura antes de se unir à comitiva.

"Meu Deus! O que foi que eu fiz?", questionava-se, dividida entre perplexidade, admiração e culpa.

— Ora, ora, se não é a francesinha!

As emoções conflitantes impediram Cécile de perceber a aproximação de um homem, principalmente porque ele foi se achegando devagar, por trás, aproveitando para dar o bote quando ela parou de correr. A moça gritou quando sentiu duas mãos opressoras agarrarem-na pela cintura e forçarem seu corpo contra o de alguém que ela sabia não ser Fernão.

— A senhorita facilitou muito as coisas para mim — sussurrou o homem bem próximo do ouvido da moça, exalando um odor nauseante.

— Aposto que apreciou a vista lá na cachoeira e agora está consumida por um fogo que eu terei um imenso prazer em apagar.

— Solta-me! Tira tuas mãos de mim, seu animal! — Embora Cécile estivesse aos berros, lutando para se livrar de quem a atacou, o medo do que acabaria acontecendo dominava seus instintos.

— Mas o que eu mais desejo, desde que pus os olhos na senhorita, é pôr minhas mãos em ti — retrucou ele, consumido pela luxúria.

O agressor arrastou Cécile e a virou para si tão logo chegaram a uma área fora da rota do grupo. Olhou-a com ganância, certo de que precisaria acabar com a vida dela depois de deflorá-la. Em seguida, fugiria pelo mato e ninguém jamais o encontraria. Tinha tudo muito bem planejado. Apenas atrasara a execução devido ao fato de Fernão estar sempre por perto, cuidando da integridade da francesa.

— Ficaste excitada, minha pequena, ao ver aquele imbecil na cachoeira? — O homem provocou, enquanto se deitava sobre Cécile e lhe lambia o pescoço. Seu peso a esmagou.

Nesse instante Cécile soube que estava perdida, pois jamais seria páreo para aquele porco jogado em cima dela. Lágrimas escorriam pela sua face enquanto ele rasgava a parte de cima de seu vestido.

— És por demais formosa. A senhorita não merece ser entregue àquele aristocrata velho e asqueroso. Prometo tratá-la como uma deusa.

— Por favor, por favor, *s'il vous plaît*...

— Isso, gosto quando falas em francês. Soa muito sensual em teus lábios. Não te interrompas.

Sem conseguir se conter por mais nenhum segundo, o homem grudou sua boca na de Cécile, arrancando dela um soluço enojado.

— Muito sensual, como todas as francesas safadas... — murmurava ele, com uma mão enganchada em um dos seios da moça e a outra deslizando por sob as saias. — Não vejo a hora de...

O amor nos tempos do ouro   **67**

De repente, tudo ficou silencioso. De olhos fechados, Cécile imaginou ter desmaiado ou morrido, embora a consciência estivesse em completa atividade. Só foi capaz de começar a compreender a nova situação no momento em que ouviu:

— Desgraçado, tu tens um segundo para sair de cima dela.

Fernão pairava sobre o homem, com a ponta da espada lhe pressionando a cabeça, prestes a lhe atravessar o cérebro. Sem esperar pela reação do infeliz, ele mesmo o puxou, livrando Cécile daquele peso. Uma vez solta, ela se arrastou até encostar em uma pedra, tentando, a todo custo, esconder a pele desnudada pelos rasgões na roupa.

— Vês aquela dama? — inquiriu Fernão, depois de atirar o homem no chão, comprimir sua enorme barriga com a bota e forçar a espada naquele pescoço gordo. — Tu não mereces sequer dirigir o olhar a ela, seu verme.

A voz do explorador retumbava feito trovões. Se ainda não havia dimensionado o poder daquele homem, Cécile acabava de compreender por que as pessoas o temiam.

— Portanto garantirei que nunca mais caias na tentação de olhá-la, de maculá-la com esses olhos asquerosos.

Fernão nem pestanejou ao enterrar a arma no coração do homem sob seus pés.

— Oh… — Cécile gorgolejou, surpreendida pelo ato. E ficou ainda mais abalada ao ver seu salvador chutar o corpo inerte do homem que tentou violentá-la. No fundo, desejava fazer o mesmo. — Ele ia, ele ia…

Apressando os passos até ela, Fernão agachou e tomou o rosto da moça entre as mãos.

— Shhhh… Estás segura agora.

— Ó meu Deus! — Cécile caiu em prantos.

— Não permitirei que outras maldades te aconteçam, senhorita. Isso foi um descuido, o qual assumo totalmente. Mas estás segura agora — ele repetiu e estava sendo muito sincero. Odiava-se naquele instante pelo que quase acontecera com a moça aos seus cuidados. Porém o ódio ia além do dever de mantê-la a salvo. Nascia de algo primitivo, irracional, inexplicável. — Vou levar-te para tua dama de companhia e garantirei que ninguém saiba o que ocorreu, está bem?

— Não — Cécile sussurrou, segurando-o pelos pulsos. — Eu não posso. Necessito de um tempo... para me recompor.

Só então Fernão baixou os olhos e pôde constatar em que estado estavam as suas vestes. Quis que o cretino ainda estivesse vivo de modo que pudesse matá-lo novamente, e de novo, de novo, de novo, até que sua ira amansasse, se é que chegaria a tal ponto.

— Está certo — concordou ele, com a voz branda. — Se não te importas, levarei a senhorita até o riacho, onde poderás te refrescar.

— Cécile — disse ela, bem baixinho, olhando-o nos olhos.

— Como?

— Por favor, chama-me apenas de Cécile.

Um calor incômodo rondou o peito de Fernão. Porém, sem questionar, ele assentiu.

6.

"Tudo no mundo é frágil, tudo passa..."
Quando me dizem isto, toda a graça
Duma boca divina fala em mim!

E, olhos postos em ti, digo de rastros:
"Ah! podem voar mundos, morrer astros,
Que tu és como Deus: princípio e fim!..."

Florbela Espanca, "Fanatismo",
em *Livro de Soror Saudade*

O pânico devido ao que quase acontecera continuava instalado dentro de Cécile, ameaçando subjugá-la, ainda que seu agressor já estivesse morto. Ela não entendia como acabara encurralada por aquele homem asqueroso. Fazia dias que viajavam juntos e, de certo modo, julgou que houvesse um acordo tácito firmado entre os membros da comitiva no que dizia respeito à segurança de todos e ao respeito entre eles.

Já Fernão lutava contra a vontade de confortar a pobre moça, indiferente à repercussão que esse gesto poderia acarretar. Havia sido contratado — e muito bem pago, inclusive — para levar Cécile até o futuro noivo em segurança. Nutrir sentimentos de piedade, carinho ou até desenvolver certa empatia com a situação da jovem não deveriam constar em sua lista de atribuições. Então por que não ignorava essas sensações? Para ele, um homem acostumado com a dureza da vida, com as injustiças de um modo geral, a realidade da francesa chegava a parecer peixe pequeno.

Desprezando tudo o que não fosse natural de sua personalidade endurecida, Fernão decidiu deixar todos os seus movimentos às claras, antes mesmo de executá-los:

— Precisarei erguer a senhorita... — interrompeu-se ao se recordar do pedido dela. — Cécile.

Ela, surpresa ao ouvir seu nome pronunciado de modo tão delicado por alguém que prezava a força acima de tudo, relanceou o olhar até encontrar o dele, o que a fez corar no mesmo instante.

— Eu... consigo caminhar sozinha — resistiu, visto que, com as emoções tão à flor da pele, não teria condições de se mostrar indiferente a esse cuidado especial, ainda mais porque já sabia o que aquelas roupas pesadas escondiam. Melhor seria guardar certa distância.

Fernão tampouco questionou a decisão dela, mas fez questão de ajudar Cécile a ficar de pé. Amparando-a, ele a conduziu até a margem do riacho, em um local onde a água não chegava, mas ficava perto o suficiente para ser recolhida com facilidade. Sem pedir permissão, ele molhou um pedaço da própria camisa, rasgado naquele momento diante dela, e cuidou de limpar os arranhões provocados pelas unhas imundas do agressor, deixados especialmente nas mãos e no pescoço da moça.

Embaraçada com o gesto, Cécile tentou, como pôde, ajeitar a parte de cima do vestido, arruinada durante o ataque. Não fosse a camisa de linho por baixo de tudo e o espartilho com decote um tanto elevado, ela estaria completamente exposta e ainda mais mortificada. Apesar de toda a situação, Cécile se sentia aliviada. Afora o susto, nada de grave havia acontecido, graças ao homem postado bem à sua frente.

— Eu... — Ela tentou tocar no assunto, mas não sabia como começar. Então pigarreou discretamente antes de fazer uma nova tentativa. — Eu não tive culpa.

— Óbvio que não — Fernão rebateu, mais ríspido do que desejava. — Animais como aquele que acabei de mandar para o inferno...

O amor nos tempos do ouro 71

Enfim, a senhorita não tem por que se culpar. — Ele não conseguiu verbalizar o pensamento. Era repugnante demais.

— Há outros? — A voz de Cécile saiu pouco mais alta que um sussurro.

— Ninguém ousará encostar sequer um dedo em ti — garantiu Fernão, solenemente.

Cécile teve vontade de perguntar se a promessa se estendia ao futuro noivo. Porém levantar essa dúvida só a faria parecer ainda mais frágil — e a francesa dispensava esse rótulo. O problema era seu. Só ela mesma poderia lidar com ele.

O curioso era que adjetivos como sensível, frágil ou compassiva haviam sido apagados da imagem que Fernão vinha construindo sobre ela. A cada dia ao lado daquela mulher, desfaziam-se as primeiras (e não muito boas) impressões a seu respeito, uma a uma. E o explorador mal sabia como lidar com essas novas constatações.

— A propósito, por que caminhaste para tão longe da comitiva, sem tua dama de companhia?

O rosto de Cécile se tingiu de carmim no instante em que a pergunta foi feita. Não se afastou do grupo com a intenção de flagrar o explorador quase nu, mas acabou levada a isso e nada iria fazê-la se esquecer daquela cena. Falar sobre sua caminhada solitária contribuía para reforçar a embaraçosa imagem.

— Tive vontade de ficar um pouco só e apreciar a natureza. — Ela abaixou a cabeça. — Nem suspeitei que pudesse ser uma má ideia.

— Os homens não são seres confiáveis, senhorita — declarou Fernão, ao mesmo tempo que a ajudava a ficar de pé.

— E eu com medo das feras.

Os dois sorriram um para o outro, de modo afetuoso. Mas antes que o gesto se tornasse desconcertante para ambos, eles trataram de desviar o olhar e se concentraram no retorno até o local onde os demais membros da comitiva descansavam.

Ao chegarem lá, com uma expressão que não abria brecha para comentários, Fernão ordenou à Úrsula que auxiliasse Cécile no que ela precisasse para se recompor. Sendo assim, as duas foram escoltadas por Akin e Hasan até uma espécie de gruta, onde teriam privacidade para executar as tarefas básicas da *toilette* feminina. Aquela dupla de escravos provavelmente era formada pelos homens mais corretos que Fernão tivera a sorte de conhecer, portanto, ideais para a função de protegê-las quando ele mesmo não estivesse por perto. Naquele momento, Fernão seria mais útil de outra forma.

— Estêvão está morto — anunciou ele, sem preâmbulos. — Eu o matei.

Acostumados com a personalidade do explorador, ninguém demonstrou surpresa diante da revelação.

— E antes que qualquer outro siga o mesmo destino, vou logo avisando: eu *proíbo* que sequer sonhem em encostar um maldito e asqueroso dedo naquelas moças — decretou, em um tom de voz que poderia assustar até a mais selvagem das criaturas.

A cabeça de Cécile estava nas nuvens. A moça havia desistido de tentar acompanhar a explanação veemente de Úrsula sobre os porquês de uma dama jamais andar desacompanhada.

— Não se trata somente de uma questão de decoro e de seguir os costumes — dissera minutos antes. — Mas também de segurança.

Assim que a dama de companhia passou a listar os problemas que um reles passeio solitário poderia causar, Cécile embarcou em sua viagem mental particular. Lembrou dos pais e dos irmãos e não conseguiu evitar a dor que lhe voltou a queimar o peito. Também pensou no casamento que se aproximava e outro tipo de dor se uniu à primeira, potencializando a sensação ruim.

Então, procurando ignorar tamanha amargura, permitiu que as imagens de certo homem tomando banho de cachoeira, antes arduamente bloqueadas, voltassem a ocupar seus pensamentos. Será que um dia conseguiria esquecer o torso bem esculpido de Fernão? Ou toda vez que precisasse se deitar com o marido evocaria aquelas lembranças para suportar o castigo?

— Por Deus, senhorita! Estás a queimar! — observou Úrsula ao ajudar Cécile com o vestido. — Oh, e se for uma dessas febres horríveis?!

— Não é nada disso, Úrsula! Acaso tu não sentes o calor absurdo que faz nesta terra? — disfarçou ela. Nem sob tortura revelaria o que presenciara na cachoeira. — Tanto que não usarei o espartilho. Tu podes guardá-lo no baú, junto com os demais.

— Ó senhorita Cécile, perdoa-me pela sinceridade, porém não é de bom-tom uma donzela desfilar na presença de homens sem o espartilho. Onde já se viu, minha Santa Efigênia, algo assim? A não ser que na França haja tal costume — conjecturou a espantada dama de companhia. Mas logo ela balançou a cabeça com veemência e enfatizou: — Mas aqui não! Mulheres recatadas usam a peça, com ou sem incômodo.

Irritada com a tagarelice de Úrsula, Cécile se desvencilhou das mãos dela e ganhou certa distância.

— Por favor, prefiro terminar de me trocar sozinha. — *Ah, como Marie fazia falta!*

— Mas, senhorita…

— Úrsula, eu não me preocupo muito com o que as pessoas pensam a meu respeito. Sou assim desde sempre. Nem mesmo *maman* ou *papa* conseguiram corrigir esse defeito em mim. E já que passaremos um longo tempo juntas, imploro que aceite minha personalidade.

Cécile não precisou completar a frase para que a dama de companhia compreendesse onde a moça queria chegar. Portanto, sem dizer mais nada, saiu da gruta, exibindo apenas um sorriso amarelo no rosto.

Minutos depois, a francesa se uniu à comitiva, completamente transformada pela mudança de trajes — agora usava um vestido mais leve e folgado. Seu alívio era visível, muito embora ninguém, a não ser Úrsula, conhecesse a causa.

Fernão não quis perder mais tempo naquele lugar. Assim que Cécile reapareceu recomposta, deu ordem para que a comitiva partisse. Depois do último acontecimento, os ânimos não estavam mesmo para conversas ou indolências. Melhor mesmo era retomar o trajeto e torcer para que nada de anormal acontecesse dali em diante.

Um tanto desconcertada, Cécile voltou a se acomodar sobre o vigoroso cavalo, auxiliada pelas mãos firmes de Fernão, que logo também tomou o seu lugar. Dessa vez, com o intuito de evitar os olhares especulativos dos demais homens, ele optou por cavalgar na retaguarda, cedendo a dianteira a Tenório, o mais confiável dos companheiros.

A tarde seguia seu percurso e o calor ficava cada vez mais intenso. Cécile se sentia lânguida. Portanto, para evitar uma queda feia — fatal, inclusive —, foi se deixando aconchegar a Fernão, até que não houvesse mais espaço algum entre seus corpos. Imediatamente, Fernão notou a ausência do espartilho. Essa constatação o revirou por dentro. Desejos ocultos nublaram sua racionalidade, exigindo dele um esforço imenso para reprimi-los. Não tinha esse direito.

Cécile, por inúmeros motivos, não era mulher para ele: nobre, virgem, prometida. Prometida de Euclides de Andrade! Essa, por si só, era uma razão mais que suficiente. Não simpatizava com o velho fazendeiro, nem de longe. Mas o tipo de laço que unia Fernão ao homem de negócios mais poderoso das Minas Gerais era complexo demais para ser desfeito por um capricho.

Visando amenizar o efeito que Cécile provocava em seu corpo, ele procurou se concentrar nos sons da natureza ao redor. E se surpreendeu ao constatar que a francesa fazia o mesmo.

— O que é aquilo? — indagou ela, com o indicador apontado para o galho de uma árvore.

— Um macaco! — respondeu Fernão, incrédulo. — Acaso não existem primatas em terras francesas?

Cécile deixou escapar uma risada.

— Por certo que sim, embora jamais tenha visto um daquela espécie.

Ela era inteligente e não era a primeira vez que Fernão notava essa característica.

— É um sagui.

— Parece amistoso.

— E é mesmo.

Cécile assentiu. Ainda não admitira, mas começava a considerar as belezas naturais da colônia muito mais atrativas do que as do seu país. "O selvagem tem suas qualidades", pensava, comparando com o bucolismo de Marselha.

— E que tipo de ave produz esse som estridente, semelhante a uma risada? Ouço-o o tempo inteiro, mas não vejo o locutor. Chega a soar tão sombrio — observou, cada vez mais relaxada.

— Acredito que estejas a se referir à seriema.

— Ser... ser... Como? — Ela se atrapalhou com a pronúncia da palavra e Fernão gargalhou. Cécile enrijeceu o corpo ao sentir a vibração da risada alta em suas costas.

— Difícil, *mademoiselle*?

— *Oh, oui. Je n'ai jamais entendu ce mot, pas même en portugais.*[6]

— Sabes que não compreendo essa tua língua cheia de assovios. Decerto estás a me punir pelo comentário — Fernão supôs, achando o diálogo até divertido.

— Como queres punir-me?

Ele desistiu de entender e manteve o foco na estrada, em busca de novas espécies da fauna local para prosseguir com a "aula". Mas Cécile queria mais detalhes sobre a tal seriema.

— Conta-me, por favor, como é essa ave, a seri... seri...

— Seriema. Bem, ela é alta, esbelta, de coloração amarronzada, pescoço fino, cabeça pequena com um penacho singular. Costuma andar em dupla, isto é, macho e fêmea.

— Seria um ato de sorte depararmos com um par pelo caminho? — ela quis saber, temerosa.

— Ah, sim. As seriemas são arredias. Temem os humanos. Jamais nos atacariam, e se o fizessem, não provocariam danos terríveis.

Então Cécile se pôs a desejar um encontro com o tal pássaro. Seria ele mais belo que um cisne?

— A vantagem das seriemas é que elas se alimentam de alguns tipos de cobras — explicou Fernão. — Tê-las ao redor é um bom sinal.

— Odeio cobras — comentou a moça, com um estremecimento. — Pierre, meu irmão caçula, foi picado por uma certa vez. Pobrezinho, quase morreu.

Ao expressar essa pequena recordação, Cécile se entristeceu. Pierre era um menino aguerrido. Lutara bravamente pela vida, mas acabara perdendo-a, mais tarde, em um acidente estúpido. Ela não se conformava.

Fernão captou a abrupta mudança em seu estado de espírito. Sabia que toda a família da francesa estava morta, assim como a sua. Porém, por mais que soubesse que estava forçando uma situação indesejada, prosseguiu com o assunto:

— Há quanto tempo eles partiram?

— Aproximadamente três meses — declarou ela, bem baixinho.

— Presumo que se tratasse de uma família feliz e que vir para o Brasil era tudo o que a senhorita menos queria.

— Sim.

Diante das respostas sucintas, Fernão preferiu não insistir mais.

— A senhorita, por ventura, conhece aquele animal?

A mudança repentina de assunto pegou Cécile desprevenida, o que a deixou alguns instantes sem reação. Mas tão logo avistou o bicho, arregalou os olhos e arquejou, espantada.

— Uma espécie de javali, talvez? — arriscou um palpite, ainda que ela mesma duvidasse do que sugeriu. Afinal, o estranho animal não possuía o focinho característico dos suínos.

— Capivara.

— *Mon Dieu*, que terra singular! Quanta riqueza!

— A senhorita ainda não viu nada.

Cécile suspirou. Sabia que só se tornaria uma conhecedora da região quando passasse a ser uma moradora de verdade. E para isso acontecer, teria de abrir mão da própria identidade.

Era quase noite quando alcançaram os limites de um pequeno povoado a alguns quilômetros de Vila Rica. Depois de tantos dias de viagem, Cécile perdera peso e se sentia enfraquecida. Sua pele — as partes não cobertas pelas roupas — ganhou um tom rosado, consequência da contínua exposição ao sol. Tudo o que ela desejava resumia-se a uma cama com lençóis limpos, depois de um banho quente e demorado. Passar a última noite de viagem em uma estalagem de beira de estrada, ainda que simplória, significava ter de volta ao menos o direito de se sentir humana de novo.

O amor nos tempos do ouro   **77**

Os dias anteriores haviam sido custosos — muito sol, muito calor, muita umidade. E o diálogo descontraído com Fernão fora minguando aos poucos, por razões que nem a própria Cécile saberia apontar. Desanimada como nunca estivera ao longo do percurso, ela voltou aos velhos pensamentos sobre a morte e almejou, mais uma vez, ter partido junto com os pais e irmãos.

Quando a comitiva entrou no povoado, foi recebida com desconfiança pelos moradores — como sempre acontecia. Temiam os índios e suas flechas, mas, especialmente, a brutalidade dos exploradores. Porém, dessa vez os residentes da vila só tinham olhos para Cécile. Quem haveria de ser aquela criatura tão diferente e delicada, instalada sobre o cavalo do mais poderoso aventureiro daquelas bandas?

Por causa da corrida desenfreada em busca de ouro e outras riquezas que literalmente brotavam na capitania das Minas Gerais, a presença de forasteiros — portugueses, paulistas — deixara de ser motivo de surpresa havia tempo. Eles chegavam e se apossavam de tudo, reclamando os direitos sobre as terras que, afinal, eram de ninguém.

Famílias inteiras chegavam ao porto no Rio de Janeiro e atravessavam o Caminho Novo até Vila Rica. Mas uma moça apenas, conduzida por uma tropa dos mais variados tipos de homens, era bastante incomum.

— Por que olham tão fixamente para mim? — questionou Cécile, assim que desceu do cavalo. Suas pernas formigavam e Fernão precisou ampará-la para que não caísse.

— Eu imagino inúmeras respostas, senhorita, embora a mais provável seja o fato de ser uma dama em meio a tantos matutos — justificou ele, prolongando o contato de suas mãos rudes com a cintura dela por um instante a mais.

— Matuto — ela repetiu, saboreando a palavra. — Eis mais um termo que desconheço. Português estranho este falado por aqui.

— São muitas influências, como já deves ter observado.

Cécile não respondeu. Limitou-se a assentir e a ganhar distância do homem que se tornara uma espécie de centro de sua existência nas últimas semanas.

Mal deu alguns passos em direção à entrada da estalagem e parou antes de chegar lá. Uma agitação alterou o objetivo de Cécile, que se virou a tempo de ver uma pedra atingir em cheio a cabeça de Fernão. O homem soltou um urro e, mesmo sangrando, partiu atrás do agressor. Entretanto, não conseguiu alcançá-lo, primeiro porque o moleque era rápido feito um corisco. Não que Fernão não o fosse também. Porém uma súbita tonteira, seguida de uma queda, dificultou seu intento.

Cécile não refletiu um só segundo a respeito de como deveria agir. Partiu em disparada e caiu de joelhos no chão, ao lado do explorador machucado.

— Oh, *mon Dieu*! — exclamou ao deparar com o sangue que escorria da sobrancelha esquerda, onde a marca do encontro com o paiaguá já existia. — Levai-o para dentro! — gritou ela para todo mundo e para ninguém em específico.

— Eu estou bem. Não foi nada — retrucou Fernão, com a voz um tanto embargada.

Mas Cécile nem tomou conhecimento dos protestos do homem e tratou de providenciar a sua locomoção para dentro da estalagem.

Odiando se render ao mal-estar provocado pela pedrada e aceitar o amparo de Tenório, Fernão, muito a contragosto, foi levado até a cozinha da humilde hospedaria, onde, sentado em um minúsculo banco, passou a ser examinado atentamente por Cécile.

— Acaso és uma curandeira ou algo assim? — debochou ele, enquanto ela dava ordens a todos que se encontravam por perto.

— Preciso de um pano limpo e água quente fervida! — A francesa nem se deu ao trabalho de responder.

Atônitos, tanto a cozinheira quanto os homens da comitiva apressaram-se para atender Cécile. Ela podia ser franzina, mas sabia se impor.

— A senhorita está a me tratar como se eu não passasse de um moribundo qualquer. Já fui flechado, esfaqueado e até atingido pela bala de uma espingarda. Uma pedra atirada por um moleque mal-educado não há de ser grande coisa.

O amor nos tempos do ouro **79**

— Sinto contrariar teu argumento, mas diante do modo como reagiste e do tamanho desse corte aí em tua testa, uma simples pedra pode, sim, se tornar a pior das armas.

Fernão não foi capaz de impedir que um sorriso aberto se estampasse em seu rosto. Apesar da ardência que sentia a cada toque de Cécile na área machucada, o prazer de tê-la tão perto e absorta em cuidar dele superava o incômodo. Aproveitou para avaliar a moça à sua frente e, ainda que a cozinha da hospedaria não fosse muito clara, conseguia enxergar as pequenas sardas do nariz de Cécile — um nariz bastante aristocrático, por sinal. Também reparou que os olhos dela não tinham uma cor definida. Ora pareciam verdes, ora lembravam o tom das folhas quando ressecavam.

Ele baixou a vista um pouco mais e, vagarosamente, analisou a pele alva sobre o decote do vestido. Foi obrigado a conter o impulso de tocar o local e descobrir, com os dedos, se era tão macio quanto imaginava. Por fim, deteve-se na curva da cintura de Cécile. Sabia que era estreita e firme, pois em mais de uma ocasião tivera a oportunidade de tocá-la ao ajudar a pequena francesa a montar e desmontar do cavalo. Entretanto, nem por isso deixou de admirar a perfeita proporção daquelas linhas em relação ao restante do corpo.

Todas essas constatações provocaram um descompasso nas batidas do coração do rude explorador, que não queria se sentir tão vulnerável assim diante de Cécile, uma jovem aristocrata francesa prometida ao mais poderoso dos homens daquelas bandas. Talvez, quando a viagem chegasse ao fim e eles se afastassem, o fogo que andava queimando em seu peito acabasse se aplacando. "E irá!", ele garantiu a si mesmo.

Mas quando chegou a essa reconfortante conclusão, algo inesperado aconteceu.

Estavam sozinhos. De repente, não havia mais uma vivalma sequer por perto. Cécile, concentrada em sua missão de cuidar para que o machucado na sobrancelha de Fernão não inflamasse, soltou um suspiro profundo, algo bem próximo de um lamento.

— O que passa? — ele quis saber, preocupado. Imaginou que ela também poderia estar com algum ferimento, nos joelhos talvez, quando se abaixou bruscamente para conferir se ele estava bem.

Cécile recuou uns passos até se chocar contra uma mesa, onde recostou o quadril. Seu rosto estava um tanto vermelho, em especial as bochechas. Envergonhada, ela desviou os olhos para o piso de terra batida e chutou uma pequena pedra que jazia perto de seus pés. E antes que a coragem de expor o que sentia evaporasse junto com a fumaça da panela sobre o rústico fogão de lenha, falou de supetão:

— Esta é a última noite. Amanhã chegaremos a Vila Rica. Então ainda há uma chance. — Cécile tremia, incapaz de controlar os nervos.

— Uma chance de quê?

Silêncio. Por alguns instantes ela só fez erguer a cabeça para fitar a reação do homem à sua frente. Fernão parecia confuso, como não poderia deixar de ser. Ela não estava sendo clara. Então precisava usar melhor seu vocabulário.

— Uma chance… de não cumprires o que foste pago para fazer. — Os olhos de Cécile eram suplicantes. — Não me entregues para Euclides de Andrade. Ou leva-me para longe daqui ou apenas deixa-me em qualquer lugar.

O susto provocado pelas palavras da moça fez Fernão ficar de pé em um pulo. Ele a encarou, sem saber o que dizer. Pela primeira vez na vida não tinha uma resposta pronta.

Estimulada pelo silêncio dele, ela repetiu:

— Por favor, Fernão — ambos reagiram assim que Cécile pronunciou aquele nome; ela jamais havia feito isso —, não me entregues.

O amor nos tempos do ouro   **81**

Diário de Cécile Lavigne

Vila Rica, 14 de janeiro de 1735.

Meus amados *papa*, *maman*, Jean e Pierre,

Cheguei hoje a Vila Rica. Por mais que eu estivesse exausta, decepcionada, temerosa e triste, no momento em que me encontrei dentro da cidade, não pude deixar de me admirar com a profusão de cores e sons que se estendia ao meu redor.

O lugar é, no mínimo, singular. Enquanto a vida pulsa no que me parece um vale entre montanhas, uma imensidão verde se impõe pelo alto por meio de um oceano de morros, todos recobertos por uma vegetação fechada, onde, imagino, hospedam-se as mais raras espécies de animais.

Nas ruas, homens livres vendem frutas e as exibem com orgulho; parecem-me muito suculentas. Há empregados da Coroa portuguesa por todos os lados. Ouvi dizer que eles têm a obrigação de fiscalizar a demanda do ouro nas minas, garantindo que os mineradores não deixem de enviar a cota imposta por Portugal. *Papa*, se o senhor os visse, decerto julgá-los-ia como uns esnobes de nariz empinado, naqueles uniformes que só fazem demonstrar o quão superiores imaginam ser.

Enquanto escravos carregam tonéis de fezes — oh, que função mais degradante! —, desviando-se de galinhas e porcos que andam livremente pelas ruas, damas negras e ricas negociam alguns bens de valor com portugueses pobres. Talvez por eu ter me mostrado por demais perplexa, Akin, um jovem negro a quem acabei por me afeiçoar, sentiu-se na obrigação de me explicar que muitas escravas estão comprando sua carta de alforria com os lucros das vendas de cocada e frutas. São chamadas de "negras do tabuleiro". Muitas, depois de livres, caem nas graças de nobres e fazendeiros e tornam-se suas protegidas — naquele sentido vergonhoso. Resultado: acabam cheias de joias, itens inúteis quando a necessidade de matar a fome é maior que a de parecer bela.

Não tive muito tempo para observar mais. Para que eu possa me preparar antes de ser apresentada ao homem a quem devo chamar de noivo, fui imediatamente trazida para a residência de uma nobre viúva, que recebeu a incumbência de eliminar os vestígios da longa e desgastante viagem pela qual passei para chegar até aqui.

Não sei que rumo tomou Fernão e o restante da comitiva, tampouco fiz qualquer esforço para ter essa informação. Desde que ele, ferido diante de mim na cozinha da última hospedaria onde passamos a noite, recusou-se a atender ao meu pedido, compreendi que valorizei em excesso a atenção que recebi daquele homem. Ainda assim, fiquei decepcionada por demais.

A bem da verdade, estou desapontada. Se porventura este diário pudesse chegar às vossas mãos, muito do que escrevi ao longo destas páginas seria suprimido. Entretanto, como fiz deste diário meu único ombro amigo, secretíssimo antes de tudo, atrevo-me a revelar, sem medo de ser desmascarada, que acabei por me afeiçoar a Fernão.

Oh, sinto minha pele queimar, culpando-me pela mentira que acabo de escrever. O verbo afeiçoar não traduz com exatidão minhas emoções em relação àquele homem. Melhor confessar que estou arrebatada, embora esteja a lutar arduamente contra esse sentimento. Fernão é da terra, de espírito livre e aventureiro, fiel a seus princípios, justificáveis ou não. Pensar nele como alguém que pudesse mexer com meu coração e cuidar dele em seguida é desperdício de tempo, além de mágoa na certa.

O amor nos tempos do ouro

7.

Ah! Toda a alma num cárcere anda presa,
Soluçando nas trevas, entre as grades
Do calabouço olhando imensidades,
Mares, estrelas, tardes, natureza.

Cruz e Sousa, "Cárcere das almas",
Em *Últimos sonetos*

Cécile passou um dia e uma noite aos cuidados de Adelaide do Amaral, viúva de um rico português que se instalou nas Minas Gerais no começo do século XVIII como uma espécie de braço direito da Coroa portuguesa. Mais tarde, ele decidiu se desvincular da corte e fez crescer sua riqueza ao assumir a exploração de diversas minas de ouro. Era uma referência em Vila Rica, papel repassado à esposa depois de sua morte.

Adelaide, em um gesto de amizade a Euclides de Andrade, fez de tudo para explicar à jovem francesa os costumes vigentes naquela sociedade e como deveria agir quando se mudasse em definitivo para a Fazenda Real.

— Querida, teu futuro noivo é um homem temente a Deus — disse a mulher durante o chá da tarde, servido com toda a pompa em um conjunto de fina porcelana importado da Índia. A Cécile não passou despercebido o verdadeiro teor da palavra "querida". — A Igreja reconhece e louva todas as suas ações em prol da propagação e da manutenção da fé em Cristo.

A moça apenas concordou, abstendo-se de emitir qualquer comentário. Percebera que o povo daquela terra era extremamente religioso ao levar em conta a quantidade numerosa de igrejas que vira quando atravessara a cidade até chegar à casa de madame Adelaide. Não havia como contestar a estreita relação com Roma.

— Se agires segundo os critérios de compadre Euclides, não encontrarás problemas e viverás com tranquilidade como a dama exemplar que tão generoso homem merece.

Cécile não ousou se expressar em voz alta, mas imediatamente pensou em Akin e Hasan e no modo como os dois se referiam ao nobre fazendeiro, o primeiro ainda mais explícito em suas considerações. Rude, injusto, fanático, isso sim; generoso? Ela desconfiava de que a viúva não estava sendo sincera — ou analisava Euclides com parâmetros diferentes, o que era mais certo.

De todo modo, não adiantava se lamuriar, pois não conseguiria fugir do seu destino. Resignando-se, talvez seu futuro marido a deixasse em paz, e ela passaria seus dias cuidando de tudo o que cabia ao papel de uma esposa — como se alguma vez na vida tivesse chegado perto de desejar esse destino para si.

Um novo coche, bem mais sofisticado do que o primeiro, estacionou logo cedo na entrada do casarão da viúva Adelaide do Amaral. Avisado sobre o acidente com o outro veículo, Euclides, ainda que a contragosto, tratou de cuidar que sua futura noiva fizesse o trajeto de Vila Rica à Fazenda Real com o máximo de conforto possível. Afinal, ele era Euclides de Andrade. Tinha uma reputação a zelar.

Por mais que preferisse não ter motivo algum para simpatizar com o velho fazendeiro, Cécile apreciou o gesto. A viagem até as terras dos Andrade seria curta — pouco mais de metade do dia —, mas não suportaria dividir a sela com Fernão novamente, não depois dos últimos acontecimentos entre eles.

O amor nos tempos do ouro   **85**

— Bom dia — ele a cumprimentou quando a jovem surgiu de dentro da casa. Estava impecável em um vestido amarelo-pálido, bem marcado na cintura, chapéu de abas largas no mesmo tom, com alguns cachos de cabelo para fora, emoldurando de modo angelical aquele rosto que era o retrato da indiferença.

Cécile respondeu friamente, em francês:

— *Bonjour.*

E entrou no coche sem sequer olhar para ele.

A consciência de Fernão lhe dizia que ele jamais seria perdoado por não ter atendido o pedido da francesa. E apenas ele próprio sabia o quanto gostaria de ter dado a ela o que lhe foi tão humildemente solicitado. Teria ido embora com Cécile, servindo-lhe de apoio até que estivesse estabelecida em algum lugar, em segurança. Mas não tinha esse direito. Ela não era seu problema. E quanto a Euclides, devia alguns favores a ele, o suficiente para impedir Fernão de traí-lo dessa forma.

E mesmo que não houvesse dívida alguma que forçasse Fernão a ser fiel a Euclides de Andrade, não saberia como ajudar Cécile. Para onde a levaria? Como montaria uma casa para ela? Acabaria sendo considerada uma prostituta, uma mulher desqualificada, sem lugar na sociedade.

Consciente de que era melhor Cécile ignorá-lo dali em diante, Fernão se limitou a tomar seu lugar na dianteira da caravana e dar sinal para a partida.

Dentro do veículo puxado por um par de cavalos de raça pura, a pose altiva da moça se desfez. Sentia-se como uma taça de cristal estilhaçada, cujos cacos, espatifados, jamais voltariam a se unir.

— A senhorita está tão quieta — observou Úrsula, preocupada com a patroa. — Há algo que eu possa fazer?

— Não te aflijas. Estou bem — mentiu. Não possuía sequer uma gota de motivação para discorrer a respeito de suas aflições com a dama de companhia.

O certo era que estava com muito medo. Entendia perfeitamente que o casamento imporia a ela certas obrigações e, como jamais havia se apaixonado antes e nem nunca pensara em se unir a alguém em matrimônio, não se preocupou em se preparar psicologicamente para a noite de núpcias — e nem para nenhuma outra depois da primeira.

O pior é que tinha ciência do que a esperava. Passara tempo suficiente com as empregadas de sua antiga casa em Marselha para compreender o que acontecia entre um homem e uma mulher sozinhos entre quatro paredes. Desde essa época pôs-se a questionar por que as mulheres eram tratadas como objetos pelos homens. Tudo de ruim recaía sobre elas no final das contas, enquanto, para eles, a tolerância por seus atos quase não tinha limites.

Cécile tivera sorte por ter sido criada por um homem como seu pai, que ignorava os rígidos costumes em prol da felicidade dos filhos. Por outro lado, crescer segundo os padrões talvez a tivesse deixado mais confortável para aceitar esse futuro indesejável.

Resignação. Conseguiria ela viver dessa forma?

Diante de tudo o que passara para chegar a Vila Rica, desde a terrível travessia do Atlântico até as adversidades do Caminho Novo, o trajeto até a Fazenda Real trouxe à lembrança os calmos passeios pelas ruas de sua cidade natal. Embora a estrada fosse bastante precária, nem de longe apresentava os riscos dos trechos anteriores — a não ser os sacolejos, que quase lhe provocavam uma indisposição estomacal.

E, quando menos esperava, a visão de vastos morros, onde o gado pastava calmamente, e de um imponente casarão destacado no meio de uma planície extensa roubou toda a atenção de Cécile. Se a moça antes estava apreensiva, a partir daquele instante passou a tremer violentamente.

Negros transitavam pelo terreno envolvidos em algum tipo de trabalho pesado, mas, à medida que notavam a chegada da comitiva, paravam seus serviços, vencidos pela curiosidade, ainda que, mais tarde, acabassem pagando caro pelo tempo ocioso nas mãos de um feitor muito sádico.

Fernão deu sinal para que seus homens seguissem com os cavalos e o coche pela calçada portuguesa, construída com seixos rolados de duas cores, formando um sofisticado mosaico que traçava o caminho

O amor nos tempos do ouro **87**

da porteira principal da fazenda até o pátio diante do casarão — também chamado de casa-grande pelos escravos.

O requinte da propriedade não era obra do acaso. No futuro, Cécile teria a oportunidade de descobrir que quase tudo na vida do rico fazendeiro e dono de abundantes minas de ouro era ornamentado pelo precioso minério e por produtos trazidos da Europa e do Oriente. Euclides de Andrade acreditava indiscutivelmente que sua riqueza provinha dos desígnios divinos, portanto, se não a usufruísse, significaria que estava contradizendo a Deus.

— A senhorita já viu propriedade mais suntuosa do que esta? — indagou Úrsula, maravilhada.

Cécile balançou a cabeça de um lado para o outro, quando poderia ter contado à dama de companhia que conhecera tantas mansões ao longo da vida que até perdera a conta. Mas não queria minimizar a empolgação de Úrsula nem parecer esnobe.

Enquanto o coche executava as últimas manobras até alcançar o ponto final da viagem, um homem elegantemente vestido e uma senhora saíram da casa e desceram — ele um pouco mais à frente — a escadaria principal.

Cécile escondeu o rosto atrás da pequena cortina que ornamentava a janela do coche, pois preferia não ser flagrada reparando em tudo. No entanto, tivera tempo suficiente para conjecturar sobre a idade do homem postado sobre um dos mais altos degraus. "Ó Senhor! Que não seja meu futuro noivo!"

— Acaso viste um fantasma, senhorita? — questionou Úrsula diante da expressão de Cécile.

— *Non... Un cadavre, peut-être*[7] — respondeu em francês, porque não desejava que a dama de companhia captasse sua ironia mórbida.

Antes que Úrsula pedisse a tradução da frase, o veículo parou e a porta foi aberta pelo cocheiro, que ajudou ambas a descerem. Inerte diante da imensa casa e das pessoas que esperavam por ela, Cécile sentiu o peito apertar mais um pouco. Pensou na família e no quanto gostaria de estar com ela. E ainda teve tempo de se lamentar por não ter fugido por conta própria enquanto podia.

Para o inferno Fernão, Euclides, Euzébio e todos os homens imprestáveis que tivera o desprazer de encontrar em terras brasileiras!

— Senhor, é uma moça muito formosa. — Margarida, a governanta da casa, não conseguiu segurar o comentário, mesmo conhecendo o gênio do patrão provavelmente melhor do que ninguém. O homem não gostava que se manifestassem sem que ele solicitasse antes.

— A aparência da jovem é irrelevante. Acaso não recordas o que está escrito no Livro dos Provérbios? "A beleza é enganosa, e a formosura é passageira; mas a mulher que teme ao Senhor será elogiada."

Margarida não apreciava muito o Antigo Testamento. Claro que, como qualquer cristão da época, era apegada à palavra de Deus e ia à missa religiosamente. Apenas se abstinha de ser uma fanática, preferindo demonstrar sua fé nas boas atitudes a viver reproduzindo integralmente os trechos da Sagrada Escritura.

— Sim, senhor — respondeu para evitar um confronto desnecessário. Há muito tempo descobrira que com o patrão era melhor fingir estar de acordo com as suas opiniões.

Os dois acompanharam impassíveis o deslocamento de Cécile. Ela caminhou sem pressa, de cabeça erguida, os olhos protegidos pela aba do chapéu. O vestido amarelo esvoaçava em torno dela, imprimindo um efeito dramático à cena.

A Margarida não passou despercebido que a futura noiva do patrão não só possuía uma personalidade marcante como se esforçava para deixá-la bem às claras. Estava, portanto, fadada a sofrer nas mãos de Euclides, que não suportava pessoas de caráter forte, principalmente mulheres. O velho fazendeiro teve o mesmo pensamento, mas divergiu na reação. Era perito em colocar indivíduos no seu devido lugar.

Enquanto seguia ao lado de Cécile, Fernão se martirizava por não ter feito a vontade da moça. Que chances ela teria com aquele homem, um fanático religioso sem escrúpulo algum? Amargaria dias medonhos ao lado dele. E, ao se questionar por não ter agido em favor da francesa, Fernão concluiu que talvez fosse melhor permanecer em Vila Rica

O amor nos tempos do ouro **89**

por mais alguns dias, apenas para se certificar de que Cécile seria pelo menos tratada com humanidade, o que, no íntimo, julgava impossível. Euclides não era dado a cortesias nem generosidades.

— Meu caro Fernão, como sempre não me decepcionaste. Fizeste o serviço dentro do prazo e sem consequências danosas — comentou o velho fazendeiro antes de se dirigir à futura noiva. Fez isso de propósito, pois preferia que ela soubesse seu lugar desde cedo. — Euzébio ficará satisfeito quando receber notícias do seu prestimoso trabalho. Suponho que tudo tenha ocorrido da melhor forma possível, exceto pela tempestade que avariou um de meus melhores coches, como soube por um mensageiro.

— Sim — respondeu o explorador de forma sucinta. — O mais importante é que a senhorita Cécile, bem como sua acompanhante, estão bem. O veículo é fácil de ser substituído, como inclusive já o foi. — Fernão relanceou o olhar para o sofisticado coche parado no pátio logo abaixo.

— Certamente, certamente. Receberás, portanto, a segunda parte da quantia combinada pelo bom serviço. Antes só vou garantir que minha futura esposa seja devidamente instalada. Por favor, espera-me no escritório, sim?

Com um ligeiro aceno de cabeça, Fernão assentiu. Em seguida dedicou toda a sua atenção a uma indiferente Cécile, tão distante que parecia outra pessoa, não aquela mulher que mantivera cativa em seus braços por longos dias enquanto percorriam as trilhas do Caminho Novo.

— Desejo que tenhas uma vida boa, senhorita — disse ele, com humildade.

— E eu, que tu vás para o inferno — Cécile murmurou em um tom bastante baixo para que ninguém entendesse. Apesar de sua intenção, a frase não passou de modo ininteligível aos ouvidos argutos de Fernão, que se sentiu merecedor da ofensa. Ele se limitou a baixar a cabeça em sinal de concordância.

Sem demonstrar calor ou um pouco de gentileza ao receber Cécile, Euclides a conduziu para dentro do casarão, fazendo questão de se manter pelo menos um passo à frente dela, exemplo claro de sua superioridade masculina. Úrsula e Margarida seguiram logo atrás, enquanto Fernão lutava para se decidir entre esperar o fazendeiro convocá-lo para o acerto de contas e não perder Cécile de vista — desejo impossível, uma vez que ela não era mais sua responsabilidade. Decidiu pelo que era mais sensato: aguardar no escritório do velho como o próprio Euclides já havia sugerido.

O interior da casa, passado rapidamente pelo escrutínio da francesa, era de uma opulência digna das mansões europeias. Teve a sensação de estar imergindo em um castelo, devido à amplitude do cômodo — uma espécie de salão de entrada — e ao estilo da decoração. Ainda que rapidamente, reconheceu algumas obras de artistas renomados adornando as paredes forradas de tecidos, além de porcelanas azuis e brancas, obviamente importadas de algum lugar longínquo do Oriente.

Parte do lindo piso de madeira, tão encerado que era quase possível enxergar o próprio reflexo nele, era coberta por tapeçarias que Cécile julgava terem sido confeccionadas em Arraiolos, Portugal. Sua mãe, grande admiradora do estilo, mandava buscar, de tempos em tempos, novas peças em seu país de origem e passava horas explicando à filha como executar aquele tipo de bordado. "Em nossa casa em Marseille há muitos", ela lembrou com tristeza.

Do teto emoldurado em madeira esculpida e dourada — referência óbvia ao ouro abundante na região — pendiam quatro lustres de cristal, dispostos proporcionalmente pela sala. Embora estivessem apagados àquela hora do dia, cintilavam em todas as direções por conta da ação dos raios de sol que incidiam neles.

Um tanto sem fôlego, a jovem francesa ainda teve tempo de reparar na imagem de uma bela mulher pintada a óleo, dependurada no ponto central do cômodo sobre um rebuscado console de madeira. Cécile só não conseguiu pronunciar a pergunta formulada em sua mente porque, antes que expusesse o pensamento, Euclides interveio de um jeito brusco:

— Margarida acompanhará a senhorita até teus aposentos. Contudo, é imprescindível que compreendas, o quanto antes, as normas desta casa.

Cécile deteve-se aos pés da escadaria em madeira de lei, importada da Itália, um tanto assustada com o tom do homem. Lentamente, ela se voltou para ele, à espera das orientações.

— Coisa alguma acontece por aqui sem meu conhecimento. Portanto, precisas saber que, a despeito do modo como foste educada na França, nesta casa os costumes são soberanos.

A francesa não tinha certeza se estava conseguindo seguir a linha de raciocínio de Euclides, mas não ousou verificar. Manteve-se impassível.

— Não deves sair, nem mesmo para andar pelos arredores da propriedade, sem acompanhantes, isto é, tua dama de companhia, Margarida ou Malikah, a negrinha que te servirá de aia.

— *Pardon*, mas... — Por jamais ter sido submetida a algo tão autoritário e absurdo, Cécile não evitou retrucar.

— Aqui, minha cara, mulheres não interrompem os homens. Manifestam-se apenas quando autorizadas. — Com o cenho franzido e um indicador em riste, Euclides completou: — E, acima de tudo, proíbo-te de usar o francês, idioma dos maliciosos, adorado por pessoas de vida errante e burladoras dos princípios divinos.

Uma fúria abrasadora perpassou o corpo de Cécile, que só não expôs tudo o que pensava a respeito do energúmeno parado à sua frente, como se fosse um soldado do exército de Herodes, porque ele poderia acabar castigando-a com açoites no meio do terreiro, como fazia com os pobres escravos. Akin, em uma noite de prosa ao redor da fogueira, durante a viagem do Rio de Janeiro a Vila Rica, não economizara nos detalhes para descrever as atrocidades de seu senhor.

— O casamento será realizado assim que o novo pároco da cidade chegar, o que deve suceder daqui a três, quatro semanas — anunciou Euclides. — A senhorita terá esse tempo para organizar o que for preciso.

Cécile abaixou a cabeça e contemplou o tapete aos seus pés — agora sem o encanto de minutos antes — em total estado de choque. Seu futuro noivo interpretou o gesto como símbolo de submissão e aprovou.

— Agora sobe com Margarida. O jantar é servido pontualmente às seis.

Quase às lágrimas, por ódio e não tristeza, a francesa seguiu a governanta, questionando-se como seria capaz de assumir seu futuro se não enxergava nada de bom nele. Diversas possibilidades rondavam sua mente atormentada e todas levavam ao mesmo fim: precisava escapar daquele destino, fosse pelas mãos de Deus ou pelas próprias.

8.

Maldição sobre vós, doutores da lei! Maldição sobre vós, hipócritas!
Assemelhais-vos aos sepulcros brancos por fora; o exterior parece formo-
so, mas o interior está cheio de ossos e podridão.

Evangelho de São Mateus, cap. XXII,
Castro Alves, "Confidência",
em *Os escravos*

Fernão foi conduzido ao escritório de Euclides, local que tinha o costume de frequentar desde que começara a prestar serviços ao homem que possuía tudo, desde um imenso e fecundo pedaço de terra, minas produtivas de ouro à confiança da Coroa portuguesa.

Amigo íntimo do vice-rei, o conde de Sabugosa, e do governador das Minas Gerais, André de Melo e Castro, era um dos poucos que recebia o aval para fornecer menos que a quinta parte da arrecadação do minério precioso a Portugal, embora fiscalizasse seus empregados e escravos, de modo que estes não fossem capazes de sonegar sequer um miligrama do metal. E, em contrapartida, facilitava a vida do governo em Vila Rica, mantendo seus homens quietos e submissos.

Quinze anos antes, quando irrompeu a Revolta de Vila Rica, Euclides ficou ao lado do governo português e assistiu com um sorriso de satisfação à condenação do líder do movimento, Filipe dos Santos. Enganado como todos os demais revoltosos, Filipe foi chamado pela

Coroa para negociar — eles queriam o fechamento das casas de fundição, a redução de impostos e tributos e o fim dos monopólios de fumo, sal, aguardente e tabaco — e acabou preso.

O certo é que Euclides de Andrade sempre defendeu suas próprias causas e, para tanto, jamais se preocupou com a repercussão de seus atos no que dizia respeito às outras pessoas. E, quando a consciência pesava, ele injetava alguns quilogramas de ouro na reforma da Igreja de Nossa Senhora do Pilar ou aumentava o valor de sua contribuição ao dízimo. Dessa forma, ele se justificava, e nenhum mal recairia sobre seus ombros.

Mas Fernão sabia que tamanho respeito à Igreja tinha também um quê de temor ao desconhecido. Viviam em um período de grandes contradições, em que o terreno e o celestial duelavam na mente das pessoas. Ao mesmo tempo em que os homens procuravam dar vazão aos instintos e agir conforme desejassem, preocupavam-se com o que lhes aguardava depois da morte. Sendo assim, voltando-se para Deus, Euclides tratava de garantir seu lugar cativo no céu ainda em vida.

"Como se a benevolência do Senhor pudesse ser comprada com ouro", desdenhava Fernão, em pensamento, ele próprio envolvido até o pescoço em negócios que até o diabo desaprovaria.

Ser desonesto fazia parte da história de vida de quase todos os homens, que justificavam sua conduta contestável usando o passado como modelo. Assim Euclides o ensinara a vida inteira, respaldando seu discurso com fatos como o que ocorrera com o paulista Fernão Dias Pais, quando o ouro do Brasil ainda não passava de uma meta a se alcançar.

— O maior bandeirante de todos?! — questionou Fernão, quando moleque, ao escutar a história do explorador pela primeira vez.

— Sem dúvida, um dos maiores — confirmou Euclides. — Mas nem mesmo isso lhe impediu de ser traído duas vezes. Se ao menos tivesse sido mais esperto...

Então ele contou sobre a sina de Fernão Dias, um parente distante de Pedro Álvares Cabral, um gigante ruivo que impunha respeito não apenas pela aparência, mas também por ser um dos mais importantes e ricos oligarcas da Vila de São Paulo de Piratininga. Suas realizações eram impressionantes, tanto que, mais de uma vez, recebera cartas da Coroa portuguesa solicitando seus esforços na busca das almejadas minas do Sabarabuçu.

— Sabarabuçu? — Fernão, xará do grande desbravador também conhecido como "O caçador de esmeraldas", não compreendera o termo.

— Ah, meu rapaz, acaso nunca ouviste o mito da montanha dourada, escondida n'algum canto do Brasil nos anos em que o ouro permanecia fora da vista de todos? Havia quem asseverasse que a montanha andava durante a noite, a mudar de lugar dia após dia.

E, com essa explicação, Euclides deu continuidade à história, revelando, pouco a pouco, a trajetória de Fernão Dias.

— Convocado por d. Pedro II, rei de Portugal, o bandeirante confiou nas promessas feitas pela Coroa, entre elas grandes honras e mercês, e organizou a expedição concebendo um meticuloso plano: enviar, com meses de antecedência, uma equipe de vanguarda, encarregada de abrir o caminho para a campanha, isto é, varrer a indiada brava do caminho, além de plantar roças de milho e mandioca e criar animais ao longo do percurso. O homem era mesmo diferenciado, meu jovem, mas acabou como um inexperiente qualquer: traído.

Nesse dia, Fernão recebera uma das muitas lições que Euclides ocasionalmente se propunha a dar. Soube que o rei de Portugal, temendo que um representante dos indômitos paulistas fosse o responsável pela conquista do tesouro, enviou um homem de confiança ao Brasil, que acabou tendo direito a tudo que fora negado a Fernão Dias.

— O quê?

— Hum... Decerto minha memória não se recordará de todas as regalias, porém chegou ao meu conhecimento, em Lisboa ainda, que d. Rodrigo Castelo Branco, o enviado de d. Pedro, receberia o foro de fidalgo da Casa Real, uma gratificação de setecentos mil-réis e soldo mensal de sessenta mil-réis.

A segunda traição havia sido ainda pior, pois partira de um dos filhos do bandeirante, o mameluco José Pais, fruto de um dos "delírios da mocidade" do caçador de esmeraldas.

— Ele engendrou o assassinato do próprio pai, o bastardinho, tudo porque almejava tomar a liderança da expedição para ele. Todavia, moleque, a vida é assim. Aprende desde já. Os mais espertos sobressaem, com a graça de Deus.

Fernão, o menino, estava destinado a crescer sob essa filosofia. Entretanto, ao contrário de Euclides, jamais se sentiria completamente confortável com ela.

Euclides foi ao encontro de Fernão em seu escritório, perturbado com a chegada de Cécile. Havia sido preparado por Euzébio quanto ao comportamento um tanto arrojado da francesa. O tio dela fora claro ao relatar o tipo de educação que a sobrinha recebera dos pais — livre, pouco convencional —, do cunhado gaulês, em especial. Entretanto, nenhuma descrição fazia jus à realidade. O porte altivo, o olhar desafiador e sobretudo o nariz apontado ligeiramente para cima indicavam o tamanho do trabalho que Euclides teria para moldar a noiva segundo seus rígidos critérios.

Deparou-se com Fernão parado junto à janela, olhando para fora com as duas mãos enfiadas nos bolsos da calça. Ah, se ele ao menos desconfiasse da verdade, talvez Euclides fosse obrigado a se esconder por um tempo, pois o bravo explorador não seria complacente. Todavia, depois de tantos anos, era quase impossível que uma história tão antiga e bem guardada viesse à tona. Para a sorte do protegido da Coroa portuguesa, padre José da Nóbrega — o único a partilhar o conhecimento com Euclides — morrera havia muito.

— Fizeste um bom trabalho, rapaz — reconheceu ao se dirigir até a imagem de Nossa Senhora da Conceição, esculpida em ouro e pedra-sabão por um reconhecido artesão de Vila Rica. A peça de um metro de altura escondia uma portinhola que dava acesso a um dos cofres do fazendeiro.

Depois de fazer o sinal da cruz três vezes diante da santa, com certo estardalhaço, Euclides afastou a escultura, cuidando para manter oculto o segredo do seu tesouro. Não confiava em pessoa alguma.

O amor nos tempos do ouro **97**

— Conforme combinado, aqui está a segunda parte de teu pagamento — disse, retirando uma substancial quantia em réis de dentro do cofre. — Creio eu que Euzébio cumpriu com a dele.

— Sim. — Fernão recebeu o valor de bom grado, embora uma sensação desagradável tivesse se manifestado em seu íntimo. Mesmo não sendo responsável pela *venda* de Cécile, agira como o atravessador da *mercadoria*.

— Perfeito. Então agora podemos falar de um novo negócio.

— Um novo negócio — Fernão repetiu, sem expressão.

— Malikah.

O nome da bela escrava pronunciado pela boca do fazendeiro fez as entranhas de Fernão se contorcerem. O que mais haveria para ser discutido sobre esse assunto, afinal? De certa forma, estava tudo resolvido.

— Não entendo. Pensei que tivéssemos chegado a uma conclusão satisfatória para o senhor. — *E para ela também, principalmente,* Fernão quis acrescentar.

Euclides girou nos calcanhares e penteou seus fartos bigodes grisalhos com a ponta dos dedos.

— Confesso que me pus a refletir e fui agraciado com uma revelação divina: a criança não deve nascer aqui, a não ser que eu queira correr riscos desnecessários.

Confuso, pois aquele era um assunto dado como encerrado por Fernão, ele estreitou os olhos.

— Que riscos o senhor correria, uma vez que já foi dito aos quatro ventos que ela emprenhou do feitor? Nem mesmo Malikah deseja desfazer essa versão da história.

— O feitor, providencialmente desaparecido, era um sujeito pardo, de cabelos crespos e olhos escuros. A que constatação todos chegarão caso a criança nasça com os traços de Henrique?

— Por Deus, senhor! Malikah é negra! — Fernão retrucou, prestes a socar algum objeto para extravasar a raiva. — Vai se parecer com ela. Além do mais, Henrique está a passar uma temporada no Rio de Janeiro para escapar de especulações. Ninguém fará qualquer associação entre ele e a escrava.

— Pois estou bastante inclinado a dar um fim a essa história — revelou Euclides com total tranquilidade.

Os dedos de Fernão formigaram, tamanha era sua vontade de sacar a pistola e atingir o peito daquele homem frio, a quem — ele reconhecia — ajudou a ser como era. Mas isso só aceleraria a perda da própria vida, a mesma que pretendia começar a tocar de um novo jeito assim que partisse para suas terras a oeste, próximas ao Arraial de Sant'Ana.[8]

— Não tomes decisão alguma por enquanto — sugeriu ele, tentando ganhar tempo. — Esperemos o parto. Conforme for, eu mesmo levo Malikah e a criança daqui.

— Ela é minha escrava, uma negrinha que me serve a contento. Achas que a deixaria ir a troco de nada?

— Pois muito bem. Eu a compro.

Euclides já se acostumara com o jeito petulante de Fernão e muitas vezes preferia ignorá-lo por ser mais vantajoso do que perder o suporte dele em seus negócios. No entanto, havia atitudes mais abertamente desafiadoras, as quais o fazendeiro não podia tolerar.

Com o peito estufado e o olhar duro, ele retrucou:

— Coloca-te no teu lugar, rapaz! És um valoroso prestador de serviços, apenas. O destino daquela negrinha, bem como o de qualquer outro escravo destas terras, não está em tuas mãos. Recomendo que tu aprendas a acatar minhas decisões.

Fernão caminhou calmamente pela sala — uma tranquilidade forjada a muito custo — até estar a poucos centímetros de Euclides. Por ser bem mais alto que o velho, olhou-o de cima, de uma forma bastante intimidante.

— Prestador de serviços, não empregado. Logo, não preciso *acatar* tuas decisões. Posso simplesmente ignorá-las.

— E partiria a esmo, a abrir caminho sertão adentro, sem rumo nem garantias?

— Isso jamais foi um problema para mim.

O que Fernão nunca mencionara era que tinha condições de se estabelecer tranquilamente, bem longe de tudo. O velho Euclides, assim como outros contratadores, não sabia de suas posses perto das minas do oeste. Não pretendia ser encontrado quando partisse de vez.

Um tanto hesitante, o fazendeiro amenizou o tom do seu discurso. No íntimo, reconhecia que precisava mais do explorador do que o contrário.

— Eu sei que não, meu rapaz. Tampouco tenho a intenção de perder teus préstimos. Peço-te que releve minha intempestividade. Fui levado pelo calor da discussão.

Fernão relaxou um pouco. Apesar da altivez de sua expressão, quase podia sentir a ponta de uma faca lhe espetando o pescoço. Se pudesse, daria as costas a Euclides e o deixaria sem resposta e sem notícias suas para sempre. Contudo, não era suficientemente frio para partir consciente de que a vida de Malikah estava em perigo.

Além disso, outro problema o atormentava: Cécile. O modo como fora recebida no casarão deixara explícitas as intenções do velho para com ela. Se ele extrapolasse, Fernão seria obrigado a se intrometer.

"Por Deus, quando ficarei livre, afinal?", questionava-se.

— Tudo bem.

— Ótimo! Aceitarias, a fim de selar a paz, jantar conosco hoje?

Alguns segundos se passaram, tempo usado para avaliar suas chances. Não costumava permitir a si mesmo esse tipo de intimidade com um dos mais poderosos homens de negócios de Vila Rica. Porém, a oportunidade de avaliar de perto o tratamento dispensado à Cécile acabou pesando em sua decisão.

— Sim.

— Perfeito. Esteja de volta às seis.

Na sexta badalada do carrilhão talhado em cedro, exposto no topo da escadaria que ligava o primeiro ao segundo andar da casa-grande, Cécile surgiu para o jantar, conforme havia sido orientada. Vestia trajes sóbrios, cinza-claro, sem brilhos ou adornos. A única peça que realçava era o camafeu que ela usava no pescoço, em ouro e marfim, presente do pai em ocasião do décimo quinto aniversário da filha, quando foi apresentada à sociedade parisiense.

Ao avistar o futuro marido ao lado de Fernão, Cécile levou uma das mãos à joia e a apertou, ao mesmo tempo em que rogava a Deus para que lhe desse força. Estava a menos de um dia na Fazenda Real e já se questionava como haveria de suportar viver ali uma vida inteira.

As últimas horas foram de tristeza e lágrimas, com Úrsula tentando consolá-la. Se pelo menos pudesse ter Marie por perto, talvez conseguisse enfrentar seu destino com mais resignação. Sem sua velha e querida dama de companhia, não lhe restara nada além da completa solidão.

A madeira antiga rangia sob os pés da moça a cada passada em direção à sala de jantar. Isso e o fato de estarem todos olhando diretamente para ela a deixaram ainda mais insegura, embora demonstrasse estar bastante controlada.

— Boa noite — disse Cécile a todos, ao ficar diante da mesa fartamente posta.

Fernão apressou-se em responder o cumprimento, mas antes de chegar a pronunciar a primeira sílaba, foi bruscamente cortado pela reprimenda de Euclides:

— Decerto não ouviste quando te adverti mais cedo — o homem a repreendeu, sem se importar com Fernão, tampouco com a presença da governanta e de duas escravas à espera do sinal para começarem a servir. — Deves falar apenas quando fores solicitada. Está entendido?

— Sim — concordou Cécile, humilhada, além de muito enraivecida. Gostaria de poder colocar aquele homem em seu devido lugar.

— Exijo respeito ao me responder — Euclides declarou, empregando o mais alto nível de autoridade em sua voz.

— Sim, senhor — completou a francesa, sem se deixar intimidar. Só fez o que ele mandou a fim de evitar o prolongamento daquela situação.

Satisfeito com a submissão de Cécile, Euclides permitiu que ela se sentasse antes dele, ajudando-a com a cadeira.

Enquanto isso, tudo o que Fernão desejava era voltar no tempo e dizer sim quando teve a oportunidade de livrá-la daquele calvário. Imagens de um sequestro começaram a passear por sua mente. *Será?*

— Por aqui temos o costume de agradecer a Deus pela comida de cada dia — informou Euclides.

— Bem como em nossa casa em Marseille — revelou a jovem, com os pensamentos presos às animadas refeições compartilhadas com a família.

— Folgo em saber.

Então, sem mais delongas, o fazendeiro fechou os olhos, juntou as mãos diante de si e recitou:

— Abençoai-nos, Pai do Céu, e ao pão nosso deste dia, que o vosso amor nos deu; que ele nos conserve a vida a servir bem e fielmente a vossa vontade santa. Amém.

— Amém.

— Amém.

Fernão olhou de soslaio para Cécile, que até então estava se saindo muito bem na função de ignorá-lo completamente.

Ao sinal de Euclides, as duas escravas passaram a executar, quase em total sincronia, os procedimentos para servir os pratos. Não passou despercebido à francesa o fato de elas manterem o olhar sempre voltado para baixo e se esforçarem para não tocar ninguém, enquanto Margarida, a governanta, fiscalizava-as sem mover um único músculo, afastada quatro ou cinco passos da cabeceira da mesa.

A cena lembrava as ocasiões em que participara de jantares nos salões nobres da França, onde os empregados, muitas vezes, eram tratados como objetos sem valor algum.

— Sua desastrada!

O grito inesperado de Euclides levou Cécile de volta ao presente. Com o coração aos pulos, ela assistiu ao futuro marido castigar uma das criadas, desferindo-lhe uma bofetada na face por ter derramado uma gota de vinho na alvíssima toalha de linho da mesa.

A escrava, em cujo ventre ressaltado — sinal incontestável de gravidez — Cécile acabara de reparar, nada fez, além de continuar seu serviço, impassível, como se concordasse com a punição recebida.

— Oh! — A jovem francesa, habituada à maneira como seus pais tratavam os empregados, não foi capaz de esconder o choque. Teria feito mais do que soltar a interjeição horrorizada se Euclides não houvesse desviado sua ira a ela.

— Come! — ordenou.

Cécile empurrou o frango em seu prato de um lado para o outro, enojada. Nada entraria em seu estômago, não depois de ser testemunha de tamanha crueldade.

— Come! — repetiu Euclides, com mais ênfase.

Com os olhos marejados de lágrimas, ela soltou os talheres de modo abrupto, menosprezando todas as advertências quanto à forma de se comportar.

— Não consigo — sussurrou, ao mesmo tempo em que se pôs de pé e alcançou a escrava, tomando-a pelas mãos. — Tu estás bem?

Malikah, a escrava em questão, encolheu-se ao sentir a pele delicada de Cécile na sua. Não compreendia por que uma moça tão alva e elegante, uma dama em todos os sentidos, estava se pondo em perigo para defender uma reles negrinha sem valor.

— Não ouses me desafiar desta forma! — esbravejou o fazendeiro, saltando sobre a noiva e cravando os dedos em seus ombros. — Jamais interfiras em minhas decisões. És uma mulher, um ser insignificante, diminuída até mesmo por Deus, nosso Senhor.

— Sugiro que a soltes, senhor. — Fernão se manifestou, contido, ainda que algo dentro dele rugisse feito um tigre indomado. — Estás de cabeça quente.

— Culpa delas, seres ardilosos, vis, enganadores. — Euclides chacoalhou Cécile, descontando nela sua revolta. Parecia em transe.

— Basta! — interferiu Fernão, puxando a moça das garras do fazendeiro ensandecido. E se dirigindo a ela, pediu com jeito: — Volta para teu quarto. Cuidarei de tudo por aqui.

— Sobe, mas que fique registrado: só voltarás a comer quando eu permitir. A comida farta é dádiva de Deus. Se a rejeitas é porque necessitas de purificação espiritual. Portanto, de hoje até segunda ordem, tu viverás de pão e água.

— O senhor não pode privá-la de se alimentar.

— Não interfiras, Fernão! Ela é minha noiva e vive agora sob meu teto. Fará o que eu quiser.

O amor nos tempos do ouro   **103**

Sem emitir uma palavra sequer, Cécile deu as costas a ambos. Mas antes de obedecer ao fazendeiro, deliberadamente parou diante de Malikah e afagou a barriga ressaltada da escrava.

— Há de ser uma criança *belle et saine*, bela e saudável, além de muito abençoada.

Ao ver a francesa se afastar, restou a Euclides a sensação de que levara a pior e de que, permitindo ou não, seria sempre assim. Precisaria dar um jeito de lhe podar as asas, antes que ele perdesse de vez o controle sobre Cécile.

Diário de Cécile Lavigne

Fazenda Real, Vila Rica, 18 de janeiro de 1735.

Ma chère famille,[9]

Em que momento da história todos os homens se transformaram em seres desprezíveis, facciosos e despóticos? Embora desde meus tempos de criança reconheça que a maioria sempre cultivou com orgulho essas características, também fui agraciada com a sorte de conviver com o lado oposto disso. *Papa*, Jean e Pierre, de que mundo vós viestes? Por certo sois anjos com permissão de habitar a Terra por um curto período de tempo a fim de tornar a vida das pessoas mais feliz.

Como fui feliz ao vosso lado!

E eis que uma outra face da humanidade me é apresentada: primeiro tio Euzébio, cheio de interesses e segundas intenções; em seguida, Fernão, homem sem coração — formou até uma rima fraca —, concentrado em atingir suas metas a despeito dos meios empregados para alcançá-las; por fim, o velho Euclides, a quem chamarei de marido, pelo qual nutro os mais desagradáveis sentimentos.

Se bem que nem toda a raça está perdida. Hei de ser justa com Akin, o bom menino magricela, de alma pura, mas tratado como um animalzinho de carga apenas por ser negro, considerado, portanto, inferior a todos que o subjugam.

O amor nos tempos do ouro   105

É tarde da noite. A lua brilha alta no céu. Não fosse ela, não poderia estar escrevendo a esta hora. Nesta casa de horrores, foi decretado o toque de recolher. Desde que recebi a punição — pão e água para a jovem atrevida, *maman*, podes imaginar? —, estou trancafiada em meu novo quarto, debruçada na janela, ouvindo o som de tambores quase hipnotizantes. Ele vem d'algum lugar na escuridão que se assoma diante do meu alpendre.

Igualmente, vozes em uníssono chegam até mim, em uma cantoria ao mesmo tempo animada e melancólica. São os escravos na senzala, Úrsula explicou-me ao vir há pouco para escovar meus cabelos. Dispensei-a. Mais do que nunca a solidão conforta-me.

Todavia, o desejo de estar no local onde os negros festejam não cessa dentro de mim. Percebo que nem os grilhões e correntes, grades e açoites são suficientes para calar a voz e a necessidade de liberdade daquela gente. São fortes, dentro de suas possibilidades.

Ah, que ventura se eu tivesse um quarto de sua coragem!

9.

[…]
E tu me dizes, pálida inocente,
Derramando uma lágrima tremente,
Como orvalho de dor:
"Por que sofres? A selva tem odores,
"O céu tem astros, os vergéis têm flores,
Nossas almas o amor".

Castro Alves, "Confidência",
em *Os escravos*

Ô lô, ô lá, xê, xê/ Lá no nosso terra/ Nóis é forro, liberto/ Agora chega
ni terra de branco/ Tá no cativeiro/ Ô lô, ô lá, xê, xê.
Ô lê, vá gum/ Nóis em terra de branco/ Tá passando má/ Lá em terra
nosso/ Tamo liberto/ Ô lê, vá gum.

A confraternização estava agitada na senzala. Escravos dançavam
e cantavam, acompanhados por instrumentos que, em grande parte
dos casos, os próprios negros confeccionavam, como o urucungo, a
viola, o pandeiro e o tambor.

Explorados no dia a dia, encontravam nas reuniões noturnas, quando finalmente podiam se libertar dos afazeres pesados, um escape do
tipo de vida que levavam. No terreiro, toda a gente se reunia para

balançar os corpos, dar vazão ao pensamento oprimido, declamar versos significativos em um linguajar nem sempre compreensível e cultuar seus símbolos religiosos.

Euclides não costumava intervir, desde que as festas não ultrapassassem os limites da senzala nem varassem noite adentro, atrapalhando o descanso necessário para a retomada da lida no dia seguinte.

Sentado sobre uma pedra, um tanto afastado da roda, Fernão observava, como quase sempre fazia quando pernoitava no pequeno povoado pertencente às terras da Fazenda Real. Apreciava a companhia dos negros e tinha com eles, acima de tudo, uma dívida muito difícil de ser paga. Havia perdido a conta de quantas vezes atravessara as penosas estradas do sertão arrastando africanos até as feiras de escravos. Não julgava. Apenas executava com rigor o seu trabalho.

Executava, já que fazia alguns anos que não mais se prestava a esse papel.

Depois de beber a terceira dose de aguardente, com a garganta queimando, soltou um longo suspiro, ainda bastante incomodado com a cena presenciada mais cedo, durante aquilo que tentaram chamar de jantar.

Ver Malikah ser agredida e não fazer coisa alguma para ajudá-la tinha sido o sinal de que precisava para tomar a decisão que andava maquinando havia dias. E o fato de Cécile ter agido em favor da escrava sem calcular os prejuízos de sua ação, recebendo, portanto, um castigo cruel, alertou-o de que seus planos precisavam ser brevemente executados, além de revistos.

— Tá pensativo, sinhô — observou Hasan, descansando o corpo, suado de tanto dançar, ao lado de Fernão. — Malikah já bateu com a língua nos dentes. Tá assustada, a bichinha.

— Não é para menos. — O explorador coçou a cabeça. — Os planos de Euclides para ela não são nada bons.

— Vou fugir — declarou o escravo, sem rodeios. — E a levarei comigo.

Fernão o encarou com mais interesse. Desconfiava dos sentimentos de Hasan pela bela negra, embora ela estivesse grávida de outro homem.

— Tu precisas ter cautela. Se agires sem pensar, acabarão mortos.

— Então me ajuda.

A confiança de Hasan era admirável. Aquele homem forte, saudável, tão necessário para Euclides, já que era um dos melhores nas minas de ouro, não pouparia esforços para fazer o que acreditava ser o certo, ainda que os riscos fossem infinitamente mais altos do que as chances de alcançar a liberdade.

— Faremos, assim que tivermos um plano concreto.

— Ah, sinhô, me alegro com a notícia! O que posso fazer para recompensá-lo? — Hasan não cabia em si de empolgação.

— Incluir a senhorita Cécile — Fernão respondeu sem pensar. Porém, embora um tanto absurda, não rechaçou a ideia. Ele só estaria corrigindo o grande erro que cometeu com ela ao terminar o serviço para Euzébio e Euclides.

— A senhorita Cécile? — Hasan era pura descrença. — Mas não acabamos de trazer a moça para se casar com o patrão?

O escravo refletiu por alguns segundos e chegou à única conclusão plausível:

— Acaso queres tomá-la para si, sinhô?

Tais palavras colocadas dessa forma deixavam as intenções de Fernão sórdidas por demais.

— Hasan, eu não sei como era a vida daquela francesinha de nariz empinado antes de vir para cá. Entretanto, nada pode ser pior do que um matrimônio forçado com o senhor Euclides. — Fernão puxou o ar com força e se pôs a relatar tudo o que presenciara durante o jantar.

— Se ao menos eu tivesse agido de modo diferente... — lamentou-se.

— O sinhô não tinha como saber.

Pior que tinha, sim.

Um silêncio, preenchido apenas pela cantoria e pelos sons dos instrumentos musicais, recaiu sobre os dois.

Ô lô, ô lô, viva Deus/ Maria, sô ê, sô ê/ Cuma mão quebra bolacha/ Com a outra toma café/ Cama estreita, deitá no meio/ Tentação da pimenta-malagueta/ Ô lô, ô lô, viva Deus/ Maria, sô ê, sô ê/ Cuma mão quebra bolacha/ Com a outra toma café.

— A moça vai passar os dias à míngua, sinhô? Já é tão franzina... Por que não levas comida para ela?

Fernão não sabia se o álcool o deixara mais embriagado do que de costume ou se havia escutado mesmo o conselho de Hasan.

— Malikah e Sá Deja conseguem alguma coisa na cozinha. Depois é só trepar nas madeiras de fora da casa-grande e pular a janela da menina.

— Eu não sei qual janela é a dela. — Fernão sentia o peito apertar de expectativa.

— Uai, isso não é problema.

Animado por ter retribuído a boa vontade do explorador em ajudar na urgente empreitada de sumir com Malikah da fazenda antes que fosse tarde demais para ela e o filho, Hasan tratou de organizar os preparativos para a entrada sorrateira de Fernão no quarto da prometida de Euclides de Andrade.

O homem seria ludibriado pelas costas, bem debaixo do bigode, como merecia.

Cécile despertou com um ruído. Tonta de sono, imaginou que fosse seu estômago reclamando pela falta de alimento, mas logo que recobrou a lucidez, percebeu que o barulho vinha de fora, da janela.

Estreitou os olhos, como se naquela escuridão fosse capaz de identificar qualquer coisa. Impetuosa, jogou o lençol para o lado e desceu da opulenta cama de dossel de cujos pilares em mogno pendia uma diáfana cortina impecavelmente branca. A moça caminhou a passos lentos, em busca da origem do som, aquilo que fazia a madeira da janela trepidar.

— Deve ser o vento — falou consigo mesma, encontrando uma alternativa plausível e, ao mesmo tempo, tranquilizadora. — Afinal, um animal não alcançaria esta altura, alcançaria? A menos que seja uma ave...

Tudo isso foi dito em voz alta, em um francês ligeiro, pontuado pela apreensão que aumentava a cada nova estocada na janela. Sem permitir que o temor vencesse, Cécile avançou até chegar ao postigo, abrindo uma pequena fresta com o intuito de apenas confirmar seus palpites.

Mas ela não poderia estar mais enganada.

Levando as duas mãos ao peito para conter as batidas frenéticas do coração, Cécile quase não acreditou no que viu.

— Senhorita, deixa-me entrar! — pediu Fernão, enfático, ainda que estivesse sussurrando para não acordar os demais moradores da casa-grande.

— O senhor está louco! — ela sussurrou de volta, mais agitada do que antes.

— Abre logo esta janela antes que eu me espatife no chão!

Então ela o fez, movida por uma curiosidade sem tamanho de descobrir o motivo da visita inesperada do explorador. Afora isso, também foi consumida por algo que só poderia ser definido como excitação. Estava diante de um risco e isso a motivava — quando deveria ser assustador.

Sem se deter um instante a mais por sua autocensura, Cécile girou o ferrolho da janela e a abriu completamente, enquanto Fernão esforçava-se para entrar no quarto evitando derrubar a refeição que contrabandeara diretamente da cozinha da casa-grande a fim de alimentar a moça.

Com a segurança de quem está acostumado a toda sorte de obstáculos, ele saltou diante da irrequieta francesa, com um sorriso hesitante no rosto e a comida nas mãos.

— O que fazes aqui? — O peito dela subia e descia, ao ritmo de sua respiração entrecortada, e o leve tecido da camisola tremulava, atraindo o olhar de Fernão para aquela parte do corpo de Cécile, que corou em diversos tons de rosa ao perceber a inspeção que recebia do explorador.

Ela então cruzou os braços e franziu a testa, como forma de passar a ideia de que não se sentia intimidada pela presença dele — embora se sentisse. Já odiava Euclides, seu futuro marido, com a intensidade de um tornado, mas seus sentimentos por Fernão também não eram os melhores. Não o queria por perto por motivo algum.

Entendendo perfeitamente a mensagem subliminar enviada pela postura defensiva de Cécile, ele desviou o olhar até focar apenas em

O amor nos tempos do ouro   **111**

seus olhos. Desejava ser o mais transparente possível, a fim de não transmitir impressões equivocadas.

— A senhorita age certo ao me rechaçar. Sou um estúpido — admitiu, sem titubear. — Quando implorou para que eu não te entregasse a teu noivo, eu deveria ter concordado.

A declaração saiu de supetão, pegando os dois de surpresa. Ela bem que tentou, mas não foi capaz de articular uma resposta coerente, ainda que a boca tenha se movimentado em busca das palavras adequadas.

— O que Euclides fez hoje é só uma amostra de sua personalidade. Não creias na possibilidade de que ele amaciará com o tempo, porque não existe essa chance.

— Obrigada por me esclarecer. Agora tudo ficará mais fácil — ironizou Cécile, furiosa. Estava com ânsia de jogar algo bem pesado em Fernão, de modo que partisse aquela cara de arrependido de uma figa.

Ela se afastou dele, caminhando a esmo pelo interior do quarto, por um momento esquecida do fato de estar usando apenas a camisola, que, apesar de comportada, era de um tecido fino o suficiente para deixar entrever sua silhueta.

— Escuta, Cécile, não há um só minuto em que eu não me arrependa do que fiz, ou deixei de fazer. — Seu nome pronunciado por aquela voz grave foi tudo em que a moça prestou atenção. Não deveria se abalar por coisa alguma que Fernão fizesse, mas mesmo assim não conseguiu evitar. Havia calor naquelas palavras, algo que faltava em sua vida desde que perdera toda a família. — E vou tentar consertar isso.

— Vais? — A descrença dela era tão grande que parecia ser palpável. — Como? Acaso estás a planejar um rapto?

Fernão riu. Embora estivesse troçando dele, Cécile atingiu a verdade em cheio.

— Estou. E ainda que demore um pouco, a senhorita deixará esta casa antes de dizer sim a Euclides na frente de um padre.

— Oh! — Ele a fez perder a fala.

— Só te peço que resistas. Basta fingir por algumas semanas.

A francesa inclinou a cabeça levemente para a direita, ainda muda. O que acontecera para Fernão, de repente, mudar de ideia? E as tais dívidas de negócio, aquelas que ele não cansava de mencionar e que, de certa forma, prendiam-no ao fazendeiro? De súbito, transformaram-se em pó?

— Não compreendo — murmurou Cécile. — Não faz muitas horas que implorei ao senhor por compaixão. E tua negação foi enfática, absoluta. Agora invades meu quarto e me prometes uma salvação que não voltei a pedir. *Pourquoi?*

A luz da lua, única iluminação do quarto, recaiu sobre Cécile, dando-lhe um aspecto etéreo. Parecia um anjo pálido, indefeso, mas Fernão sabia muito bem que de frágil aquela mulher nada tinha. Ela resistiria pelo tempo que fosse necessário.

— Eu errei. No princípio tu não passavas de mais um trabalho que eu era obrigado a cumprir. — Ele passou a mão livre pelo cabelo, desconfortável por estar sendo tão honesto. — Porém, Cécile, pode até não parecer, mas possuo um coração e ele às vezes toma as rédeas da minha vida.

— Queres me fazer acreditar que agora ages com o coração? — Ela ainda resistia.

"Mereço esta falta de fé em mim", pensou Fernão, abatido.

— Sim! E ele tem berrado em meu peito, dizendo-me como sou burro. — A declaração provocou um leve repuxar nos lábios de Cécile.

— O senhor não revelou o que traz consigo. — A francesa mudou de assunto, deliberadamente. A conversa estava tomando um rumo um tanto desconfortável.

— Também não me disseste se concordas.

— Concordo com o quê?

— Fugir daqui. Ter uma vida mais simples, mas livre.

O vento movimentando as folhas das árvores do lado de fora, além das respirações de ambos, tornou-se o companheiro do silêncio sepulcral que se instalou no quarto.

— Para onde? Como? — questionou ela, depois de confabular com os próprios botões.

— Confesso que ainda não sei. Hasan vai ajudar e logo teremos informações mais precisas. Mas primeiro é necessário que tu aceites o desafio.

O amor nos tempos do ouro **113**

— Sim — respondeu, de uma só vez.

— Sim? — Fernão soltou uma gargalhada.

— Shhhh! Podem escutar-te!

— Sim? — ele repetiu, quase incapaz de acreditar. — Ainda que não tenhamos plano algum e os riscos sejam imensos, tu concordas com essa insanidade?

— Ora, senhor Fernão, estás tentando me demover da decisão? Que confuso!

— Absolutamente! Apenas busco ser transparente com a senhorita, para que, no futuro, não se sinta enganada.

— Entendido.

E, nesse exato momento, o estômago de Cécile resolveu reclamar em alto e bom som, provocando uma nova onda de rubor em seu colo e na face.

— Bem, eu... É melhor que vás. Ficarei atenta aos teus sinais para a fuga...

— Trouxe comida para ti. — Fernão estendeu o embrulho cheio de quitutes preparados por Sá Deja e contrabandeado da cozinha com a ajuda de Margarida e Malikah. Se fossem descobertos, estariam todos encrencados.

Ele usou a penteadeira como mesa e retirou o tecido de renda, imaculadamente branco, que cobria a pequena cesta de palha.

— Não há muito...

— Ah! — Movida pela fome voraz e pela visão estonteante de frutas, pães e bolo, Cécile atacou a cesta, sem se importar com a impressão que passaria por agir feito um animal faminto. — Hum...

Seus gemidos, além de alegrarem Fernão, provocaram nele uma ansiedade com a qual não estava disposto a lidar. Tiraria a francesa da vida de Euclides, mas ela nunca ocuparia um lugar importante na vida *dele*. Eram de mundos muito diferentes. Não serviam um para o outro.

— Ao menos reconheces que serás punido por este gesto? — indagou a moça, de boca cheia.

— Caso eu seja pego, o que é impossível. — rebateu Fernão, divertindo-se com a falta de modos de Cécile. — E trarei comida todos os dias, até teu noivo ceder ou... — Ele fez uma pausa proposital, com o intuito de causar suspense.

Ela parou de mastigar o bolo que, em sua opinião, mais parecia um pedaço do céu, e esperou que Fernão completasse, ansiando por uma resposta que combinasse com seu próprio pensamento.

— ... Ou eu tirar a senhorita daqui.

Ah, era isso mesmo que ela esperava ouvir! Então balançou a cabeça em concordância, pois não poderia perder a oportunidade de abocanhar mais uma generosa fatia da massa açucarada.

Por isso, ao fechar os olhos para apreciar com mais ênfase o sabor, não acompanhou os últimos movimentos de Fernão, que, sem refletir um só instante sobre o que fazia, andou até ficar a um sopro de distância de Cécile e estendeu o braço, tocando os dedos de leve no queixo dela para retirar algumas migalhas de bolo presas logo abaixo do lábio inferior.

Seu corpo imediatamente reagiu ao contato, retesando-se de modo brusco, e ela arregalou os olhos, enquanto lutava para engolir o pedaço de bolo preso na garganta.

— Desculpe-me — murmurou ele, com expressão de arrependido, embora não tivesse tomado a atitude de se afastar.

Isso quem fez foi Cécile.

— Tudo bem — disse, dando um passo para trás. Em seguida, encarou o tapete sob seus pés; o rosto queimando de embaraço.

Fernão achou por bem não pressioná-la mais. Não era justo com nenhum dos dois. Era melhor que só ele soubesse o que aquela francesa pálida andava fazendo com seu discernimento.

— Voltarei amanhã — avisou, já com uma perna dependurada do lado de fora da janela. — É bom que mantenhas a cesta escondida.

— Sim, não te preocupes.

Com um breve aceno, o aventureiro se despediu, não antes de perscrutar o cenário do lado de fora em busca de possíveis testemunhas de sua ousadia.

— Fernão! — Mas ao ouvir seu nome pronunciado com tanta delicadeza pelos lábios que ele chegara perto de acariciar minutos antes,

O amor nos tempos do ouro **115**

interrompeu o movimento e virou o corpo para dar a Cécile toda a atenção. — *Merci*.

— Não há de quê.

E se despediram com um sorriso, cujo significado nenhum deles se interessou em analisar, nem naquele momento, nem mais tarde.

10.

Se Deus é quem deixa o mundo
Sob o peso que o oprime,
Se ele consente esse crime,
Que se chama a escravidão,
Para fazer homens livres,
Para arrancá-los do abismo,
Existe um patriotismo
Maior que a religião.

Tobias Barreto, "A escravidão",
em *Dias e noites*

Hasan balançou a cabeça e soltou um muxoxo. Estava claro que a escavação apresentava problemas. Havia dias que trabalhavam naquele trecho específico da mina sem, contudo, conseguir abrir a rocha o suficiente para os escravos entrarem sem correr riscos.

Diariamente, um grupo grande de negros partia para a faina mineradora antes que os primeiros raios de sol despontassem no leste. Entravam nas minas para empurrar os carros de mão, fazer os escoramentos, triturar as pedras, acender o pavio das dinamites, socorrer os amigos, manobrar o malho, operar as máquinas, isso tudo depois de rezar para sua padroeira, Santa Bárbara. E retornavam para a senzala à noite, *quando* retornavam.

Hasan presenciara muitas tragédias ao longo de seus anos como escravo: soterramentos, mutilações, afogamentos, explosões e doenças como pontada pleurítica, tísica e formigueiro. Portanto, não estava disposto a ser testemunha de mais uma.

— Sinhô, as escoras não estão a contento — informou ao feitor José Pedro. — As paredes pendentes vão arriar.

— Deixa de ser preguiçoso, negro! Queres é arranjar desculpa para ficar de corpo mole.

Se já não estivesse tão acostumado com o tratamento dispensado a ele e aos demais escravos comprados por Euclides de Andrade, decerto Hasan se enfureceria. Mas o tempo de aborrecimento e mágoa havia passado. Em sua cabeça só duas ideias se fixavam: manter os companheiros seguros e fugir da Fazenda Real com Malikah o mais rápido possível.

— Por Deus, vosmecê está vendo! Quer arriscar perder a negrada do patrão, tantos de uma só vez?

A resposta dada por José Pedro foi aplicar uma açoitada nas costas de Hasan, deixando claro a ele — e a qualquer outro que ousasse desafiá-lo — que a palavra final era do único branco presente ali.

— Entrem logo aí, negros fedidos! Depressa! E calados!

Os cantos e coros selvagens, acompanhados pelo bater dos malhos e das brocas, subitamente cessaram e os escravos trataram de obedecer ao violento feitor. Ao estalar do chicote, um a um se enfiaram na escuridão do túnel, ainda que o medo de não saírem de lá com vida fosse quase tão grande quanto o temor a José Pedro.

A Hasan coube dar continuidade ao trabalho que executava, retirando as pedras da entrada, a fim de facilitar o retorno dos mineiros com o ouro retirado daquela mina.

Dessa vez ele fora designado para um serviço menos pesado. No fundo, o feitor temia perder um de seus homens mais fortes e saudáveis para os imprevistos da mineração.

E então, como sempre, para fazer da inevitável lida uma obrigação menos dramática, pôs a entoar cânticos oriundos de sua tribo na África, desafiando o feitor a calar sua voz:

— *K'ara tù wá ni godobo! K'ara tù wá ni godobo!*[10]

Primeiro uma explosão; em seguida, uma nuvem de poeira; por fim, o nada.

Atônito, Hasan, com o corpo estendido de bruços no chão, aos poucos ergueu a cabeça para confirmar o que ele, antes mesmo de ver, já sabia que tinha acontecido: a mina tinha ido pelos ares.

A revolta cresceu dentro do homem, que descontou sua raiva, seu rancor e sua indignação socando a terra onde estava deitado, várias e várias vezes. Suas mãos chegaram a sangrar, mas Hasan não se importava. A única dor que o incomodava verdadeiramente naquele momento era causada pela ciência de que tantas vidas — as vidas de seus semelhantes — nada valiam para nenhum dos brancos que dominavam a mineração naquele *desgraçado pedaço do inferno* — palavras proferidas em um lamento pelo próprio Hasan.

Era como se ele soubesse. Chegou até a alertar José Pedro, e apostava na instabilidade das escoras como a causadora da tragédia. Agora seus amigos estavam mortos.

— Não. Não! — Negando-se a dar a situação como definitiva, ele levantou-se em um impulso determinado e vagou pelo terreno, meio cambaleando, à procura de sobreviventes.

E havia mesmo alguns, aqueles que trabalhavam do lado de fora da mina, poucos.

— Maldição! Essa negrada não faz nada que preste! — berrou José Pedro, prevendo a repercussão do acidente quando Euclides tomasse ciência do ocorrido. Por mais que castigasse uma dúzia de escravos pelo serviço malfeito, levaria a culpa também. Não suportava viver a vida à mercê "daquela gente indolente e burra". — Vão pagar, malditos!

O reduzido número de sobreviventes, todos atordoados demais para dar atenção às imprecações do feitor, lançou-se sobre os escombros, impelido pela possibilidade, ainda que reduzida, de haver soterrados vivos. Com esforço, os escravos erguiam as pedras, uma a uma, agindo com humanidade quando ninguém fazia isso por eles.

Estavam acostumados com tragédias dessa magnitude. Quase todos os dias viam negros sucumbirem às péssimas condições de trabalho. E seus corpos acabavam descartados em uma vala rasa, sem dignidade, como se fossem um burro ou um cão desprezível. Aquilo não era vida.

— Vem aqui, negro! Vais pagar pela praga que lançaste sobre a mina.

Hasan não notou a aproximação de José Pedro por trás. Foi agarrado pelos braços e, em seguida, lançado ao chão.

— Feiticeiro, coisa-ruim, a culpa é tua, desgraçado!

O chicote estalou em suas costas, rasgando-lhe a pele já marcada por castigos constantes. A ferida aberta fez o sangue jorrar, logo misturado com a sujeira do couro e a poeira do ambiente. E o feitor bateu de novo, e de novo, e de novo, enquanto Hasan, subjugado e indefeso, aguentava a punição calado, sem emitir um único lamento, o que não significava, de modo algum, que fora tomado pela resignação. O silêncio e a falta de reação eram sua forma de alimentar o ódio. Ele sabia que faltava muito pouco para se livrar de tudo aquilo, fosse escapando para um quilombo ou morrendo durante a tentativa de fuga.

— Vejam! Isso que dá rogar praga. Ele decretou a desgraça e agora está a pagar, este filho do demônio — anunciou José Pedro, no mesmo instante em que arrancou Hasan do chão e começou a arrastá-lo pelo terreno.

Enfraquecido pelos açoites, o escravo se permitiu levar. Não importava aonde estivesse indo, pelo menos não mais apanhava.

Cécile estava no meio de um desabafo em seu diário quando um som impressionantemente alto a fez saltar da cadeira de frente à escrivaninha. Correu até a janela do quarto e uma nuvem de poeira, alta e compacta, provocou um aumento significativo de seus batimentos cardíacos. Algo muito errado acabara de acontecer, ela sabia. Só esperava que fosse inofensivo às pessoas.

— *Mon Dieu* — murmurou, com as duas mãos sobre o peito. Desde que chegara à fazenda vivia sobressaltada. Paz se tornara uma palavra inexistente em seu vocabulário.

Enquanto estreitava os olhos, buscando sinais que esclarecessem a ela o que de fato havia ocorrido, a porta do quarto foi aberta de modo abrupto e Úrsula entrou bastante chocada, pálida feito um fantasma.

— Senhorita… Oh!

— O que houve, Úrsula? — A francesa estremeceu diante da iminência de receber notícias terríveis.

A dama de companhia tentava recuperar o fôlego. Com as mãos apoiadas nos joelhos e os cabelos escapando do penteado severo, tudo indicava que a situação só poderia ser bastante grave.

— Explosão… na mina — revelou ela, em poucas palavras, incapaz de ser mais fluente em razão do nervosismo.

— Oh!

— Ah, senhorita, havia muitos escravos lá dentro. Inúmeros!

Cécile cobriu a boca com a mão.

— Agora estão mortos — Úrsula concluiu em um sussurro.

Com os olhos marejados, a moça voltou-se novamente para a janela. A nuvem de poeira espalhava não apenas impurezas pelo ar, mas também uma pesada camada de tristeza e consternação pela perda de tantas vidas.

De repente, um novo sentimento — pânico — se manifestou dentro dela.

— Akin? Hasan? Eles…

— Não. O magricela cuidava do gado quando a explosão ocorreu. Quanto ao outro… — A frase morreu no meio do caminho. Úrsula respirou profundamente antes de prosseguir. — Está a ser castigado diante de todos, lá no terreiro.

— Castigado? Como?

Embora tenha feito as perguntas, não esperou pelas respostas. Dominada por uma determinação maior do que ela própria, Cécile deixou a dama de companhia para trás, decidida a se envolver no que quer que estivesse acontecendo.

Ao longo da correria escada abaixo e pelos cômodos da casa-grande, a moça passou por muitos empregados, que demonstraram confusão diante do desespero da futura esposa do patrão. Ao contrário dela,

O amor nos tempos do ouro **121**

não se surpreendiam tanto com o modo como os feitores descontavam sua ira nos escravos, apesar de não concordarem — isso jamais.

Por sorte, ninguém tentou impedi-la de chegar ao terreiro. A bem da verdade, no íntimo, todos torciam para que Cécile conseguisse agir em benefício do pobre Hasan, torturado sem piedade sob os olhares horrorizados de seus semelhantes.

Assim que avistou a cena, o sangue da francesa congelou. Não que nunca tivesse ouvido falar do suplício vivido pelos escravos no mundo inteiro, especialmente nas colônias europeias. Contudo, entre ter ciência e ver com os próprios olhos havia uma enorme diferença.

Enojada, Cécile dobrou-se sobre o abdômen, apoiando ambas as mãos na altura do estômago. Hasan pendia do tronco onde estava acorrentado, os braços sustentando todo o peso do corpo, já que as pernas, amolecidas, pareciam uma estrutura morta. De cabeça baixa, ele não esboçava qualquer reação, nem de dor, nem de medo, nem de revolta. Nada. E o feitor, um homem imenso, largo e cruel, deleitava-se com o poder de agredir o escravo, a julgar pelo sorriso traiçoeiro que estampava seu rosto monstruoso.

— Basta! — disse ela, com um sopro de voz. Isso antes de receber uma força que não soube de onde saíra e gritar a plenos pulmões:

— Basta!

Então aprumou o corpo e correu até se postar de frente para o feitor e lhe agarrar o braço direito, impedindo-o de usar o chicote sobre as costas de Hasan mais uma vez.

— O que faz aqui, mulher? — José Pedro protestou, prestes a investir contra a dama intrometida. — Não te intrometas ou apanharás também.

— Terias coragem suficiente para bater na noiva do teu patrão?

O feitor arregalou os olhos e abaixou o braço. Ouvira boatos sobre o iminente casamento de Euclides com uma jovem vinda da Europa, mas não imaginava que ela fosse se personificar diante dele com atitudes de um soldado.

— E ele por acaso sabe que a senhorita está aqui, a meter o nariz onde não deve?

— Ora, coloca-te em teu lugar. Não sou alguém com quem tu podes falar como quiseres. — Cécile repreendia José Pedro como uma verdadeira senhora da situação, embora estivesse tremendo por dentro. Mas não recuaria. — Solta este homem e segue teu caminho para longe dele.

O feitor teve vontade de prender a moça no tronco e calar aquela voz irritante com umas belas açoitadas. Contudo, acreditou ser mais prudente obedecê-la, afinal, não tinha conhecimento do relacionamento dela com o patrão, que poderia estar tão enfeitiçado a ponto de dar poderes à noiva. Improvável, mas possível.

Perplexos, empregados e escravos que assistiam ao desenrolar da cena tanto admiraram a coragem de Cécile quanto a consideraram maluca. Por mais que odiassem o modo como viviam na Fazenda Real e abominassem o tratamento que recebiam dos feitores e do próprio Euclides, poucas eram as vezes em que se permitiam levar pela ira e reagiam de algum modo. Mas lá estava uma mulher admirável: franzina, elegante, de origem nobre e, ao mesmo tempo, humana.

Assim que José Pedro soltou as correntes que prendiam Hasan ao tronco de madeira fixado no meio do terreiro, o corpo do escravo sucumbiu aos castigos, desabando no chão como uma fruta podre despencando dos galhos de uma árvore.

Cécile caiu de joelhos diante de Hasan, sem saber se estaria lhe fazendo bem ao limpar suas feridas. Porém, entre o receio de potencializar a dor e a necessidade de ajudá-lo de alguma forma, venceu a segunda alternativa. Resoluta, a moça rasgou um pedaço da barra do vestido e pôs-se a secar delicadamente o rio de sangue que escorria pelas costas do escravo.

— Tu vais ficar bem, eu sei — repetia ela, como um mantra de conforto.

Mas sua atitude não estava surtindo efeito algum, a não ser arrancando muitos gemidos de Hasan, cada vez mais intensos à medida que o tempo passava. Temendo que o pior acontecesse, Cécile sentou-se sobre as pernas, enquanto olhava suplicante para todos ao redor.

— Ajudem-no! Precisamos tirá-lo daqui. Caso contrário, morrerá neste chão imundo.

O amor nos tempos do ouro

— Vamos carregar Hasan para a senzala! — ordenou Akin, surgindo de repente e tomando para si a iniciativa de resolver a questão.

— Não! Para a cozinha da casa-grande. Ele requer cuidados especiais — retrucou a francesa, esquecida, por um momento, de quem era seu futuro marido.

— Mas, senhorita, o patrão não há de aprovar isso.

Cécile reconhecia o risco em que estava se metendo, mas, como faria com uma mosca irritante, espantou o pensamento com um simples erguer de ombros. Depois lidaria com seu próprio problema.

— Por favor, Akin, deixemos o senhor Euclides para lá, *pelo menos por enquanto* — ela completou só para si.

— Como quiseres — respondeu o escravo magricela, ainda mais admirado com o caráter da moça, "sua Céci", como se referia a ela internamente e nas conversas com Hasan.

Hasan!

Outros homens reuniram-se em torno do escravo, cujo corpo inerte jazia como o de um cadáver. Não fosse a fraca pulsação, verificada a todo instante por Cécile, e o movimento respiratório lento, quase imperceptível, por certo já teria sido dado como morto.

Hasan foi erguido com cuidado e colocado sobre o balcão da cozinha, diante das estupefatas criadas que executavam suas tarefas no local. Elas até ensaiaram um protesto, com medo de um castigo mais tarde, mas a determinação de Cécile acabou contagiando todos.

— Hum… — Hasan sofria, os olhos revirados em um delírio febril.

— Ó, meu Deus! — Malikah, ao se aproximar, não foi capaz de evitar o pavor de ver seu querido amigo sofrendo. A vida já era dura demais. Se ele morresse, se tornaria insuportável.

— Tragam-me água fervida e panos limpos! — pediu Cécile, desgrenhada, os cachos escapando do penteado, indomáveis, como as plumas flutuantes de um dente-de-leão. — Não podemos permitir que as feridas infeccionem.

— Que o sr. Euclides não saiba, mas tenho um unguento escondido. Resolve que é uma beleza. — Cécile assentiu para a mulher que transmitiu a informação, uma escrava de meia-idade conhecedora de diversas técnicas de cura, aprendidas tanto com as anciãs de sua tribo, na África, quanto com os índios domesticados que trabalhavam na fazenda. — Aqui está.

— O que é?

— Óleo de castanha-de-bugre. Serve para muitas moléstias, inclusive para desordens na barriga, e ajuda a secar os machucados.

— Perfeito! — Cécile não quis saber de averiguar melhor os benefícios do tal medicamento. Contanto que fossem rápidos o suficiente e conseguissem livrar o pobre Hasan de seu tormento, não importavam os meios utilizados para se chegar a esse fim.

Munida dos itens necessários para executar a assepsia dos ferimentos, a francesa se entregou à função, indiferente à sua posição social e origem. O suor escorria por suas costas enquanto dedicava-se completamente a Hasan. Lamentava pela vida daquela gente que, como ela, não tinha escolhas. Porém, a diferença residia no fato de que Cécile sempre teria um teto para abrigá-la, uma cama com lençóis limpos e macios, comida no prato — várias vezes ao dia — e uma vida confortável, apesar de controlada. E que opções havia para os negros, além de trabalharem horas sem fim, em condições desumanas e sem chances de melhorias?

Não dava para comparar.

Cécile queria lutar por seus direitos enquanto indivíduo, mas gostaria de fazer o mesmo pelos escravos, nem que fosse pouco a pouco, dentro de suas possibilidades, como naquele momento, pondo-se em risco para não permitir que um homem morresse por nada.

Ela fez tudo o que estava a seu alcance, com a ajuda de Akin, Malikah e mais algumas criadas. Só de ter as lacerações na pele limpas e secas, a aparência de Hasan começou a melhorar e Cécile pôde, enfim, se dar ao luxo de sentir um certo alívio.

— Senhorita… — ele balbuciou, desejando poder se expressar melhor e agradecer pelo que a moça fizera para salvar sua vida.

— Shhhh… Não te canses. Tudo ficará bem — ela lhe assegurou, com um sorriso iluminado.

— Vira-te para mim, menina insolente!

O amor nos tempos do ouro   **125**

Não foi a chegada repentina de Euclides que pegou todos de surpresa, mas o modo como ele agarrou Cécile pelo braço — com tamanha violência e ira, destinadas apenas aos seus inimigos — e o autoritarismo presente em sua voz.

— O que pensas que estás a fazer? De onde veio a ordem de trazer este negro imundo para dentro desta casa?

A cada questionamento proferido aos berros, Cécile era chacoalhada de um lado para o outro. Euclides já tinha uma idade considerada avançada, mas a força que empregava para coagir a noiva era compatível à de um homem bem mais jovem. Os braços dela queimavam sob os dedos dele, cravados em sua pele.

— Eu não esperei receber autorização para ajudar um ser humano em necessidade — rebateu ela, com os olhos marejados pela dor e mais ainda pela raiva. — Aprendi que devemos ser solidários a quem precisa.

— Tu não me venhas com discursos sobre o tipo de educação que recebeste na França, porque agora estás submetida ao meu modo de vida. E eu não aprovo teu comportamento. Deus não aprova!

Consumida por uma fúria poucas vezes experimentada durante sua vida, Cécile soltou-se das mãos de Euclides e encarou-o de igual para igual, preparada para colocá-lo em seu lugar.

— Ora, não fales por Ele. Porque Deus, o *meu* Deus, é benevolente e justo, não um subterfúgio para justificar as atrocidades cometidas por pessoas como o senhor.

Levou apenas um segundo para Euclides processar essas palavras e reagir. Enxergando-se como a palmatória do mundo, ele desferiu um golpe no rosto de Cécile, que, com o impacto, cambaleou para trás e caiu sentada no chão. A face atingida pela mão do fazendeiro ardia, bem como o olho direito da francesa.

Hasan tentou ficar de pé para ajudá-la, mas estava impossibilitado pela própria condição física.

— Por hoje este é o único castigo que concedo a ti. Contudo, da próxima vez, ficarás dependurada lá fora, no tronco, um dia inteiro, até compreenderes que não passas de uma mulher. E mulheres vieram a este mundo sob concessão do Senhor para servir aos homens. — Euclides puxou o ar com força, buscando um pouco de calma, senão acabaria espancando a noiva, do mesmo jeito que fazia com os escravos. — Em breve seremos casados e terás de me obedecer incondicionalmente.

Cécile torcia para que Fernão cumprisse a promessa e a levasse dali enquanto fosse possível. Preferia viver como uma criada a passar o resto de seus dias com aquele homem.

— Volta para teu quarto. E caso ajas com tamanho ímpeto mais uma vez, tu ficarás trancafiada, impedida inclusive de transitar pela casa.

Nada sensibilizado com o hematoma que crescia sob o olho da francesa, Euclides se retirou da cozinha, ordenando a Akin que providenciasse a retirada de Hasan de dentro do casarão.

— Ó, senhorita… — lamentou-se Malikah, que tanto sofria nas mãos dos homens da família Andrade, mas, ainda assim, ficou consternada com o tratamento dispensado a Cécile. — Eu sinto tanto.

— E eu me envergonho por não ter enfrentado o patrão — declarou Akin.

— Isso só contribuiria para enfurecê-lo mais. Não te culpes. E tu, Malikah, trata de não te emocionares tanto. Tens uma criança no ventre, que precisa nascer saudável — pediu ela. — Recolherei-me Cuidem dele, por favor.

Com dificuldade, Cécile se pôs de pé e caminhou até Hasan, afagando suavemente o ombro não afetado pelas chicotadas.

— Promete-me que ficarás bem?

O pobre homem olhou além de Cécile, detendo a vista em Malikah, e com um suspiro dolorido, respondeu:

— Ficarei, por ela e pela senhorita.

Quando Fernão pulou a janela naquela noite, carregava, além da cesta de alimentos de sempre, um sentimento de ódio por Euclides acima do costumeiro e uma sensação terrível de culpa.

Ouviu, antes de ver, Cécile derramando lágrimas sobre o travesseiro, intercalando os soluços com suspiros profundos. E assim que a visão dele se ajustou à escuridão do quarto, viu a moça deitada em uma posição tão desamparada, enrolada em torno de si mesma em uma das extremidades da cama, que o peito do explorador se apertou um pouco mais.

Estava em Vila Rica tentando cobrar uma dívida antiga de um nobre falido, quando lhe chegou a notícia da explosão de uma das minas de Euclides de Andrade, bem como os fatos que sucederam a tragédia. Ouviu horrorizado os relatos, mas nada o chocou mais do que o comportamento de Cécile, motivada a ajudar Hasan a qualquer custo.

— A moça se meteu no meio do castigo — revelou bem informado um moleque da redondeza que vivia de fazer bicos para os homens de negócios da região. — E enfrentou o pior dos feitores, o tal de Zé Pedro.

Fernão já tinha visto de tudo, por isso poucos acontecimentos o chocavam. Mas não foi capaz de evitar ficar perplexo diante da coragem de Cécile, mesmo ela tendo ciência de que os resultados de sua ousadia não haveriam de ser positivos.

— Ela levou o escravo para a cozinha da casa-grande, senhor, para a cozinha! Não deve ser muito certa das ideias, aposto.

"Provavelmente não", pensou Fernão, prevendo o ponto em que a história terminaria. Foi no momento em que o menino contou sobre a aparição de Euclides e a violência com que ele tratou a noiva que o explorador desistiu de escutá-lo e partiu para a fazenda. Já passava da hora de traçar o plano de fuga e tirar Cécile daquele tormento.

Vê-la sofrendo — depois de perder a família e ser forçada a deixar tudo o que conhecia para trás — passou a ser a personificação das crises de consciência de Fernão. A culpa era toda dele, e estar ciente de seus próprios defeitos nunca o incomodara tanto.

Com cuidado, ele deixou a cesta de alimentos sobre a escrivaninha antes de se dirigir até a cama, onde não ousou se sentar. Apenas ficou perto o suficiente da cabeceira para ser notado por Cécile sem que precisasse chamá-la.

Levou somente alguns segundos até que ela percebesse que não estava mais sozinha. Assim que avistou Fernão, tomou um susto e se sentou depressa, enquanto secava as lágrimas com o dorso das mãos.

Tudo o que menos desejava era ser reconhecida como uma chorona frágil, ainda mais por ele, o corajoso e destemido explorador das *minas de ouro do sertão*.

— Não tenho fome hoje — murmurou ela, sem encará-lo. Fixou o olhar nos pés, que apareciam sob a barra de renda da camisola.

— Mas se não comeres, como terás força para escapar daqui? — questionou ele, sendo sincero e brincalhão ao mesmo tempo, tudo para aliviar o clima e deixar Cécile mais à vontade.

Abatida, a francesa não sabia se ainda acreditava nessa possibilidade.

— Não posso viver de ilusão, seria pior do que aceitar meu destino.

— Do que estás a falar, Cécile?

Ela contorceu uma mão na outra, nervosa. Depois se levantou, insegura, distanciando-se de Fernão. Parou diante da janela aberta e passou a estudar o movimento da cortina, que balançava suavemente ao sabor da brisa noturna.

— O senhor Euclides, aquele velho asqueroso, quer apressar o casamento. E se não der tempo...

— Acredita, tu sairás desta casa ainda neste mês. Agora nos resta aguardar a recuperação de Hasan, somente.

De costas para Fernão, Cécile assentiu, sem muita confiança. Havia um limite para o número de vezes que uma pessoa era capaz de suportar as rasteiras da vida. A francesa começava a acreditar que estava prestes a atingir o seu.

Mas, para Fernão, ela não tinha por que duvidar nem perder as esperanças. A liberdade apontava adiante, bem próxima. Cécile só tinha que confiar nele, caso contrário acabaria prostrada de vez, submetida aos infortúnios de um casamento com Euclides.

E só havia uma maneira de fazê-la crer. Portanto, o explorador deu a volta até que os olhos dele estivessem à altura dos dela. Então permitiu-se desarmar-se completamente, de modo que fosse capaz de transmitir toda a sua sinceridade por meio do olhar.

Porém, ao enxergar o hematoma no rosto de Cécile, a vontade de invadir a casa até encontrar Euclides e fazer com ele todas as maldades que o velho conhecia de cor de tanto praticá-las nos outros tomou o

O amor nos tempos do ouro   **129**

lugar de suas demais intenções — consolar Cécile e convencê-la de que não propunha a fuga da boca para fora.

A face delicada da moça agora exibia um inchaço que se estendia da bochecha ao olho direito, que mal conseguia se manter aberto. A deformidade era como um punhal enterrado no peito de Fernão, a prova de que agira muito mal com Cécile, de um modo indesculpável.

Jamais a vira tão derrotada, nem mesmo quando foi buscá-la no sobrado do tio — outro sujeito sem escrúpulos —, no Rio de Janeiro. Não que tivesse a pretensão de ser o herói, o cavaleiro em armadura prateada, montado em um vigoroso cavalo e envolvido na causa de salvar a mocinha. Ele não possuía o perfil de cavaleiro e nem ela o de mocinha. Ainda assim, cabia-lhe a obrigação de corrigir seu erro e garantir que Cécile pudesse ao menos ter a chance de viver bem no futuro.

Fernão preferiu não refletir sobre a ânsia de tocá-la naquele momento. Com cuidado para evitar feri-la mais, deslizou o dedo no lugar onde o hematoma disfarçava a beleza suave de Cécile, reverenciando sua pele delicada.

— Que maldade! — murmurou ele, tão afetado com o gesto quanto a moça, cujo coração saltitava descompassado. — Como aquele verme pôde? — As demais palavras, todas que o explorador ainda queria dizer, ficaram presas na garganta, confinadas pela emoção.

Ela resfolegou no instante em que a carícia de Fernão mudou de percurso, indo além do ferimento, e soube exatamente quando a intenção de ser consolada passou a significar outra coisa, algo bem mais pujante. Isso aconteceu assim que os dedos dele, ásperos, calejados, deliberadamente lentos, desenharam-lhe o contorno dos lábios, enlaçando ambos em uma corrente de desejos recém-aflorados.

— Não me importaria de ser castigado até a morte caso essa fosse a chave para a tua liberdade — declarou. — Entretanto, uma negociação desse tipo jamais se tornará realidade, pois sabemos que Euclides não entra em um jogo para perder. Ele não te perderia por coisa alguma, presumo.

— E eu não me sentiria livre à custa de teu sacrifício. — Cécile conseguiu dizer, a despeito das emoções que a consumiam por inteiro. — Nem do de qualquer pessoa.

— Sei disso, *mi iyaafin*. — Fernão usou uma expressão em iorubá, língua levada ao Brasil pelos africanos, para se referir à francesa de maneira carinhosa. — Por isso o remédio é executar teu rapto. Sei da existência de um quilombo lá pelas bandas de...

— Tu me chamaste de quê? — Cécile quis saber, desconfiada de que o idioma desconhecido escondia algo que, se revelado, acabaria desconcertando os dois.

Mas Fernão não concedeu a ela a oportunidade de receber qualquer esclarecimento. Lançou-lhe um sorriso enviesado, pretensioso, e deu um passo à frente, desfazendo-se completamente da ínfima distância que os separava.

— *Mi iyaafin* — repetiu, baixinho.

A francesa não insistiu. Aceitou às cegas a referência pois, no íntimo, tinha certeza de que se tratava de algo bom. Rendida, nada pôde fazer quando Fernão, surpreendendo a ambos, tomou o rosto dela entre as mãos e a beijou, ignorando tudo que não fosse Cécile, apenas ela.

Seus lábios passearam sobre os dela, saboreando-os sem pressa. Porém, ao perceber que não seria rejeitado ou, pior, expulso sob ameaças mortais, Fernão intensificou o beijo, enquanto Cécile, arrebatada pelo momento, jogou os braços em torno dos ombros dele e enlaçou seu pescoço, aninhando-se ao homem que fazia dela uma mulher muito volúvel.

— Hum... — Um gemido incontido alertou a francesa sobre a loucura na qual estava se permitindo embarcar.

— Fernão, para — ela pediu, entre os lábios dele, ainda que quisesse permanecer nos braços do explorador um pouco mais.

Os olhos dele eram pura súplica. Contudo, por ser um homem experiente, entendeu que era hora de acabar com aquela insanidade. Queria Cécile mais do que tudo, mas não poderia tê-la, nem naquele momento, nem nunca.

— Perdoa-me — pediu, com a testa colada à dela, enquanto lutava para controlar os batimentos cardíacos. — Não compreendo o que me acontece quando estou diante de ti.

Tampouco Cécile sabia.

— Vou-me embora. Antes, apenas promete-me duas coisas.

— Depende do que tu pretendes me pedir.

Fernão sorriu. Era aquela francesa, voluntariosa, que ele aprendera a respeitar, não a moça derrotada de minutos atrás.

— São pedidos simples. Um: come, mesmo que não estejas com fome, senão cairás doente. Creio que não queiras atrasar a fuga, certo?

— Sim — respondeu ela, feliz porque a tensão provocada pelo beijo parecia ter-se dissipado.

— Dois: peço-te que mantenhas a calma. Cécile, pelo teu próprio bem, não te ponhas em risco novamente. Teu gênio impetuoso pode ficar inativo por alguns dias.

— Meu gênio impetuoso? — repetiu ela, agitada.

—Ah, ora vê! Eu não disse?

— Está certo. *Oui, mon seigneur.*[11]

Rindo, Fernão fez uma reverência e se afastou. Ao saltar a janela, deixou cair a máscara de fingimento. Já estivera com muitas mulheres durante seus vinte e poucos anos de vida. Mas nenhuma delas — índias, escravas, prostitutas, viúvas — provocou nele o que Cécile conseguiu com somente um beijo.

— Eu estou arruinado — concluiu entredentes e pulou, antes que mudasse de ideia. Porque, se dependesse de sua vontade, teria ficado com a francesinha ferida pelo resto da noite. *Ou da vida.*

Diário de Cécile Lavigne

Fazenda Real, Vila Rica, 30 de janeiro de 1735.

Maman!

Acaso ainda estivesses viva, decerto ficarias chocada ao saber que fui beijada pela primeira vez. Bem, talvez eu nem chegasse a confessar o fato para a senhora. Mas Marie, ela sim, teria de me ouvir, e sei que acabaria escandalizada também.

Porque eu diria que foi uma experiência muito prazerosa, melhor do que nadar no lago da nossa propriedade ou ganhar dos meninos em uma disputa de corrida. Muito melhor, mil vezes mais! Foi um beijo arrebatador, sensual — não leias isto, *maman* —, desconcertante, imprudente, um tanto desavergonhado — a considerar que meu corpo, coberto sumariamente por uma camisola, manteve-se colado ao dele e, em vez de fugir, comprove-me em ter a consciência limpa —, maravilhoso!

Correspondi ao beijo de um homem quase selvagem, cujas atitudes não seguem princípios senão os dele mesmo. Um homem com quem dividi uma sela por dias e em cujo peito me recostei como se fosse a tábua de salvação para todos os meus problemas.

É difícil admitir que me sinto atraída por Fernão desde então, *maman*, não só porque é belo de um modo desconcertante, mas também pela maneira como reage às situações, por sua personalidade forte, por tratar os considerados inferiores com dignidade, ainda que haja fatos obscuros em seu passado que talvez refute essa boa opinião que tenho dele. De qualquer forma, devo policiar meu coração, porque não posso entregá-lo a ele.

Vamos fugir juntos e, assim que tudo estiver resolvido, tomaremos caminhos distintos. Ele é um homem do mato, aventureiro; eu tentarei resgatar minha vida, assentar-me em algum lugar e entregar meu futuro nas mãos de Deus.

Contudo, chegada a hora do adeus, partirei com pesar. Afinal, *maman*, a cada nova interação com Fernão, descubro o quão envolvida estou. E se não desejo sofrer depois, beijá-lo novamente está fora de questão.

Carta de Fernão para Cécile

Mi iyaafin,

Não sou bom com as palavras nem costumo temer o desconhecido, embora esteja aqui, debruçado sobre esta folha, com a pena entre os dedos e o coração aos pulos. Tudo porque a necessidade de me fazer entender, até para mim mesmo, anda a me consumir.

~~Receio ter deixado crescer um sentimento por ti. Receio estar encantado por tua pessoa.~~

Receio ter perdido a cabeça. Inferno! Jamais conseguirei fazer isto.

11.

[...]
Nas almas tão puras da virgem, do infante,
Às vezes do céu
Cai doce harmonia duma Harpa celeste,
Um vago desejo; e a mente se veste
De pranto co'um véu.

Gonçalves Dias, "Seus olhos",
em *Primeiros cantos*

Henrique foi recebido pelo pai e por uma Cécile falsamente submissa na sala de visitas do casarão. O rosto dela ainda apresentava a sombra do hematoma deixado pela agressão de Euclides, evidência que a francesa não fazia questão de esconder. Pelo contrário, sentia-se no comando da situação sempre que surpreendia os convidados do noivo, surgindo diante deles com o olho inchado. Este era o recado que ela transmitia sobre o caráter do fazendeiro, ainda que de modo velado, para o caso de alguém não ter esse conhecimento.

O filho, um belo rapaz de porte elegante, cumprimentou Euclides com um educado aperto de mão, dispensando à Cécile um tratamento mais caloroso.

Ela gostou dele. A primeira impressão lhe dizia que Henrique não se parecia em nada com o pai, nem mesmo fisicamente. Enquanto o velho fazia o tipo ameaçador, mas atarracado, o filho era alto, atlético até, e exibia um ar amistoso, despreocupado, semelhante às personalidades de Jean e Pierre. Talvez fosse esse o motivo que fizera Cécile simpatizar de imediato com Henrique: ele levou-a a lembrar-se dos irmãos com um saudosismo agradável.

— É um prazer estar diante da futura esposa de meu pai — disse o jovem. — Esta casa gritava pela presença de uma mulher para governá-la.

— Obrigada. — Foi tudo o que Cécile ousou responder. Desde que Fernão lhe pedira para ser mais cuidadosa, ela evitava dar motivos para ser alvo da ira de Euclides novamente, embora muito a contragosto. Dar-lhe um chute no traseiro a faria mais feliz.

— E quando será o casamento?

—Antes do outono já estaremos casados — informou o fazendeiro, sem estender a explicação.

"Antes que a lua mude de fase eu já estarei longe daqui", pensou Cécile. Na última noite, Fernão expusera todos os detalhes da fuga. Havia alguns dias que o jejum obrigatório terminara, mas o explorador continuava pulando a janela da francesa, com a desculpa de mantê-la a par do andamento do plano de tirá-la daquela casa.

— Bom. Faço questão de ajudar nos preparativos.

— Desde que não atrapalhes — completou Euclides, carrancudo como sempre.

Cécile sentiu pena de Henrique. Pelo jeito, ele também sofria as consequências do temperamento cruel do pai, a julgar pela expressão impenetrável do fazendeiro. Ela chegara a imaginar que a volta do filho amaciaria a rudeza de Euclides. Mas não. Aquele homem era um caso perdido.

— E como foi a temporada no Rio de Janeiro? — indagou ela, por educação e para dissolver o clima pesado.

—Agradável. A cidade tem seu charme, com toda aquela paisagem exuberante. Porém a viagem até aqui, desgastante como há pouco comprovaste, apagou um tanto da euforia das semanas que passei por lá.

— Oh, eu entendo — disse Cécile, mais por educação. Não fora fácil transpor o caminho que unia o Rio a Minas Gerais. Porém, em

O amor nos tempos do ouro **137**

sua memória estavam marcados os momentos com Fernão: ele salvando-a de um iminente esmagamento, matando o homem prestes a violentá-la, dividindo seu cavalo com ela e exibindo toda a sua glória na cachoeira. A francesa sentiu o rubor cobrindo-lhe o rosto. Precisou inclinar a cabeça em um ângulo em que pudesse esconder o embaraço.

— Recomendo que descanses, Henrique, pois amanhã receberemos convidados para um baile de boas-vindas a ti, que também servirá para o anúncio oficial do meu noivado com a senhorita Cécile.

— Como o senhor quiser, meu pai.

O rapaz lançou um olhar sorrateiro para a moça, que sorria como se estivesse mais do que feliz com o evento do dia seguinte, quando, na verdade, sabia que odiaria cada segundo daquela noite. Mas parecer contente e agradecida fazia parte do papel que precisava desempenhar, porque agir com rebeldia só manteria o olhar de Euclides ainda mais aguçado sobre ela, dificultando assim sua fuga.

— Se for do agrado do senhor, gostaria de ter uma dança com minha futura madrasta.

— Sim.

Em Marselha, quando ia a bailes, o pai não interferia nas escolhas dos pares de dança da filha. Ficava a seu cargo aceitar ou não os convites, fosse quem fosse o cavalheiro. Se o casamento com Euclides acontecesse de verdade, estaria fadada a ser sua eterna marionete. Era um alívio ter a certeza de que não estaria mais morando na Fazenda Real para passar por essa experiência.

Cécile tinha tantos vestidos que poderia passar o resto da vida sem adquirir qualquer outro — e talvez isso acabasse acontecendo mesmo, dependendo de como viveria dali em diante. Apesar da fartura, não ficou indecisa na hora de escolher qual usaria para o baile. Pegou o primeiro que viu na frente, um *robe à la française* azul-celeste ricamente bordado com fios dourados, de mangas médias e lisas, terminadas em punhos cheios de rendas. Quente para o clima brasileiro, Cécile quase desistiu de usá-lo, mas a lembrança da mãe ajudando-a a escolhê-lo demoveu a moça dessa ideia.

— Oh, como é lindo! — exclamara Teresa na ocasião. — Devemos levá-lo. Tu serás a jovem mais bela do baile.

Sim, com o camafeu no pescoço e os cabelos presos em um penteado romântico, Cécile sentiu-se muito bonita e acabou cortejada a noite inteira por diversos pretendentes, os quais rejeitou com delicadeza. Caso tivesse encorajado algum deles, teria tido um destino diferente?

Mas agora não adiantava conjecturar. Com o auxílio de Úrsula maravilhada, Cécile arrumou-se com esmero, disposta a encantar a todos com sua aparência e seus bons modos. Se era para fingir, que assim fosse.

— A senhorita tem um bom gosto admirável — elogiou a dama de companhia.

— Ah, quem merece os méritos, na verdade, é *maman*. Ela costumava acompanhar as tendências da moda e me enquadrava nelas, muitas vezes contra a minha vontade.

— Ora, a senhorita é tão bela e delicada. Não a imagino sendo forçada a vestir-se segundo os padrões.

— Pois sim! — Cécile sorriu. — Por mim só usaria camisolas, ou as calças dos meus irmãos, mas essa não era uma opção negociável.

— Óbvio que não! Onde já se viu mocinhas trajadas dessa forma?! A falecida senhora tua mãe decerto prometia-te boas palmadas pela rebeldia.

— Oh, *maman* prometia e cumpria.

As duas riram alto, enquanto Cécile se dava conta de que as lembranças dos pais e irmãos passavam de amargas a agridoces, sinal de que começava a se conformar com a perda deles.

— Andas menos tristonha, senhorita — observou Úrsula, sempre atenta aos detalhes.

— Estou esperando um milagre. — Com essa resposta vaga, a francesa piscou para a dama de companhia e pegou um de seus leques na gaveta da penteadeira. — Vamos?

* * *

O amor nos tempos do ouro   **139**

Os convidados de Euclides — a maioria membros da nobreza, aristocratas e fazendeiros — enchiam o salão quando Cécile apareceu. Ao contrário das grandes cenas executadas pelas damas movidas a excesso de vaidade, que adentravam os salões em grande estilo, arrancando suspiros e comentários de todos, a francesa esperou o momento ideal para ser discreta.

Ao tomar parte no baile, ninguém sabia precisar o momento em que ela surgiu nem de onde havia saído. Ainda assim, foi inevitável admirar a bela jovem, lindamente trajada com um modelo de vestido confeccionado segundo as últimas tendências da moda na França. Aquele tom de azul lhe caía muito bem em contraste com sua pele alva.

Sentindo os olhares sobre si, Cécile desejou jamais ter saído do quarto. Além disso, não sabia o que fazer. Deveria ir até o noivo *faux*,[12] como fazia questão de frisar a si mesma —, sentar-se languidamente em um canto e aguardar algum movimento em sua direção ou procurar um conhecido para interagir? Ah, como desprezava determinadas convenções! E elas conseguiam ser ainda mais enervantes quando o dono da festa fazia questão de que fossem cumpridas com rigor.

Quando sua indecisão chegou à beira de um ataque de pânico, Henrique abordou Cécile, que não segurou um longo suspiro de alívio.

— Perdida?

— Um pouco. Não me informaram sobre como eu deveria agir nesta situação. Logo, estou prestes a cometer uma gafe, o que será visto como uma afronta aos olhos de teu pai. — Ela não tinha a intenção de dizer as últimas palavras em voz alta. Não conhecia Henrique o suficiente para reclamar de Euclides com ele.

Mas o rapaz, contrariando a expectativa de Cécile, armou um sorriso debochado, enquanto dava o braço para a francesa segurar.

— O velho é impagável, para não o nomear com um adjetivo mais... forte.

O momento não era adequado para se aprofundar naquele assunto, por isso Cécile deixou passar. Não que não tenha ficado curiosa. Gostaria de saber em que termos se sustentava o relacionamento de Euclides com o filho. Seria ele mais uma vítima da tirania do português?

Pelo jeito, sim. De todo modo, não ficaria tempo suficiente naquela casa para descobrir.

De braços dados, ela e Henrique desfilaram pelo salão, ele fazendo questão de apresentá-la à maioria dos convidados, enquanto Euclides mantinha a postura de anfitrião, ocupado demais para se dar a esse trabalho.

— Vim da Europa há pouco tempo e já pressinto como será difícil readaptar-me ao estilo de vida da aristocracia colonial — comentou Henrique. — Para a senhorita, nascida e criada lá, imagino que deva ser pior.

Cécile soltou um suspiro sonhador antes de responder:

— Não é das tradições que sinto falta. O que me dói é a consciência de que perdi minha família, e isso em lugar nenhum deste mundo eu teria a chance de recuperar. Portanto... — Ela deu de ombros.

Henrique compreendeu o ponto de vista de Cécile e optou por mudar os rumos da conversa para não chatear a moça. Então passaram a falar de arte, ambos empenhados em defender sua opinião a respeito de quais eram os maiores artistas plásticos do planeta e quais obras tinham o direito de levar o título de relíquias da humanidade.

Com tanto assunto, eles nem notaram que haviam saído da área comum aos convidados, acabando na sala contígua, de frente ao retrato da falecida esposa de Euclides. Dessa vez, Cécile pôde reparar melhor na imagem, absorvendo os detalhes que lhe escapuliram na primeira oportunidade, quando chegou à fazenda. A mulher, cujo nome desconhecia, possuía uma beleza exuberante, dessas que não passam despercebidas e geram inveja na maioria das moças menos privilegiadas. Seus olhos foram retratados com tanta expressividade pelo artista que os pintara que chegavam a transmitir uma mistura de desespero e resignação. Pudera! Seu marido era o odioso Euclides, afinal.

— Impressionante! — Cécile deixou escapar.

— Como?

— Os olhos dela. São tão intensos.

O amor nos tempos do ouro **141**

— Ah, sim. Minha mãe falava mais através deles. Ela não tinha uma voz ativa dentro desta casa, como a senhorita pode deduzir.

A francesa assentiu, hipnotizada pelo retrato. Algo naquela mulher parecia tão presente, embora estivesse morta havia anos. Não tivera a oportunidade de buscar informações sobre a história dela, mas descobriu que adoraria saber como acabara casada com Euclides de Andrade e que espécie de vida tivera ao seu lado.

— Como ela se chamava?

— Inês.

— Deves sentir muito a falta dela, digo, é claro... Oh, como sou atrapalhada! Claro que sentes.

— Não fiques envergonhada, senhorita. — Henrique sorriu. — Sim, eu tenho saudade de minha mãe, mas ela se foi há muito, muito tempo. Nem consigo me lembrar dela direito.

"Que triste!", Cécile pensou. Tudo o que restara dos seus pais e irmãos foram as memórias do passado. O mundo dela ruiria de vez se essas lembranças se apagassem com os anos. Não permitiria que isso acontecesse.

— Talvez seja melhor voltarmos ao salão. Logo a nossa ausência será notada — sugeriu o rapaz.

— Sim.

Desnecessário dar motivo para Euclides castigá-la mais tarde. Sua liberdade estava próxima e tudo o que precisava fazer por enquanto resumia-se a cumprir seu papel de moça bem-comportada e submissa.

O retorno deles ao local onde acontecia a confraternização não causou nenhum tipo de constrangimento nem especulações. Casais dançavam os passos de um minueto na pista, atraindo todas as atenções para eles. Já Euclides demonstrava certa indiferença a tudo, concentrado em uma conversa séria com um grupo de homens de negócios. Embora Cécile não tivesse sido oficialmente informada, tudo indicava que o anúncio do noivado seria feito depois do jantar.

Odiava ter que passar por isso, mas não havia outra alternativa a não ser suportar a provação. Em breve sua sorte mudaria, ficando entregue, mais uma vez, às mãos de Fernão.

Ao lembrar-se dele, sentiu uma onda de emoção. Não conseguia, nem tentando com todas as forças, esquecer o beijo que trocaram. Foi a sensação mais marcante de toda a sua vida e que, infelizmente, jamais se repetiria. Sabia que impedir uma nova investida era o certo, então por que isso a incomodava tanto?

Como se tivesse sido conjurado pelos pensamentos da francesa, a personificação dos anseios de Cécile fez sua aparição. Em trajes de aristocrata, Fernão entrou no salão como se frequentasse bailes todas as noites, ou seja, seguro de si — além de encantador. E a moça se derreteu mais um pouco por ele.

Entre tantos convidados, seus olhares se encontraram de imediato e nenhum dos dois fez menção de interromper a ligação. Avaliaram-se mutuamente, como se estivessem se vendo pela primeira vez e, ao mesmo tempo, se conhecessem desde sempre.

O coração de Cécile acelerou, deixando-a ofegante. E Henrique, que não era bobo, logo concluiu que algo acabara de sair da normalidade.

— Algum problema, senhorita?

Só então Cécile se deu conta de que perdera a razão por alguns instantes. Portanto tratou de se recompor.

— Oh, não. Apenas ando às turras com o clima daqui. — Ela sorriu para disfarçar o desconforto. — É muito quente e úmido.

Com um gesto exagerado, a francesa abriu o leque e o usou para se abanar. O que ninguém imaginava era que o clima nada havia contribuído para o aumento súbito do calor que Cécile sentia. A alteração na temperatura tinha outro culpado, que pelo jeito só afetava a ela.

Fernão jurava a si mesmo que não estava ardendo de ciúmes por se deparar com Cécile agarrada ao braço de Henrique, *o filhote do verme*. Para ele, a raiva era fruto de sua própria ingenuidade. Como não pensara em preparar a moça para a chegada do herdeiro de Euclides? Pelo sorriso estampado no rosto dela, Cécile não havia reconhecido o verdadeiro caráter do sujeito. Caíra na lábia dele, como todas as mulheres faziam. Precisava consertar sua falha.

O amor nos tempos do ouro   143

Ainda que não tivesse nome nem berço, aceitara o convite para o baile porque tinha se tornado sua obrigação cuidar da integridade da francesa. E, ao que parecia, ela não estava se saindo muito bem sozinha.

Depois de cumprimentar alguns conhecidos — homens com os quais, em algum momento da vida, fizera negócios —, Fernão caminhou diretamente até Cécile e Henrique. Caso alguém estivesse atento aos seus movimentos, concluiria que seu objetivo era inofensivo: cumprimentou uma conhecida a quem ajudou no percurso entre o Rio de Janeiro e Minas Gerais. O explorador, quando necessário, sabia disfarçar suas reais intenções.

— Senhorita — ele cumprimentou, com um floreio calculado. — Henrique.

— Fernão! Ainda por estas bandas! Imaginava que estivesses no meio do mato de novo.

— Em breve — respondeu sucintamente, sem sequer fingir interesse pelos comentários do filho de Euclides. — Por ora, tenho apenas uma meta: convidar a senhorita Cécile para me acompanhar na próxima dança.

Como se não bastasse ele ter chegado de surpresa, vestido como um príncipe exótico — porque homens da nobreza com os quais ela estava acostumada não possuíam a essência de um aventureiro destemido como Fernão —, ainda ousava ultrapassar todos os limites só para tê-la nos braços por poucos minutos.

Henrique estranhou o convite, apesar de nunca ter sido incomum a influência do explorador dentro daquela casa. Reconhecia a importância dele nos negócios escusos do pai. Por outro lado, não entendia por que a relação entre os dois extrapolava o campo profissional, afinal, Euclides não costumava dar espaço a quem quer que fosse.

— Bem, eu adoraria — disse Cécile, o coração agitado pela iminência de passar um tempo com Fernão.

Com um sorriso presunçoso, ele pegou-a pela mão e conduziu-a até a pista, com a desenvoltura de quem passara a vida frequentando a alta sociedade.

— A senhorita é mesmo corajosa — elogiou ele, tão logo deram os primeiros passos da contradança. — Desconfio de que teu pai deva ter sido um homem muito benevolente na tua criação.

— Suposição corretíssima, senhor. *Papa* enxergava-me como um ser humano. Educou-me como a meus irmãos, independente do fato de eu ter nascido mulher.

Embora dançassem seguindo as regras do decoro, a consciência de estarem tão próximos pairava entre o casal. Para Cécile, era bom absorver o calor dele novamente; para Fernão, significava o paraíso.

Inspirando forte, ele tentou ignorar os desejos renascidos assim que se deparou com a francesa naquela noite.

— Tu és a mulher mais bela deste salão — declarou, sem conseguir se conter. Mas achou que a frase não soara como deveria. Logo, corrigiu-se: — Minto. És incomparavelmente linda, dona de uma beleza acima de todas as outras que já vi.

—Ah! — Ela ofegou, corando nos mais variados tons de rosa. — O que deu no senhor? Acaso estás a representar um papel para comigo? Porque se a resposta for sim, eu te liberto desta obrigação. Não precisas me cortejar. Nada disso é real para nós.

Fernão sorriu de modo sedutor, demonstrando estar completamente seguro de suas ações.

— Não se trata de cortejo. E paremos com essa formalidade. Sou Fernão para ti, e tu és Cécile.

Ouvir seu nome pronunciado de modo tão charmoso por aquele homem aquecia o peito da francesa, que de burra nada tinha. Não era comum se abalar por qualquer ação realizada por um cavalheiro, a menos que ela se enquadrasse na categoria das mocinhas casadouras, que se contentavam com um mísero resquício de atenção em prol de um matrimônio vantajoso. Passara por várias situações desde que fora apresentada à sociedade parisiense, de flertes inocentes a propostas descaradas. Porém, nenhuma delas sequer a fez titubear uma única vez, embora muitos dos pretendentes fossem atraentes como Fernão.

"Não. Definitivamente ele é incomparável", suspirou Cécile, envolvida pelos braços do dono de seus pensamentos inquietantes. Por

O amor nos tempos do ouro   **145**

tudo o que havia vivido na França durante as temporadas de bailes, jantares e encontros, compreendia que seus sentimentos pelo aventureiro não eram frívolos, frutos de sua vaidade. Existia, sim, um algo mais, uma chama que a moça não estava disposta a alimentar.

— Ora, mas tratar-te pelo primeiro nome seria muito impróprio — ela retrucou, só para implicar.

— Por Deus, mulher, o que pode ser mais impróprio do que o fato de que te raptarei em um ou dois dias, *com* o teu consentimento, diga-se de passagem?

O rubor voltou ao rosto de Cécile. Ela desconfiava de que jamais conseguiria ficar de outra cor, senão vermelha, diante de Fernão.

— Isso se não contarmos o beijo que trocamos em teu quarto — ele provocou, aproximando os lábios do ouvido dela. — Não foi impróprio o suficiente?

A francesa engasgou. Enquanto a lembrança de seus lábios presos aos de Fernão permanecessem em sua memória, não voltaria a ter paz.

— Não é delicado o senhor tocar neste assunto.

— Senhor? Cécile, deixa de ser teimosa — ele a repreendeu, embora estivesse com um sorriso torto, do tipo indecifrável. — E desde quando sou delicado? Nunca fui.

Ela discordava. Por diversas vezes, Fernão permitiu que essa característica se manifestasse, mesmo que ele não quisesse admitir. Era um sujeito contraditório, capaz de gestos tão grotescos quanto generosos.

— Escuta, não que esta seja a minha vontade, mas a música está para acabar. — De repente ele ficou sério, abandonando o ar descontraído. — Estamos prontos para a fuga. Sairemos daqui na terça, de madrugada. Amanhã Malikah te passará os detalhes.

— Sim. — O peito de Cécile estava a ponto de explodir de ansiedade e alegria.

—Até lá, não dês trela a Henrique. Aquilo é um patife sem tamanho.

— Não me pareceu.

— Mas é. Não temos tempo agora, porém em outra oportunidade terei o maior prazer em revelar para ti o verdadeiro caráter dele.

— Hum… — A moça tinha um arsenal de argumentos para contestar e queria usá-los naquele momento.

— Por favor, Cécile, confia em mim.

Antes que conseguisse dar a resposta, a música parou. Todos os pares se desfizeram. Por um segundo a mais, Fernão manteve a francesa cativa, só para que pudesse repetir, em um sussurro:

— Confia em mim, *mi iyaafin*.

12.

[...]
É preciso FUGIR.
Sem dinheiro sem roupa sem destino.
Esta noite mesmo. Quando os outros
estiverem dormindo.

Carlos Drummond de Andrade, "Fuga",
em *Boitempo*

Os dois dias seguintes certamente foram os mais lentos de todos os tempos pela percepção de Cécile, mas ao menos tudo caminhara dentro do planejado.

Sua apresentação como futura esposa de Euclides de Andrade foi feita durante o baile, sem estardalhaço algum. Os convidados, avisados previamente da novidade, receberam a notícia com aquela falsa alegria típica dos membros da sociedade. Porém, aos sussurros, todos manifestavam sua opinião sobre a má sorte da pobre francesa, fadada a viver o resto de seus dias ao lado de um homem como Euclides, que, embora respeitado, não era tido em boa conta por muita gente.

Cécile suportara a ocasião com altivez, afinal, por trás daquele arranjo famigerado, havia uma fuga iminente que a fortalecia. Sorrindo timidamente, ela entrelaçou sua mão à de Euclides assim que o anúncio do noivado foi feito, o que não a impediu de sentir um embrulho no estômago. O enjoo só amenizou no instante em que seu olhar encontrou o de Fernão, que lhe dizia, mesmo à distância, que aquele incômodo era passageiro e transmitia a confiança necessária para não fraquejar.

Tarde da noite, já de volta ao quarto, encontrou sob os travesseiros uma carta, cujo conteúdo explicava os passos do plano de fuga, escritos com uma letra quase indecifrável, a despeito da precisão das informações.

Ela avaliou a ousadia de Fernão como arriscada, uma vez que a carta poderia ter sido encontrada por outra pessoa. E que estrago isso faria! Em compensação, era fato consumado que o explorador não dava ponto sem nó, e decerto precavera-se da melhor forma contra um extravio indesejado.

Depois de se certificar de que a porta estava trancada — e de dispensar os cuidados de Úrsula, que não gostou nem um pouco de ser preterida —, Cécile cuidou de memorizar cada item do plano, ciente dos riscos que uma análise superficial poderia causar.

> Não te preocupes com teus pertences. É impossível levar bagagens. Veste o que tiveres de mais confortável, pois dessa vez as dificuldades impostas pelo caminho serão infinitamente maiores. Não vou iludi-la.

Deixar tudo para trás... Como se Cécile fosse morrer por abrir mão de suas coisas. Desde quando perder bens materiais se igualava à dor de perder toda a família? Ela apenas fazia questão de seu diário e do camafeu. O restante viraria lembrança da mulher que Euclides não pôde ter.

> Partiremos por volta da meia-noite, quando um incêndio na plantação de cana-de-açúcar desviará a atenção de todos — um arranjo necessário, acaso tu estejas a questionar esse fato. Irei a teu quarto e sairemos pela janela — prometo que não quebrarás o pescoço nem qualquer outro osso. Alguns homens de minha confiança estarão a postos na estrada, a esperar por nós dois, além de Hasan, Malikah e Akin. Imagino que estejas incomodada por não ter incluído Úrsula no

O amor nos tempos do ouro **149**

grupo, o que faz todo sentido. Uma única dama de pele branca em meio a foragidos já chama a atenção o suficiente. Ademais, não estou certo de que tua dama de companhia aprovaria nossa "aventura".

Úrsula não estava a par da situação. Cécile não tinha motivos para desconfiar dela, mas não confiava o suficiente para lhe confidenciar sua própria fuga. O que não aliviava o remorso que estava sentindo. "Talvez em outra oportunidade..."

A fim de tentar esquecer esse incômodo, a moça tratou de esconder a carta dentro do diário, antes de passar a meia hora seguinte procurando um vestido que lhe permitisse o máximo de mobilidade durante a fuga. Descobriu que, para isso, deveria abrir mão do espartilho e do *hip pad*, além de algumas das camadas de tecidos que costumavam ficar por baixo das saias. Laços, chapéus e adornos também estavam fora de questão, bem como luvas, ou seja, tudo o que poderia se prender com facilidade e rasgar, virando pistas pelo caminho. O mais sensato a fazer era vestir-se como uma camponesa e esquecer os luxos proporcionados pelo berço.

No dia seguinte, depois de uma noite agitada, de sono difícil, Cécile mal se continha de ansiedade. Caminhou ao redor da casa-grande pela manhã, apreciando a paisagem montanhosa que circundava todo o terreno. Gostava da sensação de proteção proporcionada pelas serras e imaginava que elas deviam ser de grande valia para os foragidos da justiça, pois, sem dúvida, continham esconderijos ideais. Esperava poder contar também com os mistérios guardados pelas montanhas.

Cécile acreditava no sucesso da empreitada — tinha que acreditar —, o que não significava estar totalmente segura de que tudo sairia conforme o planejado. Havia muitos "e se"...

E se não fossem rápidos o suficiente?

E se não encontrassem o quilombo e tivessem de perambular sem rumo no meio do mato, sujeitos a ataques de feras, fossem elas animais ou índios?

E se os homens de Euclides os alcançassem? Matariam a todos? Levariam Cécile de volta só para que o fazendeiro tivesse a honra de ele próprio executar o castigo que ela viria a merecer?

E se ficasse doente, se quebrasse um osso?

E se acabasse miseravelmente apaixonada por seu raptor?

Eram tantos "poréns" que poderia desanimar facilmente. O último deles talvez já nem fosse mais apenas uma possibilidade. Contudo, sua perseverança falava mais alto, porque nenhum futuro, por pior que se apresentasse, seria páreo para o castigo de se unir a um homem vil como Euclides de Andrade.

Obrigando-se a ser corajosa — inclusive em pensamento —, Cécile decidiu espichar o passeio, permanecendo fora de casa por mais algum tempo. Ninguém lhe dissera que estava proibida de caminhar dentro das fronteiras da propriedade, "contanto que não te envolvas com assuntos que não te dizem respeito", alertou Margarida, temendo que sua futura patroa se metesse em novas enrascadas.

Perto da hora do almoço, resolveu que era o momento de voltar para o casarão. Não pretendia se atrasar para sua penúltima refeição ao lado do "noivo". A francesa seguia em direção ao quarto, um pouco mais relaxada, quando vozes alteradas detiveram-na no corredor, em frente ao escritório de Euclides.

Cécile não tinha a intenção de ficar para saber o que se passava lá dentro. No entanto, o teor da discussão foi mais forte do que sua decisão de fugir dali antes que acabasse sendo descoberta. Escondida atrás de uma das pesadas cortinas que cobriam as vidraças do corredor, ela apurou a audição.

— Não compreendo o que leva o senhor a ser tão benevolente com o soturno Fernão, meu pai. Ele não passa de um bicho do mato cheio de empáfia.

O escritório caiu no silêncio por cerca de alguns segundos.

— Tolero-o porque sempre me foi útil, desde quando o salvei da morte certa ao perder pai e mãe para os caprichos do sertão. Em troca de uma vida, ele nunca hesitou em me servir. Sujou as próprias mãos, enquanto poupava-me das imundícies do submundo.

O estômago de Cécile embrulhou. Várias imagens lhe invadiram a cabeça, desde projeções de um Fernão ainda criança, suscetível às doenças e maldades ofertadas pela colônia, a serviços escusos realizados por ele para atender às necessidades de Euclides.

O amor nos tempos do ouro **151**

— Mas negócios são negócios, meu pai! Fernão também lucra. Basta olhar para a vida que ele tem hoje. Não é nenhum indigente, por Deus! Ainda assim continua indigno de frequentar esta casa, ou qualquer outra de família tradicional, a exibir-se como se fosse um de nós.

Henrique usava palavras duras, bem diferentes das que empregara enquanto passava parte da noite anterior com Cécile. Parecia outra pessoa, muito desagradável, por sinal.

— Não menciona Deus em vão, rapaz! Deixa nosso Senhor fora desta discussão, que nem deveria acontecer. Acaso tu estás com ciúmes, Henrique? A esta altura da vida? Um bacharel...

— Perdoa-me, meu pai, mas o senhor agora foi um tanto ridículo. Por que eu haveria de ter ciúmes de um desqualificado, que se embrenha pela selva, envolve-se com pessoas da pior estirpe, desvirtua as mulheres, atravessa escravos e mercadorias contrabandeadas, mata a sangue-frio e comete outras tantas infrações que, se chegasse a ser julgado, passaria o resto dos dias trancafiado na masmorra da pior das prisões?

— Esqueceu-se de acrescentar o favor que Fernão lhe fez ao resolver certa insinuação a respeito de ti e de uma de minhas escravas.

Cécile congelou por detrás do pesado veludo da cortina. Ao mesmo tempo em que queria correr para não ouvir mais nenhuma informação sobre o caráter tortuoso de Fernão, não conseguia sair do lugar. Entendia perfeitamente que ele não era santo, mas descobrir detalhes de seus desvios decepcionou a francesa com tamanha intensidade que nem ela mesma imaginou que pudesse ser tão afetada.

— Não providenciarei uma faixa de herói para amarrar ao peito daquele selvagem. Na realidade, meu pai, ele interessou-se em proteger a negrinha, ninguém mais, pois sabia que o destino dela estava decretado. Ao inventar que o pai da criança era o borra-botas daquele feitor, limpou meu nome, sim, mas evitou o assassinato da escrava. E eu que preciso agradecer? — Henrique escarneceu.

— Não sejas tão superior, rapaz. Contaste sempre com o auxílio de Fernão para te livrar de tuas enrascadas.

— É para isso que ele nos serve.

De uma coisa Cécile estava certa: Henrique era mesmo um cretino, vil como uma cobra peçonhenta. Só se preocupava consigo mesmo, ao contrário do que pensara sobre ele na noite anterior. Enojada, ela resolveu seguir para seu quarto, ainda que a discussão estivesse acalorada, no auge, pelo que demonstrava.

Permitira-se envolver por Fernão pela segunda vez e chegara a um resultado igual ao de antes: desapontamento. Ele decepcionou Cécile quando lhe negou o pedido, optando por seguir adiante com sua obrigação de entregá-la ao futuro noivo. Mas depois, com tantas entradas furtivas no quarto da moça e planos de fuga, ela passou a enxergar o destemido aventureiro com um quê de herói. "Boba." Homem algum acostumado a alcançar seus objetivos pelos próprios meios merecia ser visto com tamanha adoração. Naquele lugar, Cécile concluiu, não havia uma só alma em quem pudesse confiar de coração aberto, a não ser talvez nos escravos, embora conhecesse poucos.

Diante dessa constatação, a francesa prometeu a si mesma jamais titubear em seu discernimento a respeito de Fernão. Naquele momento, ele assumia o papel de facilitador de sua liberdade. Procuraria recordar da discussão entre Euclides e Henrique todas as vezes em que seu coração estúpido ameaçasse amolecer novamente. Porque, sim, Fernão possuía uma beleza rústica e um charme único, mas Cécile tinha o próprio pai como parâmetro de homem perfeito. Isso significava que a aparência era irrelevante, mas o caráter, não.

A rotina de Cécile não mudou só porque aquele era o grande dia. Ela fez tudo exatamente igual, cuidando para que parecesse a mesma de sempre, apesar de, no íntimo, sentir-se como um vulcão prestes a entrar em erupção.

O que amenizava parcialmente suas preocupações era a certeza de que sua vida estava fadada a mudar de qualquer jeito. Caso tivessem sucesso, teria de se readaptar ao mundo — um mundo que ela nem sequer vislumbrava. Se fossem pegos, o destino não haveria de ser piedoso.

À noite, poucas horas antes do combinado, Cécile aceitou a ajuda de Úrsula nos preparativos para se deitar. Deixou que a dama de companhia escovasse seus cabelos, cujo comprimento excedia o meio das costas, como acabou reparando.

Desejava se desculpar, dizer a Úrsula que sentia muito por não poder incluí-la no grupo de fugitivos. Como não tinha permissão para se abrir com ela, a francesa prometeu que rezaria pelo futuro da dama de companhia. Afinal, não chegaram a construir uma relação de amizade, mas Cécile não lhe queria mal, de forma alguma.

— Obrigada, Úrsula — agradeceu ela, encerrando o trabalho de escovação. — Os fios já estão soltos o suficiente. Tu fizeste um excelente trabalho.

— Nada mais do que minha obrigação.

— Não. Entendo que és paga para facilitar minha vida, mas gentileza não se compra. Não tenho sido a melhor das companhias. Oh, que outra Cécile tu terias conhecido caso tivéssemos nos encontrado em Marseille! Reconheço que ando rabugenta feito uma velha amarga. Não mereces este meu humor tenebroso.

— Ah, senhorita Cécile, por favor, não te justifiques. É claro que eu compreendo teu momento. — A jovem dama de companhia não escondia o entusiasmo diante daquele discurso inusitado.

A francesa, com medo de acabar se abrindo com Úrsula, limitou-se a sorrir, de modo que a conversa não se prolongasse nem caminhasse para uma revelação.

— Posso ajudar-lhe em algo mais?

— Quero que vás dormir. Já é tarde. Também vou me deitar agora.

— Sim, senhorita. — Úrsula se despediu com uma ligeira reverência.

Assim que se viu sozinha, Cécile não titubeou em passar a chave na porta. Tirou a camisola, um disfarce necessário para transmitir a impressão de que tudo estava em seu devido lugar, e se enfiou no vestido escolhido para a ocasião. Depois usou uma faixa simples para prender os cabelos e cobriu a cabeça com um capuz preso a uma capa longa, cinza-escura, imaginando que a peça ajudaria a esconder sua identidade caso encontrassem desconhecidos pelo caminho.

Para finalizar, enfiou o diário e um lápis no bolso da saia, itens indispensáveis em sua bagagem inexistente. Em seguida, sentou-se na beira da cama, entrelaçou uma mão na outra e grudou os olhos na janela, por onde Fernão entraria em breve.

E ele não tardou a aparecer. De modo eficiente e natural, o explorador executou sua entrada no quarto de Cécile. A última, felizmente.

Ela se pôs de pé em um pulo; o coração aos saltos. Havia chegado a hora.

— Percebo que seguiste à risca minhas recomendações sobre o vestuário adequado para a nossa... empreitada — disse Fernão, encantado com a aparência da moça, naquele momento tão parecida com uma camponesa. Exceto pelo porte, claro sinal de seu *pedigree* aristocrático, e pela qualidade da capa que a cobria de cima a baixo.

— Óbvio que sim. — Cécile foi seca. Estava decidida a tratar aquele homem com o máximo de distanciamento possível. — Prefiro viver enrolada em trapos de hoje em diante a me casar com Euclides, e, consequentemente, preservar meus trajes.

Fernão notou o tom áspero na voz da francesa. Julgou que fosse resultado do medo pelo que estava por acontecer. Algo normal, naquela situação. Achou melhor não comentar sobre isso.

— Não tenho dúvidas, *senhorita*.

Ela bateu o pé no chão com impaciência. Por que não estavam pulando a janela? O explorador entendeu o sentido do gesto e tratou de explicar:

— Esperaremos o sinal para a partida. O incêndio na plantação de cana-de-açúcar ainda não se alastrou. Assim que o alerta de fogo for dado e tivermos a certeza de que Euclides, Henrique e os feitores correram para lá, sairemos.

Cada minuto a mais dentro daquela casa dava a Cécile a sensação de que os planos naufragariam. Tudo poderia acontecer enquanto esperavam. Tudo!

— Não fiques apreensiva. Dou minha palavra de que chegaremos ao quilombo em segurança.

O amor nos tempos do ouro   155

— Quilombo? — Cécile experimentou a palavra: nova, diferente, sonora. Lembrava-se de ter escutado o termo antes, apesar de nunca tê-lo proferido.

— São locais de refúgio dos escravos fugidos. Existem dezenas escondidos entre as montanhas de toda a terra chamada Minas Gerais. Nesses lugares eles têm a chance de recomeçar a vida, embora longe da terra natal, a África.

— Não há represálias dos senhores de escravos, digo, não invadem os... — ela interrompeu-se para buscar a palavra na memória — Quilombos? Acertei?

— Sim. — Fernão respondeu, achando graça do esforço de Cécile. — Quilombos. E, sim, claro que os proprietários de escravos não deixam por menos, isso quando conseguem encontrar os refúgios. E por mais que cheguem lá, não se metem a invadir as vilas para recapturar os escravos. Tu podes imaginar que a resistência é grande.

— Os escravos se entocam no mato e pronto? E vivem de quê, meu Deus?

— Da própria subsistência. Eles mesmos plantam, colhem, criam, pescam. Além disso, muitos mocambos, outra forma de nomear os quilombos, mantêm relações entre si. Chegam a desenvolver uma rede de trocas de mercadorias, inclusive armas.

— Impressionante. — Cécile soltou um suspiro, pensativa. Folgava em saber que, de certa forma, muitos negros davam a volta por cima, deixando seus donos na mão. — Esse lugar para onde iremos... Bem, é isolado? Ou faz parte dessa sociedade de fugitivos bem relacionados?

Fernão prendeu a gargalhada que ameaçava irromper de sua garganta. Não desejava atrair a atenção dos moradores da casa para o fato de que havia um homem no quarto da ex-futura senhora Euclides de Andrade.

— Bela maneira de definir a situação, *mi iyaafin*. As boas relações são a base de tudo. Tu não imaginas a que ponto tais redes de apoio podem chegar. — Fernão sacudiu a cabeça. — De todo modo, nosso destino é uma comunidade mais afastada. Não se trata da fuga de um bando de escravos, que pode ser substituído por uma remessa novinha vinda da Costa da Mina.

— Que horror! Tão fácil assim, como se fossem peças sumidas de um jogo?

— Não existem dificuldades para aqueles que detêm o poder, Cécile. — Fernão declarou. — Com a vida que tiveste na França, tu deves saber disso.

Ela cruzou os braços e franziu a testa, revelando sua indignação ante aquele comentário.

— Tu não me conheces. Portanto não me venhas com julgamentos levianos.

Para Fernão tornava-se a cada minuto mais claro que, do dia do baile para aquele, algo mudara para que a francesa voltasse a tratá-lo de forma rude. Afinal, não havia imaginado Cécile em seus braços, entregue aos passos da dança. Havia sido real, assim como o beijo que trocaram, nada de delírio.

Mas ele não teve tempo de contestá-la. Inesperadamente, alguém bateu à porta, desencadeando com isso uma onda de pânico em Cécile.

— Senhorita!

Euclides!

A francesa teve a sensação de que todo o sangue de seu corpo sumira de repente. Voltou-se para Fernão, gritando por ajuda apenas com o olhar. A expressão de pavor em seus olhos revelava mais do que frases de socorro.

Ele pediu calma, elevando as duas mãos na altura do peito, e fez sinal para que ela respondesse.

— Si-sim.

— Não pedirei para entrar, porque não seria de bom-tom. A Igreja não aprova intimidades entre os noivos antes do enlace matrimonial.

"Que alívio!", foi o que passou pela cabeça de Cécile e de Fernão.

— Ainda assim, é importante que saibas que amanhã iremos à Vila Rica conversar com o padre que celebrará nosso casamento.

— Sim, senhor. — Mais do que nunca a francesa torcia para o sucesso da fuga.

— Sairemos às oito, após o desjejum.

— Como quiseres, senhor.

O amor nos tempos do ouro   157

Era inegável o talento de Cécile para fingir uma submissão que estava longe de realmente sentir. Suas respostas ao pretenso noivo poderiam ser perfeitas, se não fossem puro fingimento.

— Dorme agora. — Foi a última palavra de Euclides, em todos os sentidos.

Depois daquela ordem absurda — como se cair no sono fosse apenas uma questão de vontade —, Cécile não ouviria mais a voz autoritária daquele homem cruel. Porque, tão logo ele se afastou da porta de seu quarto, uma agitação surgiu do lado de fora da casa-grande.

Olhando pela janela era possível detectar a fumaça do incêndio na plantação. Estava na hora.

— Pronta? — quis saber Fernão, estendendo a mão para Cécile.

— Muito mais do que tu imaginas. — Ela aceitou a oferta dele, agarrando com toda sua força a mão que o aventureiro lhe oferecia. Não importava que tipo de homem ele era, contanto que cumprisse a promessa de lhe viabilizar uma vida longe daquela casa e, o mais importante, de seu noivo. — Vamos!

Parte II
A dama de ouro

Diário de Cécile Lavigne

Quilombo Novas Lavras, 14 de fevereiro de 1735.

Papa, *maman*, Jean e Pierre,

Estou livre! Faz dias que fugi do odioso Euclides e do casamento arranjado por tio Euzébio, aquele interesseiro que só pensa em si próprio. Vibro pela ciência de que meu desaparecimento eliminou os planos dele de usufruir da herança que vós deixastes para mim. Também não posso desfrutá-la, mas o que importa? Comemoro pelo simples fato de estar livre. Livre!

Entretanto, não foi fácil chegar ao estágio em que me encontro agora. Tentarei ser fiel aos acontecimentos, de modo que entendais a situação como um todo. E que eu jamais esqueça o valor desta liberdade conquistada a duras penas.

Forjaram um incêndio na preciosa plantação de cana-de-açúcar do senhor Euclides de Andrade — alguns escravos e homens de confiança de Fernão. Enquanto preocupavam-se em amenizar a situação antes que o prejuízo fosse irrecuperável, foi fácil sair do meu quarto pela janela, afinal, ninguém estava por perto para perceber.

Bem, fácil no sentido de não termos sido flagrados. Mas a mecânica da fuga mostrou-se bastante complexa, uma vez que saltar de alguns metros de altura usando vestido e capa não é uma tarefa simples nem mesmo para mim, que fui uma criança dada a subir em árvores, para o completo desgosto de *maman*.

As mãos de Fernão me ajudando não tornaram o ato mais simples. Envergonho-me de admitir isto aqui, mas não nego que estar ciente da existência de certas partes do meu corpo, noção causada pela pressão dos dedos dele à medida que me auxiliava na descida, prejudicou bastante minha coordenação motora.

Só voltei a respirar — nem percebi que prendia o fôlego — assim que atingimos o solo e corremos em direção ao ponto de encontro com os demais fugitivos: Hasan, o negro açoitado até ficar à beira da morte; Malikah, a escrava grávida; e Akin, o garoto franzino com quem eu simpatizei desde o primeiro dia.

Tenório e dois outros homens da comitiva que me levou do Rio de Janeiro a Vila Rica também faziam parte do grupo dessa vez. Os seis nos aguardavam em um local isolado e escuro a alguns metros da casa-grande, já montados em seus respectivos cavalos, exceto Malikah, que dividia a sela com Hasan.

O vigoroso corcel negro de Fernão esperava pelo dono, que subiu logo depois de me ajudar a montar, unindo seu corpo ao meu como antes. Ele tomou as rédeas em suas mãos firmes e calejadas e bateu as botas nos flancos do animal, que correspondeu imediatamente com um trote acelerado.

Não houve uma troca de palavras sequer entre ele e os outros. Imaginei que enquanto estivéssemos vulneráveis, ainda próximos demais da Fazenda Real, deveríamos guardar as energias para enfrentar a longa noite. Então, por um tempo, preocupamo-nos somente em tomar distância mais e mais a despeito do cansaço e da fome que abatiam todos.

Em alguns momentos, cheguei a ter tonturas. Minha visão escurecia, a cabeça rodava, mas nada disse. Não queria parecer frágil nem pressionar uma parada fora de hora, o que apenas serviria para nos colocar em um risco desnecessário.

Fui forte, *papa*. O senhor teria orgulho de mim. Todas as vezes em que meu corpo fraquejava, eu inspirava fundo e visualizava meu futuro caso fôssemos encontrados pelos homens de Euclides.

Mas Fernão, que é vivo como um tigre, notou meu estado e sugeriu que pegássemos uma trilha adjacente, de modo que eu pudesse descansar. Neguei veementemente, mesmo quando ele esclareceu que o desvio era praticamente desconhecido, por se tratar de uma trilha aberta e usada por índios que levava a uma clareira no meio do nada, banhada por um córrego de água cristalina.

Continuei resistente à ideia, sobretudo porque não me agradava a perspectiva de entrar, consciente, nos domínios de índios, fossem eles amistosos ou não.

— Ora, tu estás com a cor de uma alma penada. Não aguentarás até o amanhecer sem que desmaie sobre mim ou, pior, acabe de pescoço quebrado sobre este chão pedregoso — Fernão enfatizou, de um jeito nada sutil.

Ainda que contrariada, acatei a sua sugestão, pois naquele momento eu chegava ao meu limite. E quando olhei para Malikah, vi que sua situação não era melhor do que a minha. Passar tanto tempo sobre um cavalo a galope não haveria de fazer bem nem a ela nem ao bebê.

Guiados pela luz da lua cheia, para a nossa sorte, saímos da rota original, embrenhando-nos mata adentro em uma nova missão: amenizar os estragos daquelas primeiras — e implacáveis — horas em fuga. Minutos depois, estávamos à beira de um córrego transparente, que refletia o luar na superfície e emoldurava o brilho das minúsculas pedras incrustadas nas margens. Um alento.

Bebemos de sua água e reabastecemos os cantis. Os homens refrescaram os cavalos. Aproximei-me de Malikah, preocupada com seu bem-estar.

— Estamos bem — respondeu ela, com as mãos apoiadas na barriga protuberante.

Conversamos um pouco sobre os possíveis nomes que o bebê receberia, mas ela ainda não tinha se decidido sobre qual escolher. Queria ver o rostinho da criança primeiro, que, segundo Malikah, indicaria o nome ideal mesmo sem saber falar.

Pensei em perguntar sobre o pai, mas desisti a tempo. Não cabia a mim questioná-la sobre minhas suspeitas.

Horas mais tarde, de volta ao trajeto original, puxei o assunto com Fernão:

— Henrique é o pai do bebê de Malikah, não é?

Ele soltou um grunhido esquisito. Virei-me na sela para encará-lo.

— O que foi? Apenas imaginei seu alerta sobre o caráter do homem que por pouco não se tornou meu enteado?

— Como chegaste a essa conclusão, Cécile? — A expressão de seu rosto indicava que ele não estava satisfeito com aquela conversa, não que isso tenha me impedido de prosseguir. *Maman*, sabeis o quão curiosa sou.

— Ouvi um diálogo revelador entre pai e filho.

— Ouviste? Atrás da porta? Por que não estou admirado? — ele escarneceu.

— Não importa como tu te sente. Apenas peço que esclareça minha dúvida.

Fernão fez o que pedi. Passei alguns minutos refletindo sobre a resposta. Porque Malikah é uma bela mulher e — segundo as regras que regem a escravidão de negros africanos — propriedade de Euclides de Andrade, o fazendeiro, como a maioria dos pais ignorantes e poderosos, a fim de provar a masculinidade do filho, exigiu que Henrique se deitasse com a moça quantas vezes fossem necessárias para o velho se convencer. Um absurdo! Cheguei a ter náuseas ao ouvir essa história, apesar de Fernão ter frisado que, quando bem jovens, o interesse de um pelo outro fosse algo verdadeiro. Ainda que impossível de evoluir para um relacionamento, por razões óbvias. Ao engravidá-la, Henrique agiu como a boa parcela dos herdeiros controlados pelo poder dos pais: ignorou a mulher e o próprio filho.

Devo ter pensado alto, pois Fernão me corrigiu:

— Ignorar não foi exatamente o que Henrique e o pai fizeram, Cécile. Mas isso é assunto para outra hora.

Entendi que ele não tinha a intenção de esclarecer o fato mais do que eu já sabia. Então calei-me e prosseguimos a viagem em silêncio.

Paramos em uma cabana abandonada na noite seguinte, um lugar no meio do nada, incrustado ao pé de uma montanha. Era para ser um alento ter um local para repousarmos depois de horas sobre o lombo dos cavalos, mas a aparência da choça não nos confortava de modo algum.

Ou melhor, não me confortava. Porque, pela expressão de alívio no rosto dos demais, apenas eu parecia desconfiar de que possíveis moradores sombrios e peçonhentos não ficariam satisfeitos com nossa presença inesperada — ou sim, caso tomassem-nos por sua próxima refeição.

Mas a exaustão venceu meu temor, além da chance de andar mais, pois minhas pernas reclamavam devido à desconfortável posição a que foram submetidas. Se eu ao menos usasse calças, manter-me firme na montaria haveria de ser mais fácil — e menos doloroso.

Cada um de nós escolheu um canto para se ajeitar como podia, enquanto Tenório ficou encarregado de preparar uma refeição para todos.

Senti falta dos meus livros, naquele momento mais do que nunca. Jamais os veria novamente, uma vez que permaneciam no fundo de um dos baús trazidos de Marseille. Ah, *papa*, não pude tocar neles desde que aportei no Brasil. Tanto meu tio quanto Euclides não consideram minhas leituras adequadas a uma jovem dama.

Exausta, forcei-me a ingerir uma porção daquilo que era a mistura de farinha de mandioca — uma espécie de raiz, conforme explicou Akin — com feijão. Em seguida, devo ter caído no sono, a despeito dos perigos ocultos daquele lugar, pois não me recordo de coisa alguma desse momento até a hora em que despertei com a pressão de dedos nos meus ombros, chacoalhando-me de um modo não muito sutil.

— Precisamos partir — anunciou Fernão. Encarei-o com dificuldade de assimilar a situação, pois fui tirada de um sonho confuso com um campo de lírios, maritacas e ladrões.

Não protestei ao segui-lo, embora estivesse tentada a morar naquela cabana para sempre, desde que me fosse permitido dormir em paz. Mas terminamos por nos estranhar de qualquer forma. Quando fui subir no cavalo, perdi o equilíbrio porque minha saia ficou presa em algo. Se não tive um encontro indesejado com o chão, devo agradecer a Fernão, ainda que a contragosto. Ele me segurou depois de soltar um gemido frustrado. Decerto arrependia-se por ter orquestrado a fuga, já que não se tratava de um serviço remunerado, sua especialidade.

O amor nos tempos do ouro **167**

— Esse monte de pano... — Foi tudo o que disse antes de enfiar as mãos por baixo das anáguas do meu vestido — Oh, que vergonha, *mes chers parents!*[13] — e arrancá-las com um único e brusco puxão. — Assim está melhor.

— Seu, seu... — gaguejei, ultrajada. Como ele se atrevia?

— Acalma-te, moça. Verás como será mais fácil locomover-te agora.

As palavras abandonaram-me, deixaram-me muda, à mercê daquele sujeito tosco.

— Ora, não me olhes assim. Aposto que ainda demonstrarás toda a tua gratidão. — E teve a empáfia de sorrir. Maldito!

— Brutamontes — balbuciei, o rosto queimando de raiva.

A verdade — que eu não admitiria nem sob a Santa Inquisição — era vergonhosa. Minha mobilidade melhorou consideravelmente, além do conforto, embora meu estado estivesse deplorável. A senhora não me reconheceria, *maman*.

Contudo, não criei caso. Havia problemas maiores ao meu redor com que me preocupar. Ainda que meus modos sejam refinados, que eu tenha aprendido — na marra — a recitar as normas da *étiquette* francesa, regras de conduta que denotam boa educação, a partir da ideia de autocontrole como indicador de civilidade, não precisaria esforçar-me tanto quando passasse a viver como uma camponesa do sertão brasileiro.

13.

[...]
Sentir, sem que se veja, a quem se adora
Compr'ender, sem lhe ouvir, seus pensamentos,
Segui-la, sem poder fitar seus olhos,
Amá-la, sem ousar dizer que amamos,
E, temendo roçar os seus vestidos,
Arder por afogá-la em mil abraços:
Isso é amor, e desse amor se morre!

Gonçalves Dias, "Se se morre de amor!",
em *Novos cantos*

Fernão era um homem de variadas faces. Negociava com os ricos, mas também mantinha boas relações com a sociedade marginalizada, apesar de não pertencer a nenhum dos grupos. A bem da verdade, não havia uma classe em que ele se encaixasse. Elaborava suas próprias normas e pronto.

Na manhã seguinte à sua chegada ao quilombo Novas Lavras, ele não esperou o sol despontar no horizonte para ter com o líder do ajuntamento, Zwanga, descendente de uma linhagem real dos bantos, originários do sul da África. Este levou para o quilombo uma organização hierárquica semelhante a um verdadeiro Estado quilombola, como era comum nas monarquias tribais da África. O mesmo acontecia com os costumes religiosos e culturais. Uma aldeia de escravos fugidos, ou mocambo, preservava como regra a essência dos povos africanos que lá se abrigavam.

Mas havia outros interesses. As atividades desenvolvidas pelos quilombos para a sua sobrevivência transitavam entre o trabalho honesto, fruto do suor dos próprios moradores — agricultura, pesca, criação de animais, mineração —, e atos ilícitos, como assalto a fazendas e tropas. Os quilombolas também mantinham diversos tipos de ligações com a sociedade escravista — relações comerciais clandestinas com contrabandistas, negras de tabuleiro, entre outros.

O quilombo Novas Lavras procurava sobreviver por si só, sem precisar recorrer a negociatas que feriam a condição do negro no Brasil. Era raro encontrar qualquer um dos moradores transitando fora dos limites da aldeia, uma política adotada por Zwanga e controlada com rigor. Isso não impedia que pessoas como Fernão servissem aos interesses da comunidade como atravessadores de fugitivos, entregadores de mercadorias e negociadores do ouro que os negros extraíam das minas pertencentes ao quilombo. Eram parte da economia do lugar, necessários até. Por isso Zwanga não só abrira aquele refúgio a novos moradores como aceitara hospedar uma europeia que simbolizava todos os tipos de problemas possíveis: branca, aristocrata, prometida.

Fernão foi orientado a encontrar o líder em sua própria cabana, uma casa simples, feita com ripas e varas entrecruzadas cobertas com barro. O telhado de palha formava um "v" sobre as quatro paredes. Era pequena, simplória, como todas as outras do ajuntamento, porém, se comparadas com as senzalas onde a maioria ali havia passado um bom tempo, tornavam-se as mais luxuosas moradias que alguém poderia querer.

O aventureiro encontrou Zwanga nos fundos da cabana, onde ele alimentava um heterogêneo grupo de aves formado por galinhas, marrecos e gansos. Estava descalço, pois não suportava sapatos. Enfrentara fugas, terrenos irregulares e pisões em cobras e escorpiões sempre com os pés desnudos — pés endurecidos feito carapaças, bem como a personalidade do próprio Zwanga.

170 *Marina Carvalho*

O líder do quilombo chegara ao Brasil em um navio negreiro havia mais de dez anos. Resistira às mazelas da longa travessia pelo Atlântico, assistindo a seus semelhantes sucumbirem devido às péssimas condições a que eram submetidos nos tumbeiros. Foi comprado em praça pública — depois de ter os cabelos raspados para extirpar a infestação de piolhos — pelo assistente de um nobre português radicado na colônia. Trabalhou mais de doze horas por dia em minas, ora afundado até o abdômen em riachos onde o ouro cintilava na superfície, balançando sua bateia ininterruptamente, ora escavando rochas com o intuito de encontrar novas jazidas. Esteve à beira da morte duas ou três vezes, mas escapou de todas. Julgava que os deuses tinham planos ousados para ele. E foi essa crença que motivou Zwanga a fugir, libertando muitos dos escravos do patrão, e fundar o quilombo Novas Lavras.

— Vosmecê não pregou o olho, pelo visto — comentou ele, com um sorriso astuto, assim que avistou Fernão. — Estranhou as acomodações?

O aventureiro riu alto.

— Dormi feito um porco bem alimentado.

— E eu pensando que essa catinga fosse das minhas galinhas.

Fernão cheirou as axilas para conferir a suposição de Zwanga. Como imaginava, o líder banto estava só brincando.

— Prefere conversar aqui no terreiro ou em volta do fogo? Estou moqueando batatas-doces e bananas.

— Vamos ao fogo!

Em um clima de camaradagem, os dois homens serviram-se com as iguarias típicas da região. Depois se sentaram ao redor do moquém. Zwanga expôs suas impressões sem rodeios:

— Vosmecê roubou a noiva de um homem poderoso. Ele não sossegará enquanto não puser as mãos em ti e na moça. Fazemos negócios com gente de todo tipo. Acabarão descobertos cedo ou tarde, rapaz.

— Eu sei. E se ficarmos aqui, colocaremos todos em risco. Teremos de partir em breve — admitiu Fernão, reflexivo. — Mas estou indeciso quanto aos próximos passos. Eu poderia levar Cécile de volta ao porto, de modo que retorne à França. Mas a ideia é absurda. Mesmo

O amor nos tempos do ouro **171**

que eu a acompanhe até sua terra, ao chegar lá, continuará vulnerável, à mercê de seus tutores.

O líder do quilombo seguia o raciocínio de Fernão com interesse.

— Tenho uma propriedade a oeste — revelou o aventureiro, em tom de confidência. — Quase ninguém sabe disso. Penso que talvez seja a opção mais viável. Cécile poderia viver lá, com conforto, embora sem os luxos a que está acostumada.

O aventureiro expunha suas ideias, um misto de proposições e angústia, esperando que uma luz repentina lhe mostrasse a melhor maneira de resolver a questão. Zwanga limitava-se a ouvi-lo, sem interromper sua linha de raciocínio. Opinaria no momento oportuno.

— Ainda assim, o perigo de ser encontrada seria enorme. As pessoas repararíam que ela não é uma mulher das nossas, notariam seu jeito de falar, e logo a notícia se espalharia pelo sertão, até alcançar os ouvidos de Euclides e do tio dela. — Fernão passou as mãos agitadas pelos cabelos. — Preciso ajudá-la, mas tenho a sensação de que qualquer decisão que eu tomar não será suficiente para proteger Cécile.

Zwanga não respondeu imediatamente. Com a calma que lhe era peculiar, enrolou um naco de fumo em um pedaço de palha de milho e tratou de preparar seu primeiro cigarro do dia. Só se posicionou depois de dar uma profunda tragada. Envolto pela fumaça, perguntou:

— Ela está disposta a perder a herança que o pai deixou?

— Cécile sabe que lutar por seus direitos implica enfrentar tio e noivo. Chefe Zwanga, ela é uma mulher. Ninguém, jamais, há de lhe dar razão.

— Agora vosmecê chegou à questão fundamental dessa complexa situação. Por ser mulher, nunca será aceita na França, Vila Rica ou Sant'Ana caso esteja vivendo em pecado.

— Eu... nós... Não, Zwanga. Não se trata disso — retrucou Fernão, gaguejando. Teria deixado transparecer seus sentimentos secretos por Cécile?

— Se vosmecê diz. — O líder do quilombo soltou mais fumaça, sem deixar de observar Fernão. Sabia que o assustaria com o que estava prestes a propor: — Case-se com ela.

Surpreso, o aventureiro se pôs de pé com um salto. Não ficara chocado com a sugestão em si, mas por Zwanga ter verbalizado a mesma opção que andava rondando sua mente havia dias.

— Case-se com a moça — repetiu o homem, que, além de liderar os refugiados, tinha também seus momentos de sábio. — Dê a ela dignidade e a chance de resgatar os bens da família.

Fernão nada tinha de idiota. Casada, nem Euclides, nem Euzébio teriam qualquer direito sobre Cécile. E mais: casada, ficaria apta a se apossar de sua herança. Poderia viver como desejasse, onde quisesse. Não ousaria impedi-la.

— Ela vai embora… — Ele deixou sua dedução escapar e nem percebeu, até Zwanga profetizar:

— Se for da vontade da moça, sim. E vosmecê, por amá-la, permitirá que ela viva onde e como quiser.

— Não disse que a amo, Zwanga. — Fernão foi enfático em sua defesa.

— Não, vosmecê não disse. Mas não é necessário fazê-lo.

Malikah ajudou Cécile com suas novas vestes. A francesa ainda estava pegando o jeito com as amarrações dos tecidos que algumas mulheres levaram para ela assim que amanheceu.

Sentia-se engraçada com aquela saia, cuja barra resvalava em suas panturrilhas, bem acima da altura considerada respeitável — situação piorada pela ausência das meias opacas —, e com a camisa folgada, um tanto transparente demais para o seu gosto.

Sem o espartilho, a solução foi envolver os seios com uma faixa, de modo a deixá-los ao mesmo tempo firmes e devidamente comportados, passando despercebidos aos olhares alheios. Caso contrário, Cécile jamais daria sequer um passo para fora da cabana, nem sob a ameaça de uma lança de índio paiaguá.

— Teus vestidos eram tão lindos, senhorita! — Malikah lamentou, enquanto analisava o caimento das roupas no corpo da francesa.

O amor nos tempos do ouro   **173**

— Cécile, deves chamar-me de Cécile, sem o senhorita. Somos iguais, Malikah. Não tens que me servir de modo algum, embora eu aprecie a ajuda com estas vestes. Que complicação!

A escrava fugida sorriu.

— Não mais que tuas roupas antigas.

— Oh, é verdade. — Cécile soltou um longo suspiro. — Por isso não sentirei falta delas.

— Ah, eu fico com pena. Estão lá, naquela casa, desperdiçadas.

— Não te aflijas, Malikah. Não passam de tecidos costurados. O que importa é que *nós* estamos aqui, seguras. Só lamento ter deixado todos os outros para trás. São tantos...

Por alguns instantes, os olhares das duas moças ficaram perdidos, cada qual digerindo aquelas palavras a seu modo. O que havia de igual entre o pensamento de ambas era a indignação perante as circunstâncias. Em que argumentos os brancos se pautavam para escravizar os africanos? Por que eles acreditavam ser melhores do que os negros? Para nenhuma delas a escravidão fazia o menor sentido.

— Conheci um padre da ordem dos jesuítas durante a travessia do Atlântico, que recitou o trecho de um dos sermões de outro religioso, padre Antônio Vieira, muito querido aqui na colônia, lá pelos idos dos anos 1700. Era mais ou menos assim, Malikah: "Saibam pois os pretos, e não duvidem que a mesma Mãe de Deus é Mãe sua: *Sciant ergo ipsam matrem*: e saibam que por ser uma Senhora tão soberana, é Mãe tão amorosa, que assim pequenos como são, os ama, e tem por filhos".[14] Não há diferença, independentemente da cor da pele de cada pessoa.

— Isso não impede que nos tratem como animais, Cécile, pior que os bichos, até — Malikah acrescentou, acariciando o ventre protuberante. — Meu filho não vale nada para gente como o patrão e o verme do filho dele.

— Henrique. — A francesa tomou as mãos da ex-escrava, apertando-as entre as suas. — O pai de tua criança.

Malikah abaixou a cabeça, envergonhada.

— Sim.

— Ele... foi... — Cécile pigarreou antes de reformular a pergunta.
— Ele te forçou?

— Não exatamente. No dia em que nos deitamos juntos pela primeira vez, ele me tratou de um jeito... diferente, bom até. Não foi como as outras escravas contam, com violência, à força. Não. — Ela foi tomada por um ar sonhador. — Henrique foi carinhoso, cuidou de mim. E nas outras vezes também. Mas, de uma hora para outra, ele mudou. Ficou seco, em seguida brusco. Então eu emprenhei, e acabou.

— Ah, Malikah, pobre menina.

Cécile desconhecia as palavras que pudessem servir de consolo. Em vez de se esforçar para dizer uma ou outra, que no final das contas pouco serviriam, enlaçou Malikah em um abraço amistoso.

— O senhor Euclides nos mataria. Não queria manchar seu sobrenome com um neto bastardo e negro.

A francesa ofegou, horrorizada.

— Mas Fernão convenceu o velho a espalhar que o responsável por minha gravidez era um feitor. Assim, se a criança nascesse branca, ninguém ficaria espantado. Ele salvou nossas vidas.

— Ora, que astuto — Cécile comentou, encantada com a intervenção providencial de Fernão.

E foi nesse momento que ele apareceu, entrando pela cabana com Zwanga ao lado. Ambos encontraram as duas moças envolvidas por um clima de comoção, ainda abraçadas e com os olhos marejados.

Só notaram a chegada deles quando o aventureiro se anunciou:

— O que houve? — quis saber, com a testa franzida de preocupação.

Elas se afastaram, tomadas pelo susto. Cécile levou as mãos ao peito e tentou responder com o máximo de coerência:

— Nada. Só estamos meio emotivas, dadas as circunstâncias.

O impacto da imagem de Cécile vestida como as negras do quilombo atingiu Fernão em cheio. Ele a considerava linda, em trajes de viagem, do dia a dia ou de festa. Usando trapos, conseguia estar ainda mais bela, pelo menos aos olhos do aventureiro.

O tecido da blusa caía-lhe pelos ombros, como se convidasse Fernão a tocar a pele descoberta. A saia, marrom e sem graça, não era

O amor nos tempos do ouro   **175**

comprida o suficiente. Pelo menos um palmo dos tornozelos de Cécile estava à mostra, disponíveis aos olhos de quem quisesse olhar. Isso o incomodou. Preferia que ninguém pudesse enxergar a beleza da qual não conseguia se desvincular. E ainda havia os cabelos, soltos, caindo em ondas até o meio das costas.

Casar-se com ela, de repente, surgia como a opção perfeita. No entanto compreendia que, se aceitasse a proposta, a motivação de Cécile seria a necessidade extrema de se dar uma chance de viver livre e bem. Não o faria por amor a Fernão. E talvez, por isso, jamais chegassem ao ponto de estabelecer um relacionamento de fato. Ele não a seguraria. Recusava-se a se tornar o tipo de homem que submetia as mulheres a suas vontades, como Euclides e Henrique.

Tentando se recompor do baque provocado pela aparência de Cécile, Fernão tratou de justificar a visita inesperada:

— Este é o chefe Zwanga, líder do quilombo. Queria conhecer-te logo cedo, Cécile.

A moça esboçou um sorriso afetuoso e estendeu a mão para o homem, que a tomou com um aperto firme.

— Obrigada por nos abrigar aqui.

— Seja bem-vinda, *omobirin* — Zwanga saudou-a. — Novas Lavras é a casa de vosmecê também, pelo tempo que for preciso.

— Obrigada — ela repetiu, simpatizando de imediato com o líder. — Mas não entendi do que me chamaste.

— Ah, perdão. É um hábito que não me larga esse de misturar a língua daqui com o iorubá, lá da minha terra. *Omobirin* significa menina.

— Então o senhor é como eu. Também sou dessas que misturam os idiomas. No meu caso, o português e o francês. Para alguns, uma mania irritante e até ofensiva — revelou Cécile, lembrando-se do tio e das reprimendas de Euclides. — *Omobirin* é uma palavra bonita. Eu gostei.

— Isso me deixa satisfeito. E por aqui vosmecê pode falar do jeito que quiser. Se preferir me chamar de Joaquim Cabinda, também pode.

A moça estreitou os olhos. Não compreendeu o porquê da concessão. Foi Fernão, atento a ela, que tratou de explicar:

— Assim que chegam aqui, os escravos perdem o direito de usar seu nome africano e de praticar suas tradições, o que não os impede de segui-las às escondidas. São batizados segundo a fé católica e recebem nomes portugueses, como João, Joaquim, Maria.

— Malikah? — Cécile inquiriu a nova amiga, que compreendeu a indagação sem precisar de mais esclarecimentos.

— Ana.

— Akin, Hasan? — ela insistiu, perplexa por não ter reparado nesse detalhe tão peculiar da vida dos africanos no Brasil.

— Todos nós — Zwanga confirmou. — Os senhores de escravos não permitem que nossas origens sejam mantidas, nem sequer lembradas.

— Não o chamarei de Joaquim. Para mim é Zwanga — declarou Cécile. Chegaria o dia em que ela deixaria de se revoltar com tamanha barbaridade? Tinha certeza de que a resposta era não.

— Obrigado. É uma dama de bom coração. Merece uma vida boa — disse o líder. — Por isso peço que nos dê uns instantes do seu tempo.

Malikah pediu licença e saiu ao perceber que a conversa não lhe dizia respeito. Cécile, por sua vez, permaneceu rígida, com as expectativas nas alturas, pois adivinhou que a discussão prestes a acontecer impactaria novamente o rumo de sua história. E mesmo que não tivesse pressentido coisa alguma, o olhar de Fernão, que insistia em não se fixar no dela, já era um indicador do que viria.

Mas foi ele quem tomou a iniciativa de começar a conversa, apesar de se sentir desconfortável por abordar o assunto. Cécile estava prestes a ser pedida em casamento pela segunda vez, ainda assim, não da forma como gostaria.

— Tu sabes que não poderemos morar aqui para sempre — disse, declarando o que era óbvio. — E, embora o Brasil seja imenso, nunca estaremos verdadeiramente seguros. Tanto teu tio quanto Euclides mantêm uma relação estreita com a Coroa. Se preciso for, serão auxiliados por homens enviados pelo próprio d. João V para caçar nós dois.

Uma onda gelada perpassou a coluna vertebral de Cécile. Andava tendo pesadelos com esse cenário, mas ouvir a descrição com todas as letras tomava uma conotação ainda mais assustadora.

O amor nos tempos do ouro **177**

— Caso sejamos pegos, primeiro darão um jeito de me matar lenta e dolorosamente. Depois lidarão contigo, Cécile. — Fernão aproximou-se um pouco dela, mas não encurtou tanto o espaço entre eles. Precisava da cabeça serena para prosseguir. — Se foram ruins antes, serão ainda piores. Muito mais.

A francesa não se decidia entre o que a apavorava mais: a morte torturante de Fernão ou o tratamento que receberia do ex-noivo.

— Não podemos ser pegos! — disse ela, batendo o punho fechado na palma da mão.

— Não. De jeito nenhum. Mas viver de quilombo em quilombo ou entocada no meio do mato não é justo, Cécile. Há tantos perigos nesse tipo de vida que nem consigo citar todos. Afirmo com conhecimento de causa, tu sabes.

Ela assentiu, movendo a cabeça para cima e para baixo, bem lentamente. Não estava conseguindo acompanhar o raciocínio do aventureiro.

— Mas depois de uma longa conversa com Zwanga hoje cedo, descobri que, afinal, existe uma chance para ti, uma chance de ficares livre daqueles vermes para sempre e de recuperares o que é teu por direito.

Fernão fez uma pausa e demorou mais do que alguns segundos para expor o restante da alternativa. A ansiedade pela reação de Cécile o estava deixando meio lerdo.

— Qual? — Ela teve que perguntar quando o silêncio ultrapassou o limite da paciência.

— A sorte soprará a teu favor se aceitares casar comigo.

O queixo de Cécile caiu e suas pernas sofreram um ligeiro abalo. Por tudo o que imaginara, ser pedida em casamento nem chegou a ser uma das opções. Agora estava ali, diante do homem que assombrava seus pensamentos dia e noite, recebendo a proposta que, segundo ele, resolveria todos os seus problemas. Por mais que seu coração estivesse dando cambalhotas, sua mente não parava de alertá-la sobre o fato de que o pedido tratava-se apenas de um acordo comercial entre cavalheiros. Nem passava perto de ser uma insinuação romântica de um enlace por amor.

Cécile precisava entender aquilo melhor antes que tirasse falsas conclusões.

— Como deixarei de correr riscos ao me casar contigo? — A voz dela tremeu quando pronunciou o verbo *casar*. Estava muito nervosa.

— *Omobirin* Cécile — Zwanga interveio —, o casamento protege vosmecê. Com um marido, não poderá ser forçada a voltar para o senhor Euclides e nem deverá obediência a seu tio. E todos os seus bens, presos na França, ficarão liberados para seu usufruto.

A moça admirou a sabedoria de Zwanga. Mas nem por isso ficou menos apavorada. Tudo fazia sentido, até demais.

— Vou sair — avisou o líder do quilombo. — Penso eu que precisam ficar sozinhos. Porém, se me permite um conselho, *omobirin*, aqui vai: não descarte a possibilidade antes de ponderar bastante. Nosso amigo Fernão é um homem de fibra, diferente do fazendeiro rude que queria desposar vosmecê.

Zwanga passou pela porta sem esperar a reação de Cécile, que podia sentir o aumento súbito da temperatura dentro da cabana, bem como de seus batimentos cardíacos. E agora?

— Não precisa ser de verdade — Fernão assegurou, apesar da tristeza que cada uma daquelas palavras lhe causou.

Cécile também sentiu o baque. Saber que a proposta era feita com a melhor das intenções, mas sem sentimentos envolvidos, doía. Não era capaz de entender o significado que aquele homem tinha para ela. Estava atraída por ele, no mínimo. E também o desprezava, em certa medida. De todo modo, a declaração "não precisa ser de verdade" a deprimiu.

— Poderás retornar à França, se for teu desejo. Ficarei a teu lado até que estejas em segurança. E jamais te forçarei a nada, Cécile. Terás tua vida de volta.

Eles se entreolharam, um tanto tímidos, outro tanto com ressentimento. Havia mal-entendidos demais entre os dois.

— Eu… não sei — ela sussurrou. A pressão em seu peito prejudicou sua capacidade de ser clara.

— Acaso casar-te comigo é pior que cair nas mãos de Euclides novamente?

Claro que não. Era a sua salvação!

O amor nos tempos do ouro **179**

— Casaríamos aqui?

— Sim.

— Diante de um padre?

— Sim. Chefe Zwanga conhece um jesuíta que vive em uma aldeia perto daqui.

— E depois?

— Passaremos um tempo em minha propriedade, depois de espalhar a notícia de que nos casamos. Teu tio haverá de querer garantias, e ele as terá.

— Garantias? — A voz de Cécile passou a ser apenas um sopro.

— De que vivemos como marido e mulher de verdade. Esse tempo juntos servirá para isso. — E para, quem sabe?, Cécile passar a gostar dele.

Ela ofegou. Não estava em condições de querer saber mais nada. Então encerrou o assunto com uma única frase:

— Tudo bem.

Fernão abriu um sorriso encantador, desses que iluminam o rosto inteiro e fazem os cantos dos olhos ficarem enrugados.

— Então tu estás de acordo? — perguntou, só para confirmar se tinha ouvido direito.

— Há outra saída?

Ele murchou.

— Que eu consiga pensar assim de imediato, não.

Cécile deu de ombros, como se não se importasse, mas as mãos trêmulas retorcendo o tecido da camisa diziam o contrário.

— Tudo bem. — Mais uma vez essa frase. Fernão estava começando a odiar o peso que ela parecia transmitir: resignação, falta de alternativas, fatalismo. — Quando?

— O mais rápido possível. Hoje mesmo falarei com o tal padre.

— Sim. — As emoções de Cécile transbordavam sem que ela conseguisse segurá-las.

— Calma, *mi iyaafin*. — Fernão parou diante dela e tocou de leve uma mecha de cabelo que encobria parcialmente o seu olho direito. — Tudo há de dar certo. Confia em mim. Prometes?

— Tudo bem.

Ah, aquela maldita frase de novo! Fernão tinha agora uma dívida de honra consigo mesmo e com Cécile: garantir que *tudo* fosse mais do que *bem*.

14.

[...]
Mas, meu Amor, eu não tos digo ainda...
Que a boca da mulher é sempre linda
Se dentro guarda um verso que não diz!

Amo-te tanto! E nunca te beijei...
E nesse beijo, Amor, que eu te não dei
Guardo os versos mais lindos que te fiz!

Florbela Espanca, "Os versos que te fiz",
em *Livro de Soror Saudade*

Os moradores do quilombo estavam considerando o casamento de Cécile e Fernão um grande evento. Uniões desse tipo eram comuns por lá. Um banto encarregava-se das celebrações religiosas, inspirado nas tradições de seus antepassados. Mas dessa vez haveria um padre, um jesuíta transferido recentemente para uma aldeia de índios cataguases, próxima ao ajuntamento de escravos.

Montaram um altar no meio do terreiro, com direito a arcos de flores e uma imagem de Jesus Cristo no centro. Até um genuflexório acolchoado foi providenciado, tudo para garantir que o dia da delicada francesa, que tão bem tratava os negros, fosse perfeito.

Cécile não poderia se sentir de outra forma a não ser grata. Desde que anunciaram o casamento, fora cercada de mimos e gentilezas, como se tanta consideração pudesse apagar o fato de que Fernão não a queria como esposa de verdade. Essa constatação era, no mínimo, nada lisonjeira. Cécile imaginava, devido às sensações ocorridas durante as longas viagens a cavalo, que houvesse ao menos um pouco de atração entre eles. Talvez sim, embora muito mais da parte dela.

Ela observou o movimento do lado de fora da cabana com os pensamentos absortos. Nem a iminência de voltar à sua terra natal estava animando a moça. Algo havia mudado dentro dela de modo irrevogável.

Um passarinho amarelo pousou no peitoril da janela e assoprou uma melodia animada, como se cantasse com o único objetivo de animar Cécile. Ela sorriu e interpretou a cantoria como sinal de um bom presságio. Precisava criar coragem para se agarrar, sem lamentações, à nova oportunidade que o destino estava lhe dando.

Malikah e outras duas mulheres interromperam seus devaneios. Elas traziam o vestido que Cécile usaria na cerimônia. Reluzindo de tão branca, além de devidamente engomada, a veste se assemelhava às túnicas gregas, exceto pelo tecido — linho e renda conjugados em um padrão exótico e romântico.

— Gosta? — Malikah quis saber, ela mesma desejando ter a sorte de vestir um igual algum dia.

— É lindo. — Os olhos da francesa chegaram a ficar marejados. Teria dito que o vestido era perfeito, se a ocasião também o fosse.

— Foi usado por uma das filhas de chefe Zwanga e confeccionado pela mãe dela. Ele disse que ficará encantado caso vosmecê concorde em vesti-lo para a cerimônia, Cécile. — Malikah passou o recado, certa de que a oferta não seria recusada.

— É claro que concordo. É o vestido mais belo que já vi até hoje. E, como sabem, não tenho outro.

— Ótimo! Vamos deixá-lo aqui, bem esticadinho para não amarrotar, enquanto levamos vosmecê para o ritual na cascata.

— Que ritual? — Cécile franziu a testa. Imagens de cantorias em um transe letárgico passaram por sua cabeça. — Devo me preocupar?

O amor nos tempos do ouro **183**

— Que nada! Tomará um belo banho sob a mais cristalina das águas para harmonizar o espírito — explicou a ex-escrava. — E temos um óleo perfumado. Sairá de lá ainda mais cheirosa.

— Ah, seu noivo não resistirá a vosmecê — suspirou uma das mulheres.

Elas não precisavam se preocupar com isso. Não haveria sedução nem nada do tipo. Se bem que, de repente, Cécile atinou para um fato que jamais fora discutido: o casamento apenas seria considerado válido se fosse consumado.

— Oh! — ela ofegou, começando a entrar em pânico.

— O que houve, Cécile? Não gostou das surpresas que trouxemos? — questionou Malikah, um tanto desapontada.

— Não. Eu gostei, sim. E muito. Estou somente…

— Ah, pobrezinha. É claro. A moça está nervosa, apreensiva com o que acontecerá mais tarde, quando ela e o moço bonito ficarem a sós — adivinhou a mais velha das mulheres. — Sinhazinha, precisa de uma explicação? Nem a senhora sua mãe, nem uma criada, ninguém nunca lhe contou as coisas que os casais fazem entre quatro paredes?

O peito de Cécile disparou e ela espalmou as mãos para cima, indicando que aquele assunto deveria ser encerrado por ali.

— Não sou tão inocente assim.

Malikah arregalou os olhos cor de jabuticaba.

— Quero dizer, sou! Sou, sim. Mas sei das coisas. — Corrigiu-se Cécile, que evitou revelar como chegara ao conhecimento dos fatos. Envergonhava-se de admitir que, além de ouvir os relatos acalorados das empregadas de sua casa em Marselha, cansou de assistir aos encontros tórridos dos animais criados na propriedade. Só não assimilava muito bem a dinâmica da coisa.

As mulheres entreolharam-se com um sorriso astuto grudado no rosto, sorriso de quem reconhece uma boa desculpa. Mas deixaram passar. Nenhuma mulher que se casasse com um homem como Fernão chegaria ao fim da noite de núpcias desconhecendo os principais detalhes da intimidade de um casal.

As três escravas fugidas partiram alegremente em direção ao rio, arrastando uma Cécile tensa e preocupada. Seus sentimentos por Fernão eram tão conflitantes, desde o princípio, que ela não possuía parâmetros para prever o que o futuro lhe apresentaria ao se unir ao aventureiro. Ser belo e forte, além de ter algumas atitudes louváveis, não faziam dele o homem ideal com quem ter um casamento afetuoso. Por Deus, Fernão nem a queria de verdade!

Desanimada, Cécile deixou-se guiar pelas mulheres, que ajudaram a despi-la quando chegaram ao rio. O contato com a água fria possibilitou uma melhora nos ânimos da moça, que sempre adorou banhar-se no lago perto de sua casa. Ela passou um tempo alternando braçadas na superfície e mergulhando, com a destreza de quem tinha bastante prática.

— É uma sinhazinha tão bonita e boa — comentou uma das mulheres, sentada à beira do rio, com os pés enfiados na água e a saia enrolada até a altura do joelho para não molhar. — Mas tão sem sorte.

— Ela há de ser feliz ainda, Bina — Malikah assegurou. — Tenho fé. Uma pessoa de coração tão grande merece conquistar a felicidade.

Então ela relatou tudo o que sabia sobre Cécile, desde a tragédia que envolvia a morte dos pais e irmãos até o modo como havia sido tratada pelo próprio tio, seu único parente vivo. Contou que a francesa sempre esteve ao lado dos escravos, a despeito das ameaças feitas por Euclides. Ao mencionar a forma como Cécile defendeu Hasan, enfrentando o feitor e, mais tarde, o noivo, os olhos de Malikah ficaram marejados.

— É uma moça brava. Essa aparência frágil, de menina delicada, só engana os desavisados.

Mais tarde, quando Cécile sentiu a exaustão de movimentar os músculos sem trégua, permitiu que as três mulheres cuidassem de sua aparência. "Não que vá fazer alguma diferença", ela pensou.

Reunidas em volta da francesa, elas esfregaram, perfumaram e pentearam Cécile, entre risos e uma cantoria em coro que, aos poucos, conseguiram desatar os nós de tensão entalados no peito da noiva.

— *Oenda auê, a, a! Ucumbi oenda, auê, a... Oenda auê, a, a! Ucumbi oenda, auê, o calunga.*

O amor nos tempos do ouro   **185**

O sol já se punha quando Malikah anunciou:

— Ela está pronta!

A iluminação agora era garantida pelas inúmeras tochas acesas no alto dos postes de madeira espalhados estrategicamente ao redor do terreiro.

Fernão remexeu os bolsos da calça para se certificar, pela quarta ou quinta vez, de que o anel estava lá. Sofria com o aperto da ansiedade que o consumia aos poucos. Passara o dia inquieto, com medo de que Cécile desistisse do combinado.

Por mais que soubesse que ela aceitara se casar com ele por falta de alternativas, tinha fé no poder do tempo. Sua francesa teria motivos suficientes para gostar dele. Fernão estava determinado a oferecer a ela todas as razões possíveis.

Entre Zwanga e o padre, o aventureiro se movimentava sem sair do lugar, com os olhos fixos na cabana de onde Cécile sairia. Mais cedo, Akin deixara escapar uma notícia que fez Fernão duvidar de sua capacidade de não infringir todas as normas de cavalheirismo e irromper rio adentro atrás de sua francesa. Soube que ela estava lá, sendo preparada para o casamento. Não foi forte o suficiente para evitar que seu cérebro formulasse todas as imagens possíveis de Cécile debaixo da cascata que encimava o rio. Se fosse um homem de sorte, logo mais a imaginação viraria realidade. Mas não apostava tanto nisso.

— Tem calma, rapaz. Ela já vai aparecer — assegurou Zwanga, um homem que vivera o bastante para escolher com o que deveria realmente se preocupar. Aquele não era o caso.

E como se tivesse invocado a presença dela, Cécile deixou o abrigo da choça, de braço dado com Hasan, o escolhido para conduzi-la até o altar e entregá-la nas mãos do noivo.

Em rituais religiosos de origem africana, os tambores representam o início de tudo. *Quando os tambores tocam, eles não mentem*, diz um provérbio. E foi ao som do batuque de um conjunto de vários desses instrumentos que Cécile caminhou entre negros e crioulos,[15] ladinos e boçais, alguns forros, outros fugidos. Não cresceu com expectativas a respeito do próprio casamento, mas nem em suas fantasias mais loucas e despropositadas imaginou se encontrar naquela situação: casando-se às escondidas, com um homem de atitudes e caráter questionáveis — apesar de absurdamente lindo e com um coração que a fazia duvidar da opinião que tentava formar sobre ele —, em um terreiro de um arruamento de escravos no coração da colônia portuguesa de maior expressão mundial.

Tampouco concebeu que, se esse dia chegasse, ela estaria completamente só, sem o pai amparando-a no caminho até o altar, sem os conselhos e cuidados da mãe, sem as picardias infantis dos irmãos.

Então Hasan, percebendo o desconforto de Cécile, sussurrou uma frase ao pé do seu ouvido. Isso causou uma confusa sensação, como se Antoine, seu querido pai, estivesse ali, falando pela boca de outra pessoa:

— Quando os inimigos interiores são combatidos, os inimigos de fora nada podem contra ti.

Cécile ergueu a cabeça e olhou dentro das esferas negras que eram os olhos de Hasan. Eram tão sinceras e transmitiam a confiança de que ela necessitava para prosseguir.

— Tu usas essa máxima a favor de ti mesmo, Hasan?

— O tempo todo, senhorita.

Essas palavras funcionaram como um impulso para ela. A coragem que lhe faltava para encarar Fernão de repente apareceu. Cécile deslizou o olhar lentamente, até encontrar os olhos do noivo, que a fitavam com intensidade. Ela estremeceu, primeiro motivada pela força que emanava dele, sempre tão seguro de si e magnânimo; depois devido ao cuidado com que Fernão se preparara para a cerimônia.

Ele estava quase irreconhecível de barba aparada, cabelos presos à nuca e vestido com esmero. Usava um casaco preto — de corte impecável, justo, de mangas apertadas — sobre um colete curto na frente, que deixava à mostra o babado da musselina bordada da camisa branca. Estava de gravata!

Cécile soltou um suspiro meio estrangulado, percebido por Hasan, que não conteve uma risadinha típica de quem compreende bem as situações subentendidas. Ver Fernão em calças apertadas não facilitou muito para ela, junto com todo o resto.

"Estou perdida."

O amor nos tempos do ouro **187**

Do seu ponto de vista, o aventureiro tinha uma visão reveladora também. A linda moça que caminhava em sua direção olhava para ele e transmitia tudo, menos indiferença, presumida por Fernão como sendo o único sentimento possível a Cécile naquela noite. Havia temor, desconfiança, mas acima disso, calor aquecendo o peito dele com a mais forte das esperanças.

— Uma beldade, é o que essa menina é, enfiada no vestido da minha primogênita — comentou Zwanga, encantado.

— Uma obstinada, isso sim — completou o padre, reconhecendo na noiva a moça deprimida e desencantada que dividiu com ele horas e mais horas de conversas durante a travessia do Atlântico, meses antes. — Em nada lembra aquela menina inconsolável que conheci no navio.

Fernão inquiriu o jesuíta com o olhar.

— Viemos da Europa para cá juntos. Deus é ou não é surpreendente?

Era uma pergunta retórica, por isso ninguém ousou formular uma resposta. E nem daria tempo. Com mais dois passos, Cécile foi entregue a Fernão, não antes de ela prender Hasan em um abraço forte e dizer, emocionada:

— Obrigada, amigo.

— De nada... *obirin*.

Cécile nada sabia a respeito das línguas que vinham da África, mas, de alguma forma, compreendeu que ele a chamava de "amiga". Não pôde impedir de se emocionar mais uma vez.

Com uma mesura, Hasan se afastou. Mas seu braço foi imediatamente substituído pelo de Fernão.

— Oi — ele disse.

— Oi — ela disse de volta.

E então a cerimônia começou.

Zwanga assumiu o início da celebração:

— Segundo as nossas tradições, ao se casarem, o homem se torna o *oko* e a mulher a *iyawo*, marido e mulher. Para nós, o casamento é uma união para a vida toda. — Ele fez uma pausa e encarou Fernão e Cécile. Tinha ciência do que estava por trás daquele enlace. Sentia-se responsável por ele, inclusive. Mas também enxergava além do que ambos estavam dispostos a ver. Portanto suas palavras acabariam tendo sentido. Ele torcia por isso. — A união matrimonial do homem e da mulher, fundada e estruturada segundo as leis do próprio Criador, está ordenada para a comunhão e o bem dos cônjuges e para a geração e educação dos filhos. Assim, o objetivo do casamento é, em primeiro lugar, a procriação e a educação da prole; em segundo lugar, a ajuda mútua entre os esposos e o remédio da concupiscência.

A cabeça de Cécile deu um giro. Zwanga estava transformando a cerimônia, uma convenção necessária para o propósito que ela e Fernão tinham, em algo genuíno e sério demais para a sua sanidade.

Por sorte, ele entregou nas mãos do padre, que não lhe era estranho, o restante da celebração. Mas nem por isso o peso das palavras usadas pelo jesuíta ficou menos opressor.

— Pregava Antônio Vieira, padre jesuíta nascido nestas terras, mártir para muitos, temido por tantos devido à força de sua pregação, que "o amor fino não busca causa nem fruto. Se amo porque me amam, tem o amor causa; se amo para que me amem, tem fruto: e amor fino não há de ter porquê, nem para quê. Se amo porque me amam, é obrigação, faço o que devo: se amo para que me amem, é negociação, busco o que desejo. Pois como há de amar o amor para ser fino? *Amo, quia amo; amo, ut amem*: amo porque amo, e amo para amar. Quem ama porque o amam é agradecido. Quem ama para que o amem é interesseiro: quem ama, não porque o amam nem para que o amem, esse só é fino". — O celebrante suspirou em meio a um sorriso sábio, firme, enquanto contemplava as expressões embaraçadas do casal. — Cultivai o amor fino, meus filhos. Ousai parafrasear Vieira porque ele era sábio. Usai a sabedoria também e ouvi os vossos corações, sempre e a todo instante.

A pedido do padre, Cécile e Fernão deram-se as mãos. As delas tremiam sob o toque das dele, frias e úmidas. Olharam-se com cautela, por medo do que poderiam ver dentro dos olhos um do outro.

Como rezava a tradição, o padre recitou as palavras de promessa de respeito e fidelidade, elementos fundamentais para a construção

O amor nos tempos do ouro **189**

do casamento e de sua manutenção até o fim dos dias do casal. Cécile ficou desconcertada. A parte do respeito e da fidelidade não seria um problema para ela. O que pesava era o "até que a morte vos separe". Uniam-se aos olhos de Deus, sob as bênçãos de um servo de Cristo. Isso deixava sua consciência doída, pois estavam se aproveitando do sacramento para desviar Cécile dos percalços do destino.

— Tenho algo para ti — anunciou Fernão, assim que o padre fez menção de encerrar o ritual. O aventureiro tirou o anel do bolso e mostrou a joia para a noiva. — Posso?

Ele temia que ela se recusasse a usar a aliança, que nem era muito bonita. Tratava-se de um anel simples, de ouro, enfeitado com uma solitária turmalina engastada no aro. Mas, contrariando os piores prognósticos feitos por ele, Cécile estendeu a mão esquerda e deixou que Fernão encaixasse o anel em seu delicado anelar.

— É a única lembrança concreta que tenho da minha mãe.

— Oh, então talvez seja melhor guardá-lo...

— Não. — Sem tirar os olhos dos dela, Fernão deslizou a aliança pelo dedo da francesa. — Não há jeito melhor de preservar a memória dela, é uma honra para mim, Cécile.

— Pois bem — ela concordou, lutando para esconder a emoção. — Mas a honra é toda minha.

Como se tivessem ensaiado, os tambores voltaram a soar nesse exato momento, dando a deixa para o padre encerrar a cerimônia:

— Minha jovem, acaso tu te recordas de nossa despedida no porto do Rio de Janeiro, quando chegamos da Europa meses atrás?

— Padre Manuel Rodrigues! — Cécile exclamou. — Como pude não te reconhecer? Perdoa-me. Mas, sim, lembro-me de tuas palavras. De cada uma delas.

— Não te preocupes. O futuro está sendo plantado. A vida ainda não terminou. Não duvidemos da capacidade de Deus de entremear caminhos, ainda que de maneira tortuosa. — O jesuíta repetiu parte do discurso proferido naquela época. — Percebes agora como o desespero é o caminho mais fácil para a desesperança?

— Sim...

— Tu és forte. Não sucumbirás. E quanto a ti — ele se virou para Fernão —, confio que garantirás um futuro feliz a essa moça.

— Eu o farei, padre. — Isso ele podia prometer, de um jeito ou de outro.

— Ótimo. Então, pelo poder em mim investido, eu vos declaro marido e mulher.

— *Oko* e *iyaawo*! — gritou Zwanga.

— Oko e iyaawo! — todos os presentes repetiram.

— Tu já podes beijar tua noiva, rapaz — avisou padre Manuel, sem imaginar o que essa inocente frase provocou no casal.

A garganta de Cécile se fechou diante da iminência de ter seus lábios cobertos pelos de Fernão mais uma vez, uma expectativa agridoce. No entanto, um beijo casto no alto da cabeça foi o que recebeu. Ele não estava disposto a correr o risco de ser rechaçado diante de tantas pessoas.

— *Je mérite*[16] — ela resmungou. Começava a desconfiar de que ficar casada "de mentira" com Fernão seria a pior das provações por que já havia passado. — *Merde!*

A festa no terreiro do quilombo ainda não dava sinais de acabar quando do Fernão, incapaz de segurar a impaciência que aumentava a cada segundo, debruçou-se sobre o pescoço de Cécile e sussurrou no ouvido dela:

— Vamos. Pelos olhares trocados diante de nós, toda essa gente está se perguntando por que ainda não fugimos daqui.

— Ora, por que haveriam de levantar essa dúvida? — Ela se fez de inocente, com a intenção de protelar o óbvio o máximo que pudesse.

— Porque somos recém-casados e eles pensam que estamos apaixonados.

Mais uma vez a alusão de que a união dos dois nada representava para Fernão machucou o coração de Cécile. Ela não conseguia nomear seus sentimentos pelo aventureiro — agora marido — simplesmente porque não os entendia. Mas não compreender algo não significa que ele não exista. Portanto, essa era a desvantagem dela. Enquanto travava uma guerra particular para reprimir tais sentimentos, Fernão ficava impassível como um boi no pasto.

— E importa para nós o que estão imaginando? — Atrevida, Cécile não se intimidou.

— Sim, importa. Principalmente porque, se não consumado, este casamento nada valerá. No fim das contas, o mesquinho do teu tio e o asqueroso do Euclides acabarão debochando da nossa tentativa vã de te livrar deles. É isso o que tu queres?

— Eu...

— Vem. — Fernão puxou Cécile pelas mãos e nem se deu ao trabalho de explicar o motivo de estarem de saída. Ninguém precisava desse esclarecimento. — Vamos conversar lá na cabana.

Ele estava disposto a ser bastante honesto com ela. Havia muitos senões entre eles, que agora, no novo cenário que os cercava, não faziam mais sentido.

Cécile se deixou ser levada, não que houvesse qualquer outra alternativa. Enquanto era conduzida até a choça cedida gentilmente aos noivos por Zwanga, procurava se preparar para sua mudança de condição. Porém, em meio a tanto caos emocional, algo a consolava: não se casara com Euclides de Andrade, afinal; não se deitaria com aquele homem, não precisaria satisfazê-lo de modo algum. Isso, por si só, a confortava.

Quando todo o restante do mundo ficou do lado de fora ao fecharem a porta da cabana nupcial — nome pomposo para um lugar tão singelo —, Fernão e Cécile se viram um diante do outro, pela primeira vez, em um estado de completa vulnerabilidade. Nem mesmo ele, homem preparado para todo tipo de desafio, escapou de ser atingido pelos medos e dúvidas, mais comuns às noivas na noite de núpcias.

Ela passeou os olhos pelo cômodo, parcialmente iluminado por duas lamparinas dependuradas nas paredes. Como tudo o que vira no quilombo até então, havia mais boa vontade do que recursos para manter o sustento de tanta gente. Aquela cabana não era uma exceção. Além da cama improvisada, feita com galhos de árvores e palha, dois tamboretes de madeira, uma mesa pequena com um jarro de barro e dois copos eram todos os objetos existentes ali. Ah, e as flores, muitas, de todas as cores e cheiros. Uma delicadeza das mulheres, Cécile supunha.

Depois de inspecionar os detalhes, a francesa concluiu que não dava mais para atrasar a hora da verdade com Fernão. Soltou um suspiro longo, trêmulo, e, ainda que o medo fosse forte o bastante para paralisar cada músculo do seu corpo, obrigou-se a encarar a situação.

— Fernão, sempre serei grata pelo sacrifício que fizeste por mim. — Ela expirou, bem devagar; as mãos, coladas às laterais do corpo, estavam geladas. — Tu não me devias nada. Mesmo assim passaste sobre tuas vontades para me acudir quando eu tanto precisei. — Cécile parecia controlada, embora seu íntimo estivesse revirado pelas emoções à flor da pele. Andou alguns passos para além do lugar onde Fernão se mantinha de pé, rígido como uma montanha. Sua próxima declaração era embaraçosa demais para ser dita encarando-o. — Não entendo que tipo de homem és. Vivo em conflito a teu respeito.

— Eu já te disse, semanas atrás, que não passo de um selvagem, Cécile, um rústico sem berço, sem posição e sem futuro — Fernão resumiu. Não tinha por que tentar ser alguém diferente.

— Ainda assim, um herói para tanta gente.

— Difícil.

Ele foi até ela, surpreendendo-a pelas costas. Não ousou tentar nada, ou seja, impor seus direitos de marido. Só queria que Cécile soubesse que ele estava ali — para qualquer situação — para apoiá-la sempre que precisasse.

Ao senti-lo atrás de si, o corpo de Cécile reagiu de imediato, retesando-se.

— Não fiques nervosa, *mi iyaafin* — sussurrou Fernão. — Jamais farei qualquer coisa que não queiras. Jamais.

— Eu não estou pronta — ela admitiu; a cabeça pendida para a frente, enterrada nas mãos. — Eu… não estou pronta. É minha obrigação, agora sou tua… esposa. Mas…

Algo a impediu de continuar: duas mãos fortes lhe segurando pelos ombros e, em seguida, espalhando carícias por seus braços. E então

O amor nos tempos do ouro **193**

uma voz segura, poderosa, um tanto rouca, soprando as palavras diretamente em seu ouvido.

— Não é tua *obrigação*. Eu adoraria que acontecesse, Cécile, mas não assim, por *obrigação* — Fernão repetiu, empregando todo o desdém que tinha pela palavra. — Não vou me impedir de confessar que sonho contigo lânguida em meus braços desde que te conheci, eu acho, porque não consigo me lembrar de um dia sequer que não pensei em ti com desejo.

Ela ofegou, corando.

— Mas meu prazer não é mais importante que tua vontade. Não vou te forçar nem tentar convencer-te.

Uma combinação de alívio e decepção deslizou em ondas pelo corpo de Cécile. Poderia facilmente ceder aos anseios do corpo, caso sua mente não estivesse tão confusa.

— Prefiro que primeiro tu te sintas à vontade comigo, isso se não preferires voltar para Marselha e recomeçar tua vida lá.

— Fernão, eu... — Ela simplesmente não sabia o que dizer. Jamais esperou tanta compreensão da parte dele.

— Não irei a parte alguma. Sou teu. O poder está contigo, *mi iyaafin*. Sempre.

— Oh! — Cécile nunca pensou que um dia ouviria esse tipo de declaração de um homem, em especial daquele colado a ela. — Não estou certa do que quero. — E não sabia mesmo.

Fernão se limitou a anuir com a cabeça, sem impedir que seus ombros envergassem um pouco. Fizera uma promessa à francesa e não a quebraria, ainda que o risco de descumpri-la fosse alto, não por desejar demais a esposa, mas por haver sentimentos verdadeiros envolvidos na equação.

— Tudo bem — ele a acalmou, usando a frase com desgosto; não apreciava o efeito causado por ela, algo parecido com "já que não tem outro jeito". Com cuidado, fez Cécile girar até ficarem frente a frente. — Porém, *mi iyaafin*, todas as demais pessoas precisam acreditar que nosso casamento foi consumado, caso contrário teu tio terá um bom motivo para te querer de volta.

— Eu sei...

Antes que Cécile tivesse a oportunidade de terminar o que pretendia dizer, Fernão puxou seu facão da bainha e fez um talho na palma da mão. O sangue jorrou na mesma hora. Tanto o gesto quanto a consequência dele chocaram a francesa, que deu um passo para trás, horrorizada.

Sem dar explicação, o aventureiro andou até a cama e puxou a colcha, com a qual limpou o ferimento.

— Pronto — disse, como se tivesse acabado de dar um nó nos cadarços das botas, em vez de se ferir.

— O que tu fizeste, Fernão? — Os olhos arregalados de Cécile eram puro terror.

— Juras que não entendeste mesmo? — Ele armou uma expressão sugestiva.

Depois de alguns instantes, a clarividência atingiu a moça em cheio.

— Ah, sim! Tu simulaste... bem, tu estás... er...

— Estou salvando tua pele. Quando, amanhã, as mulheres vierem ter contigo, verão a prova de que nossa noite de núpcias foi como deveria ser. E o lençol manchado será a pista irrefutável do nosso envolvimento físico.

Cécile não conseguiu evitar o constrangimento. Falar sobre sexo com o próprio marido não deveria ser esquisito, não se o marido em questão fosse alguém que estivesse com ela por amor e nada mais.

— Assim que a notícia chegar aos ouvidos de Euclides e de Euzébio, já não poderão intervir.

— Tu acreditas mesmo que tudo se resolverá tão facilmente? Um casamento às escondidas, uma mancha de sangue e *voilà*!

— Não, Cécile, não será fácil. Nenhum deles aceitará a derrota com resignação. Mas estamos a colocar um empecilho adicional. Contra as leis da Igreja ninguém pode, certo? Confia em mim.

A francesa tinha a impressão de que essa era a frase mais falada por Fernão ultimamente — não que estivesse contando.

— Agora deita-te e descansa. Os próximos dias haverão de ser decisivos para nós.

O amor nos tempos do ouro

— E quanto a ti? — Ela olhou para a cama e, em seguida, para o marido.

— Ora, estou acostumado a dormir em qualquer lugar. Ajeitar-me-ei aqui no chão.

Sem argumentos para se convencer de que aquilo tudo soava errado de alguma forma, Cécile soltou um suspiro e acomodou-se na cama. Agora era uma mulher casada, pelo menos na teoria. Quanto a vivenciar o matrimônio na prática, isso só seria possível se, de alguma maneira, Fernão se descobrisse verdadeiramente apaixonado por ela. Além disso, ela própria teria que aprender a lidar com a força de seus sentimentos pelo marido — no momento, uma mistura de admiração, repulsa e… amor.

Carta de Fernão para Cécile

Mi iyaafin,

Observo-te enquanto dormes e tu não calculas o sacrifício que faço para não me aconchegar a ti e confessar o que não tenho coragem de dizer. Um homem como eu, bruto, rústico, sem berço, não deveria amar uma dama. É contra a ordem natural da vida. Não posso lançar a verdade sobre ti porque sei que isso te magoaria. Tu queres ser livre, queres a chance de viver perto dos teus, não enfurnada em uma propriedade distante de tudo, sem o brilho das grandes cidades.

Agora sou teu marido. Por direito és minha. Queria eu ser um tirano só para obrigar-te a viver para sempre comigo. Mas sou rude, não opressor.

Quando partires para a França, levarás meu coração contigo, o mesmo que não me fazia falta até outro dia. Sem ele, viverei de modo errante, à mercê da sorte, até que Deus — ou o diabo — resolva me levar.

Perdoa-me, embora eu saiba que tu jamais lerás estas palavras bobas. Os tambores lá fora, o calor da noite e a aguardente deixaram-me tolo. Que nada! É mais honesto assumir: tu, somente tu, tens o privilégio de transformar-me em um bocó, dos mais apaixonados.

E que o céu tenha piedade da minha alma no fim dos tempos, por eu amar-te tanto assim.

Teu Fernão.

15.

[…]
Fazel-a vir abaixo, e com cautela
Sentir abrir a porta, que murmura;
Entrar pé ante pé, e com ternura
Apertal-a nos braços casta e bella:

Manuel Maria Barbosa du Bocage,
em "Soneto do prazer maior"

Fernão e Cécile permaneceram no quilombo por cinco dias depois do casamento. O aventureiro acreditava que, quanto mais tempo ficassem lá, maiores seriam as chances de serem descobertos.

Enquanto certificava-se de que o caminho estava livre para a próxima etapa da viagem de fuga que os levaria a suas terras perto do Arraial de Sant'Ana — homens escolhidos por Zwanga monitoravam o entorno a fim de darem sinal caso surgisse qualquer indício de perseguição —, Cécile se preparava em todos os aspectos referentes à nova travessia, talvez a mais penosa de todas.

Na terceira manhã, os dois, caminhando rumo ao riacho que cortava o ajuntamento, esgotaram informações e dúvidas a respeito de possíveis ataques de índios emboscadores, uma das maiores preocupações da francesa. Fernão explicou que o risco existia, mas que, por conhecer bastante a região, evitariam os encontros usando rotas alternativas.

— E eu pensando que todos os negros da terra haviam sido domesticados pelos primeiros portugueses a aportarem aqui — comentou Cécile, aceitando a ajuda de Fernão para se desviar de um galho de árvore.

— Por sorte, não. A Igreja e a Coroa consideram imoral a escravização dos índios.

— *Mon Dieu*, não! Não estou falando desse tipo de domesticação. Já basta o que fazem com os africanos. — Ela rechaçou a ideia com ênfase.

— Entendo, *mi iyaafin*. Nesse caso, posso confirmar que há muitas tribos domesticadas espalhadas por este Brasil, graças aos jesuítas. Os padres têm conseguido transformar selvagens em homens e mulheres civilizados, só com boa vontade. Eles disseminam a palavra de Jesus Cristo e os mais mansos escutam.

— Quanto aos bravos...

Fernão riu alto.

— Esses vivem como querem, apesar dos esforços dos antigos bandeirantes. Muitos morreram sem a sorte de ver o ouro brotar, mas foram grandes captores de selvagens, como os lendários irmãos João e Gabriel de Sousa, que mantinham aldeias repletas de gentios administrados.

— Escravizados talvez seja um adjetivo melhor.

— Certamente.

Fernão gostava de contar histórias da terra para Cécile. Ela sempre mantinha o foco e era dona de opiniões contundentes.

— E quanto aos africanos? Por que não há quem lute por eles? — questionou a francesa, ofegando de calor. Aquele clima quente e úmido haveria de ser seu algoz.

— Porque eles tornam os homens ricos e poderosos ainda mais ricos e poderosos — Fernão resumiu. — Inclusive membros da Igreja. Existem padres espalhados por aí, Cecílie, que enriqueceram com o ouro "que Deus lhes deu", pondo-o à razão de juros no Rio de Janeiro.

— Ah, mas isso é horrível! Homens da fé corrompidos pelo dinheiro.

— Homens de um modo geral, *mi iyaafin*.

O amor nos tempos do ouro   **199**

— Inclusive tu — ela completou, com o coração apertado.

— Não negarei, mas esses tempos já passaram para mim — ele garantiu, mais para si mesmo. Tinha que se manter fiel ao propósito de se tornar uma pessoa melhor antes de tentar convencer Cécile de que havia mudado.

Os dois deram-se o direito de permanecer em silêncio o restante do caminho, assimilando toda a discussão.

Quando chegaram ao riacho, o clima entre eles amenizou. A belíssima paisagem se encarregou de agir a favor disso. Cécile abriu um sorriso largo, desses que denotam uma alegria genuína, uma novidade para Fernão, que até então só conhecia as risadas enviesadas da francesa. Nesse instante ela resplandecia feito ouro lapidado, uma joia preciosa, de inestimado valor.

— Que lugar lindo! Se existe algo que me encanta mais do que qualquer outra coisa nesta terra são as belezas naturais.

— Uma natureza muito pouco afetada pelos homens, por isso tão exuberante.

Cécile conferiu os elementos que compunham a paisagem. O céu límpido e azul, os diversos tons de verde da vegetação e as cores fortes das flores, em especial o amarelo dos ipês, a água cristalina do riacho — tudo isso, misturado aos cantos das inúmeras aves, aos ruídos das várias espécies de macacos e à aura mística do lugar, constituía um cenário de puro esplendor.

— Por que a terra das margens do riacho parece remexida? — questionou, reparando no detalhe pouco visível.

— Porque os moradores do quilombo extraem ouro daqui. O minério é a base do sustento de toda aquela gente, Cécile.

— E como é feita a extração?

Esse lado curioso da francesa não era novidade para Fernão. Nada parecia desinteressante aos olhos dela, outra peculiaridade de que o aventureiro adorava.

— Queres aprender? — Ele a desafiou; as sobrancelhas erguidas de modo sugestivo.

—Aqui? Agora? *Évident!*

Fernão gargalhou, impulsionado pelo entusiasmo de sua jovem esposa. Tão empolgado quanto ela, ele puxou-a pela mão.

— É melhor tirar os sapatos — aconselhou.

Cécile prontamente seguiu a orientação e, com a mesma rapidez, viu-se enfiada até os joelhos no riacho.

— Oh, o vestido! — Antes que pudesse evitar molhar a barra da saia, Fernão deu um jeito de lhe pregar uma peça.

— Para aprenderes o ofício, é necessário viver a experiência por completo, *mi iyaafin* — explicou ele, divertindo-se.

Com a intenção de provocá-lo, Cécile ergueu o vestido. A barra, encharcada, resvalou na superfície do riacho. Com dedos ágeis, a francesa prendeu o excesso do tecido na cintura, para ficar com as duas mãos livres. Resultado: dos joelhos para baixo, suas pernas estavam livres e nuas, apesar de parcialmente escondidas pela água corrente.

Fernão ficou boquiaberto.

— Assim está melhor? — Ela era o retrato da inocência naquele instante.

— Muito.

Como a vontade de Fernão ia ao desejo de empurrar Cécile para a parte funda do riacho, arrancar aquele vestido e fazer amor com ela a céu aberto a virar as costas e deixá-la para trás até que aprendesse que não deveria provocá-lo daquela forma, ele saiu à caça de algo parecido com uma bateia, para que pudesse simular o trabalho de minerar da maneira mais próxima da realidade. Acabou encontrando no meio do mato uma casca dura e abaulada, de tamanho perfeito.

Enquanto voltava para perto da esposa, xingava-se por ser tão suscetível a ela. A única maneira de permanecer com a cabeça no lugar era aprendendo a se controlar na presença de Cécile. Apaixonar-se por alguém dava trabalho. Fernão sentia saudade da época em que mulher nenhuma o afetava, a não ser quando passava a noite com uma e depois ia embora sem dar nem mesmo um adeus.

"Maldita francesinha!"

Ele entrou na água de novo, segurando a bateia improvisada, e mostrou a Cécile como fazer:

O amor nos tempos do ouro **201**

— Todo mineiro sabe que o sucesso de um dia de labuta começa quando escolhemos o ponto certo do rio ou riacho, que deve ser onde a água chega a cerca de quinze centímetros de profundidade. Se for mais rasa do que isso, a água pode ter lama e outras sujeiras, como folhas. — Fernão fez o cálculo especulando quanto das pernas de Cécile estariam submersas. — Acredito que começamos bem.

O duplo sentido da declaração não passou despercebido pela francesa, que preferiu fingir-se de boba.

— A correnteza aqui é calma, rápida o suficiente apenas para levar embora as impurezas — ele continuou a aula. — Mergulharei esta casca, que não é de modo algum ideal, e enchê-la-ei de cascalho até a metade, sem retirá-la da água.

Fernão executou o movimento devagar, com paciência, para que Cécile compreendesse todo o processo.

— Agora é só chacoalhar, primeiro para a frente e para trás; depois, de um lado para o outro. Assim. Só não pode ser demais, senão cai tudo.

— Quero tentar! — Era mais uma exigência do que um pedido.

Fernão entornou o conteúdo da casca no riacho e passou a falsa bateia para as mãos ansiosas de Cécile. Então ela debruçou-se sobre a água e tentou imitar o que o aventureiro havia feito minutos antes.

— Recolho o cascalho do fundo e chacoalho. Fácil!

Mas ao balançar a casca, a francesa não apenas executou o gesto de modo brusco, como ergueu a bateia acima do nível da água. Claro que deu tudo errado no fim das contas.

— *Merde!* — Ela soltou a imprecação sem nenhum pudor.

Achando graça da falta de jeito de Cécile, Fernão resolveu ajudá-la. Deu a volta em torno dela e parou atrás da esposa, com o peito encostado em suas costas — uma posição conhecida devido às longas cavalgadas juntos.

— É assim que se faz.

Ele deslizou as mãos pelos braços de Cécile, lentamente, até contornar as dela, que seguravam a bateia. Ambos foram afetados pela situação, mas não se impediram de prolongar o momento. Então Fernão mergulhou a casca na água, debruçado sobre o corpo da esposa; o rosto apoiado em um dos ombros dela. A respiração dele fazia cócegas na pele de Cécile, mas, em vez de ter vontade de rir, uma necessidade bem mais desconcertante a invadiu.

— O movimento é suave — disse ele, embora sua voz não passasse de um sussurro, de tão fraca. — Percebe a diferença, *mi iyaafin*?

— Sim. Não. O quê? — Cécile não ouvira a pergunta. A única conversa que conseguia escutar eram os gritos de seu corpo, implorando pela atenção especial de Fernão.

Impaciente, ele lançou a casca longe. A aula havia terminado. Suas mãos agarraram a barra da saia da esposa e exploraram a pele exposta logo abaixo, traçando os contornos de um jeito quase reverente. Cécile ofegou, mas não fugiu. Permaneceu cativa nos braços do marido, porque era tudo muito novo e sensacional.

Como não houve resistência, Fernão ousou avançar um pouco mais. Enquanto subia os dedos até a parte alta das coxas, dava suaves beijos perto da orelha de Cécile, naquela parte sensível onde começa o pescoço, e na clavícula e nos ombros. Não passavam de beijinhos castos, mas o efeito deles incendiou a francesa até a alma, e ela não conseguia mais controlar a própria respiração.

— Fernão... — O nome dele foi pronunciado no meio de um gemido.

— Ah, *mi iyaafin*! — Entusiasmado, o aventureiro agarrou a cintura de Cécile, ainda por baixo da saia, e apertou-a com uma força que por muito pouco não ultrapassava o delicado limite da violência. Pressionou-se contra ela com desespero, enquanto repetia: — Como te quero, como te quero, Cécile.

Naquele momento, tudo nele fazia com que ela o quisesse também, tanto que girou nos braços dele só para que tivesse a oportunidade de olhá-lo nos olhos e enxergar neles o desejo que Fernão demonstrava com o corpo. E ela viu tudo, claramente.

— Ó, Fernão!

Antes que novas palavras escapassem da boca de Cécile, ele capturou os lábios dela em um beijo que podia ser tudo, menos inocente. Fernão não foi cuidadoso. Beijou a esposa com uma fome voraz, experimentando os sabores dela com a língua, mesmo ciente de que

O amor nos tempos do ouro **203**

isso acabaria por assustá-la. Mas, para surpresa de ambos, ela retribuía com o mesmo ímpeto, aceitando as investidas do marido em total entrega.

Sem desgrudar-se dos lábios de Cécile nem para recuperar o fôlego, Fernão arrastou-a até o meio do riacho. Mergulhados até o pescoço, ele desatou a fita que prendia a parte da frente do vestido da esposa e acariciou a pele desnuda, sem pedir permissão. O olhar dela já era a resposta de que precisava.

— Que diabos é isto? — Ao deparar-se com o tecido que aprisionava os seios de Cécile, Fernão se empertigou.

— Fiquei sem meus espartilhos. — Ela deu de ombros, não sem corar em um tom de rosa intenso.

Sorrindo despudoradamente, o aventureiro dedicou-se a procurar a ponta da faixa. Precisava dela longe do corpo da amada, ou então enlouqueceria. Mas quem quer que tivesse executado a amarração fora de uma precisão impressionante.

Aproveitando a distração, Cécile afundou na água e nadou para longe do marido, desafiando-o a ir atrás dela. E foi isso o que ele fez. Por ser mais ágil — embora na água a francesa se garantisse melhor que muitos homens —, logo alcançou-a, prendendo-a entre o corpo dele — rígido, forte, viril — e uma pedra.

— Menina provocante…

Fernão enfiou as mãos nos cabelos de Cécile e beijou-a ferozmente. Ela agarrou-se a ele, jogando os braços em torno de seu pescoço. Estava disposta a retribuir tudo o que o aventureiro tinha para dar. Naquele momento, nada mais importava. Lidaria com as consequências outra hora.

Cécile estava deslumbrada com as sensações provocadas pelas mãos e boca de Fernão. Ouvira histórias sobre encontros amorosos e relações carnais, portanto não era tão ingênua. Mas, ao mesmo tempo, era sim, porque jamais desconfiou de que seu corpo reagiria daquela forma quando submetido aos toques de um homem.

Não de um homem qualquer, ela se corrigiu. De Fernão somente, seu marido.

Ele, de algum modo, conseguiu finalmente desatar a faixa que mantinha os seios dela protegidos e não hesitou em jogá-la de lado. O pedaço de tecido ficou flutuando até desaparecer na correnteza, enquanto Fernão admirava a beleza da esposa.

— Tu és tão linda, *mi iyaafin* — ele elogiou, genuinamente embevecido, o que fez a pele de Cécile formigar de vergonha e de deleite.

Então seus lábios se uniram de novo, em um beijo muito mais intenso, carregado de necessidades. A cabeça da francesa estava anuviada, consequência da enormidade das sensações provocadas pelos toques e palavras do marido. Como ela fora boba! Ainda que não soubesse o que esperar do futuro, jamais conseguiria resistir aos encantos de Fernão, principalmente agora que estavam casados.

Apaixonada, Cécile se derretia nos braços dele, ansiosa pelo momento em que se tornariam um só. Precisava daquele homem, especialmente porque ele a enchia de vida, de esperanças para o futuro, que agora acenava de forma promissora.

Mas, de repente, os beijos cessaram e os toques foram interrompidos. Com dificuldade de respirar, ela tentava entender a súbita mudança de comportamento de Fernão, segundos antes tão determinado a consumar o casamento.

— O que houve? — indagou Cécile, ofegante.

— Shhh… — O aventureiro calou a esposa pressionando um dedo sobre os lábios inchados dela. — Teremos companhia em poucos minutos. Precisamos sair daqui agora mesmo.

O anúncio de que não estavam mais sozinhos apavorou Cécile. Com muita dificuldade, ela tentou se cobrir — uma tarefa trabalhosa e quase impossível, afinal havia muitos entraves envolvidos: dedos trêmulos, faixa descartada, tecidos encharcados.

— Acalma-te, Cécile. Vamos nos esconder primeiro. Depois tu te recompões.

Executando um movimento inesperado, Fernão tomou a francesa nos braços, carregando-a para longe do riacho. Ele gastou o tempo exato para escapar dali antes de serem flagrados por um grupo de negros do quilombo, que chegava para a lida do dia.

Escondidos entre arbustos, os dois observaram, com o coração aos pulos, o começo das atividades de mineração, bem do jeito que Fernão havia explicado para Cécile minutos antes.

— Oh, *mon Dieu!* — a moça murmurou, ainda perplexa devido ao que quase acontecera.

— Foi por pouco, *mi iyaafin* — Fernão riu. — Teria sido um espetáculo e tanto para eles.

Irritada, Cécile desferiu um tapa no braço dele.

—Ai! Por que fizeste isso? — perguntou ele, com o sorriso alargando-se no rosto corado de prazer e diversão.

— Por ter me deixado neste estado, quando as chances de sermos pegos eram bem consideráveis.

— Hum, minha querida, se não desejas ficar assim — Ele apontou para as roupas dela —, é melhor não me encontrares a sós. Porque não conseguirei tirar minhas mãos de cima de ti.

Para completar sua lógica, Fernão aproximou a boca do ouvido de Cécile e disse:

— E nem tu evitarás manter as tuas lindas mãozinhas longe de mim.

Um calor se espalhou pelo corpo da francesa, fazendo-a corar.

— Tens razão — ela admitiu, com um sorrisinho. — Mantenhamos distância, então. É o mais prudente.

— Nada disso. Nunca fui um homem muito cauteloso, mas consigo ser paciente até certo ponto. Teremos a noite inteira pela frente.

E a vida, ele quis acrescentar.

Contrariando as expectativas de Fernão, ele não conseguiu ficar sozinho com Cécile naquela noite — nem nas seguintes. E nem foi que a francesa tivesse esquivado, evitando deliberadamente a consumação de seu casamento com o aventureiro.

Não. O único culpado pelo prolongamento da espera era Akin. Uma culpa não proposital. O menino caiu doente, acometido por uma febre repentina que o deixou fraco como jamais estivera, nem mesmo enquanto atravessava o Atlântico no porão do navio negreiro que o levou ao Brasil.

Fernão e Cécile conseguiram escapar de serem flagrados em seu momento mais íntimo, mas, assim que chegaram ao ajuntamento, foram surpreendidos por uma nova preocupação — uma constante na vida deles.

— Oh, pobre Akin! — A francesa caiu de joelhos diante do jovem, tomando para si a função de esfriar a testa dele com um pano úmido. — O que ele tem?

— Não sabemos ao certo, *omobirin*. Pode ter comido um alimento apodrecido, ou bebido água ruim, ou até ter sido picado por algum inseto maligno — conjecturou Zwanga. O velho já presenciara muitas doenças que tiravam a vida de homens do mato sem aviso prévio. Chegavam na calada e matavam sem piedade. Mas esperava que esse não fosse o destino do pobre negrinho.

Enquanto isso, Akin delirava de febre, balbuciando frases desconexas em sua língua materna.

— O que ele está dizendo? — Cécile quis saber, preocupada.

— Está se recordando da família, da mãe e das irmãs, principalmente, e de sua tribo na África — Malikah traduziu, com os olhos brilhando de emoção. Os delírios do amigo transportaram-na para o mesmo lugar. Era uma viagem com sabor agridoce.

Imediatamente Cécile se colocou no lugar dele. Também sentia falta de tudo o que dizia respeito à sua vida deixada para trás. Tantas perdas… A despeito da cor da pele, da língua e da cultura, eram semelhantes em muitos aspectos.

Temendo pela vida de Akin, a francesa debruçou-se sobre ele e sussurrou palavras de carinho e encorajamento:

— Tu ficarás bem, querido Akin, para aproveitares tua liberdade.

Ele apenas resmungou algo ininteligível, como haveria de ser devido à febre.

Sem que fosse capaz de se segurar por mais um segundo sequer, Cécile chorou, e Fernão, vendo-a daquele jeito por um escravo fugido, um qualquer sem valor para a maioria dos brancos, amou-a um pouco mais.

O amor nos tempos do ouro **207**

— Não chores, *mi iyaafin* — ele pediu. — Os curandeiros cuidarão do menino da melhor forma possível.

Ela limitou-se a concordar com a cabeça, mas permaneceu ajoelhada ao lado do jovem africano, dedicada à função de umedecer-lhe a testa, como se o gesto, por si só, fosse capaz de salvá-lo.

Cécile afeiçoara-se a ele, bem como a Malikah e a Hasan. Desejava do fundo do coração que todos pudessem encontrar a felicidade de alguma forma, ainda que a vida tivesse se encarregado de sacrificá-los.

— A sinhazinha não carece de ficar aqui, cuidando do menino — avisou Zwanga. — É visita no quilombo, além de casada há pouco. Há de preferir os chamegos de teu marido.

Fernão quase engasgou com o excesso de sinceridade do líder do ajuntamento. Cécile, por sua vez, enrubesceu ferozmente, como de costume. Sua pele alva não contribuía para disfarçar seus embaraços constantes. Contudo, fingiu não ter se abalado, retrucando:

— Faço questão de estar ao lado de Akin, se não te importares, senhor.

Zwanga sorriu de um jeito de quem sabe das coisas.

— Não me importo. Quanto ao teu marido, aí já não sei.

Fernão encarou a esposa com ternura.

— Fico orgulhoso dela, chefe Zwanga, isso sim.

Diário de Cécile Lavigne

Coração do Brasil, 24 de fevereiro de 1735.

Queridos *papa*, *maman*, Jean e Pierre,

Estamos de volta à estrada. Estar de volta significa repetir uma experiência, o que em teoria dá margem ao entendimento de que tudo seria mais fácil agora. Mas não é. Desde que saímos do quilombo, as dificuldades do percurso nos colocam em situações tanto perigosas quanto desanimadoras.

Somos um grupo muito pequeno, portanto mais suscetível a ataques de animais e emboscadas de negros da terra. Temo os guaicurus e os paiaguás mais do que um encontro com onças, lobos ou cobras. Admito, *mes chers*, eles me apavoram. Por mim mesma e pelos outros, os quais amo, minha nova família: Fernão, Malikah, Hasan e Akin.

Além desses, viajam conosco alguns homens de confiança do meu marido — casei-me, mas explicarei isso mais tarde.

Akin esteve muito mal até poucos dias atrás. Chegamos a acreditar que sucumbiria à doença que o acometeu subitamente. No entanto, por um milagre, ele continua aqui, contrariando todos os prognósticos. Por conta de sua fraqueza — é um menino tão magro —, tentamos convencê-lo a ficar no quilombo. Mas ele manteve-se irredutível, como um jumento empacado. Contudo, estou feliz por tê-lo entre nós, embora a cada espirro que Akin solta meu coração estremeça de preocupação.

A situação de Malikah também me deixa apreensiva. Seu bebê é um milagre diário, apesar de tudo. Cresce com vigor, expandindo-se no ventre da mãe, que jamais reclama ou lamenta-se, ainda que suas feições exprimam nítido cansaço. Hasan fica ao lado dela o tempo inteiro. Sua paixão por Malikah é tão clara que até um cego notaria. Exceto ela, que o trata como um grande amigo.

Talvez esteja tentando proteger a si mesma e ao filho. Ou seus sentimentos foram canalizados em uma única direção, o bebê. Mas Hasan parece não se importar e, mesmo que não tenha seu amor retribuído, é fiel a seus próprios sentimentos. Espero que Malikah enxergue-o com novos olhos, se possível.

Isso me traz à minha própria realidade. *Papa*, lembro-me de quando me disse que eu somente deveria me casar se fosse por amor. Eu me senti como um ser superior, na época, por ter um pai que colocava os sentimentos da filha à frente dos próprios interesses. Então o senhor se foi e meu tio entendeu que tinha o direito de governar meu destino. E quase aconteceu comigo aquilo que tu sempre repudiaste. Por um triz não me casei com um sujeito cruel, autoritário, sem compaixão. Teria sido minha morte.

De todo modo, agora sou uma mulher casada. Fernão é meu marido. Sei que o que motivou nossa união repentina foi a necessidade de escapar dos tiranos que desejam dominar minha vida. Mas eu o amo, *papa*, tanto que tudo o que importa para mim é ele. Mas ainda não criei coragem para confessar-lhe meu amor. Acredito que ele pense que sou indiferente. Ou não, depois de quase termos…

Enfim, Fernão também jamais afirmou me amar, embora eu esteja quase certa de que ele nutre um profundo sentimento por mim. Afinal, por que cargas d'água um aventureiro livre e dono de si se preocuparia tanto com uma francesa complicada, que o envolve em tantos problemas?

Teremos que conversar em breve. Mas ainda não tivemos tempo para isso. Como falei no início, a viagem tem sido dura. Ficamos atentos aos perigos e ao bem-estar de cada um. Não houve mais momentos a sós, encontros furtivos, nada.

Meu alento é sentir Fernão em minhas costas, enquanto cavalgamos rumo ao que pode ser o nosso "felizes para sempre".

16.

[...]
— Mas como é que eu te receava tanto
(no teu encantamento lhe dirás)
e como podes ser assim — tão bela?!
Nas tantas buscas, em que me perdi,
vejo que cada amor tinha um pouco de ti...

Mario Quintana, "A morte é que está morta",
em *Apontamentos de história sobrenatural*

Henrique irrompeu no escritório do pai sem se anunciar. Estava ansioso para dividir a novidade que acabara de saber por intermédio de um garoto de recados. Bem que havia desconfiado da interação entre Fernão e Cécile quando os observou durante sua festa de boas-vindas. Mas nem a inquietante intimidade serviu de alerta para o que estava por vir.

— Meu pai, perdoa-me a invasão, mas te trago notícias dos infames.

Euclides, sem demonstrar nem um pequeno sinal de inquietação, ergueu a vista do documento que analisava sobre a escrivaninha e encarou o filho, esperando que ele concluísse sua missão de informante.

— Eles se casaram — declarou Henrique de peito estufado, orgulhoso por estar sendo útil, ainda que portador de uma má notícia. —

Unidos por um jesuíta, no terreiro de um desses quilombos imundos, a poucas léguas daqui. Aquele desgraçado...

O fazendeiro ouviu a afirmação em profundo silêncio. Se Henrique imaginava que ele começaria a atirar objetos pelo ar ou proclamar sua ira de modo retumbante pelos cômodos da casa, ficou desapontado. Euclides executou poucos movimentos — ainda assim sutis —, enquanto seu cérebro digeria a novidade.

Desde a noite da fuga, quando foi enganado tão amadoramente dentro de seus próprios domínios, vinha articulando planos para interceptar o bando antes que algo mais grave acontecesse — como um casamento —, dificultando o regresso de Cécile e Fernão. Porque Euclides os queria de volta. Não abriria mão de torturar aqueles dois até que se fartasse de castigá-los. E então mataria o aventureiro diante de todos, para que servisse de exemplo, depois de obrigá-lo a assistir a seu casamento com a francesa. A ideia era fazê-la sua esposa de qualquer jeito, afinal, desejava se apropriar dos bens de Cécile, ampliando sua fortuna.

Euclides só não contava com essa virada na história. Durante dias, pôs-se a se perguntar o que havia instigado Fernão a traí-lo. O homem vivia sob suas próprias regras, mas até mesmo ele, um aventureiro desgarrado, tinha um código de conduta no qual a traição não constava.

Então fora por amor? O fazendeiro tinha suas dúvidas. Fernão era tão ganancioso quanto ele, e Cécile brilhava tal qual um baú cheio de preciosidades. Quem se casasse com ela passaria o restante de seus dias vivendo confortavelmente, bastando estalar os dedos para conseguir o que quisesse.

"E esse alguém é o bastardo!"

Euclides não se conformava.

Ignorando Henrique, deixou o escritório. Precisava tomar satisfações com a única pessoa a quem poderia culpar naquele momento.

Cécile sucumbiu à febre quando dois terços da viagem já tinham sido concluídos. Estavam a cerca de três dias do Arraial de Sant'Ana, exaustos e sujos, porém vivos. No entanto, ela não foi capaz de evitar o mal, que ninguém sabia como fora causado.

Primeiro sentiu o corpo pesado, amolecido, lânguido. Fernão percebeu.

— Tu te sentes bem, *mi iyaafin*? — questionou ele.

— Sim. — Durona, Cécile realmente acreditou nessa resposta.

Horas mais tarde, nem ela nem o marido conseguiam ignorar a alta temperatura que emanava de seu corpo, e os dois, entendendo-se com apenas uma troca de olhares, compreenderam que a situação não era nada boa.

— Vamos parar um pouco — disse Fernão. Ele pegou Cécile no colo e deitou-a sobre uma manta estendida no chão por Akin, debaixo de uma árvore frondosa.

— Ainda não. É cedo. — Ela olhou para o céu, onde o sol se exibia a pino, confirmando sua declaração. — Temos de prosseguir. Falta tão pouco…

— Shhh… Não fales, minha querida. Descansa. — Fernão beijou a testa de Cécile, que, naquele momento, ardia como brasa. Aconchegou-se a ela, procurando transmitir-lhe conforto, mas, escondido, fez um sinal para Hasan. — Precisamos de algumas ervas. Talvez tu possas…

— É claro. Vou procurar agora mesmo.

Com um movimento de cabeça, Fernão agradeceu ao amigo.

Malikah e Akin apressaram-se para ajudar como podiam, a primeira indo ao riacho em busca de água fresca, e ele providenciando uma fogueira para aquecer "sua" Céci.

— Conta-me uma história — murmurou Cécile, com os olhos entreabertos, tamanha a sua fadiga. — Algo sobre ti e esta terra.

Ela fazia tanto esforço para falar que Fernão pousou os dedos nos lábios da esposa, evitando assim que continuasse se pugnando.

— Se prometeres ficar quietinha, farei o que me pedes. Tu consegues?

— Sim.

— Ótimo.

Antes de começar o relato, Fernão levou a mão de Cécile à boca e beijou todos os nós de seus dedos finos e pálidos.

— Ninguém sabe ao certo por que foi tão custoso encontrar ouro aqui na colônia. — Ele começou, lembrando-se da história que ouvira tantas vezes, desde a infância. Uma história que entremeava realidade e exageros e seduzia os ouvintes, fossem eles matutos ou nobres, porque havia sim algo fantástico, místico, no processo de busca do metal precioso brasileiro. — Desde o descobrimento, nos anos 1500, muitos homens deram a vida a esse objetivo. Mas por que as pessoas que pisavam este chão não conseguiam topar com o ouro? Bandeirantes, paulistas, religiosos, ninguém era capaz. Diziam que a montanha dourada mudava de lugar todas as noites. — Fernão riu. — Sabarabuçu.

— Sabara... Sababu? — Cécile experimentou a palavra, complexa demais para acertar de primeira.

— Sabarabuçu, a serra resplandecente. Segundo os índios, salpicada de ouro, brilhava, alta e plena no meio da paisagem, a cada dia em um lugar diferente. Uma lenda.

A francesa assentiu. Sua capacidade de concentração estava por um fio, mas ela não desistiria de acompanhar a narrativa, contada de maneira tão envolvente pelo marido.

— Foram quase duzentos anos de buscas arriscadas, desesperadas até, com Portugal fazendo pressão. Pois a Espanha — seu adversário direto na corrida pela conquista de novos territórios — já havia posto a mão nas jazidas de prata e pedras preciosas encontradas em seu lado da América. Um lado muito mais difícil de ser alcançado, por sinal.

— América Espanhola — disse Cécile, revelando sua sincronia com a história narrada.

— Isso mesmo. — Fernão confirmou, sem soltar a mão da francesa. — Uma das explicações para a falta de sucesso dos exploradores é tão simples que chega a ser infantil. A hipótese mais aventada é que, ao procurarem o extraordinário, como montanhas encantadas e lagos dourados, os bandeirantes acabaram por desprezar o ouro miúdo, aquele que corre por baixo do cascalho dos rios e ribeirões. Com isso, ao visar a fantasia, todo mundo subestimou a realidade.

Cécile suspirou, encantada. Que homem apaixonante era o seu Fernão! Como sabia de tantas coisas, sendo um sujeito do mato, com pouca — ou nenhuma — instrução formal?

— O que houve, *mi iyaafin*? Estou a entediá-la? — Ele verificou a temperatura da esposa. Ainda estava muito alta. O que iriam fazer se ela piorasse?

Seu peito se agitou de preocupação e de medo. Estavam largados no meio do nada, sem recursos, à mercê da sorte.

— Não, conta-me mais.

Se isso fazia bem a ela, Fernão não lhe tiraria esse prazer.

— Bom, então, como se um mágico tivesse resolvido desvendar o mistério, de repente o ouro pôs-se a brotar no sertão. Diziam que o Brasil havia sido descoberto de novo tamanha a abundância do minério. O anúncio à Coroa foi feito pelo governador do Rio de Janeiro à época, Sebastião de Castro Caldas, em junho de 1695. Porém, ele não imaginava a envergadura da descoberta que seria feita cerca de três anos mais tarde: o ouro preto.

— Não entendo. Ouro preto?

— Um ouro sem brilho, tão escuro que os bandeirantes o chamaram de ouro preto. Ele apareceu no córrego mais volumoso no fundo de um grotão de uma região repleta de morros enrugados, separados por profundos precipícios e vales cobertos de florestas fechadas por galhadas de jacarandás, perobas, cedros, árvores grandes, muito exuberantes mesmo. O nome desse córrego é Tripuí e ele corre nas imediações de Vila Rica, *mi iyaafin*. As lavras de ouro mais ricas estão lá.

Fernão preferiu não acrescentar que Euclides de Andrade era o principal beneficiado com a exploração das lavras do Tripuí. Cécile não precisava se lembrar, naquele momento delicado, da existência de seu ex-noivo.

— Riqueza em excesso corrompe até o mais puro dos homens — ela filosofou, sem saber que atingia Fernão em cheio. Ele também não vivia imune à sedução do ouro.

— Eu sei. Mas às vezes o homem precisa de um milagre, ou uma luz, para enxergar isso.

Eles se entreolharam. Mesmo com febre, Cécile entendeu a indireta e seu peito se expandiu de alegria.

— Conta-me a respeito de ti — ela pediu. — Conheço-te tão pouco, meu marido.

Fernão sorriu do modo como fora chamado. Gostou do efeito da expressão e queria que o significado dela fosse pleno. Para isso só faltava um detalhe, a consumação do casamento, adiada tantas vezes por força das circunstâncias. "Logo", ele pensou. Por ora, o aventureiro preferiu deixar de lado o fato de que Cécile poderia não resistir à doença.

— O que queres saber?

— Tudo. Onde nasceste, quem são teus pais...

As recordações de Fernão viajaram até sua infância. Um sorriso fácil desprendeu-se de seus lábios ao se lembrar da mãe, uma mulher muito prática, que assumia o controle das coisas sempre que elas se descontrolavam, já que o pai viveu pelo ouro, sua única paixão.

— Nasci em Portugal, na cidade de Évora, mas cedo vim para o Brasil. Atravessei o Atlântico com meus pais, em um navio fétido, que cheirava a morte e podridão. Perdi minha irmã durante a travessia, afinal, era apenas um bebê.

Cécile ofegou, compadecida.

— Nem cheguei a conhecê-la direito, minha querida. Não te lamentes por mim. — Com a ponta dos dedos, Fernão retirou uma mecha de cabelos de cima dos olhos da esposa. — Fomos direto para a vila de São Vicente, onde a jornada do meu pai começou. Ele se uniu a um grupo de bandeirantes e partiu em busca do sonho de se tornar rico. Infelizmente foi tão explorado por donos de lavras e minas que morreu poucos meses depois de termos aportado aqui.

— Eu...

— Não fala. Descansa. As coisas são como são. Muitas vezes buscamos o destino que recebemos. Com meu pai foi assim. Já minha mãe sofreu as consequências de nossa vinda para cá. Ela não queria, mas seguiu o marido e seu fim foi quase igual ao dele, exceto pelo fato de ter perdido a vida para a maleita quando partimos da capitania de São Paulo para as Minas Gerais.

— E tu ficaste sozinho? — disse Cécile em tom de pergunta, embora estivesse quase afirmando a situação, óbvia demais.

— Eu prossegui com a caravana. Pulava entre as famílias, sendo alimentado por uns e outros, até conseguir me virar por conta própria, o que aconteceu bem rápido.

— Ó Fernão! Pobrezinho! — Ela, com certa dificuldade, aninhou-se no colo dele, apertando-se contra o marido como forma de consolá-lo. Apoiou o rosto na curva de seu pescoço e lá depositou um beijo casto.

Ele também agarrou-se a Cécile, mais por receio de perdê-la do que por qualquer outro motivo. Teria apreciado a ousadia dela se sua febre não o preocupasse tanto. Varreu os arredores com o olhar para ver se Hasan já voltava com as ervas, mas ainda não havia sinal dele.

— Quando pus os pés em Vila Rica, comecei a prestar serviços para nobres e fazendeiros. Como eu era um menino esperto, logo tracei meus próprios métodos, o que me livrou de viver preso. Se precisavam de mim, contratavam-me, em vez de me darem ordens. Euclides sempre foi o mais frequente dos contratantes. — O nome do ex-noivo de Cécile surgiu na conversa antes que Fernão percebesse e pudesse evitar. — O dinheiro dele ampliou as possibilidades para mim. Ao contrário do meu pai, pude gerir um negócio e ser independente. Nesse meio-tempo, frequentei algumas aulas dadas pelos jesuítas, porque não queria ser burro, facilmente passado para trás. Euclides facilitou isso também, ao permitir que eu estudasse com Henrique em algumas oportunidades.

— Por que ele era bom para ti?

— Porque eu contribuía e muito com seu crescente enriquecimento, Cécile.

Ela não protestou, apesar de ter suas dúvidas. Tinha que haver outra explicação para a benevolência de Euclides em relação ao marido.

— Quando dei por mim, tinha tantas ou mais riquezas do que muitos nobres residentes aqui — ou em Portugal —, conquistadas à custa de uma vida errante e de muitas ações questionáveis.

Pronto, Fernão havia resumido seus vinte e seis anos, evitando as partes mais chocantes para não assustar Cécile ainda mais.

O amor nos tempos do ouro   **217**

— Obrigada — sussurrou ela. Sua voz saiu como um sopro quente, que queimou a pele do pescoço do aventureiro. Em seguida, a francesa fechou os olhos e adormeceu, justamente quando Malikah aparecia com a água.

— Precisamos refrescá-la. — Ele mudou a posição de Cécile, fazendo com que se deitasse com a cabeça sobre suas pernas e o resto do corpo na manta. — Está tão febril.

— Será que pegou de mim? — Akin se perguntou.

— Isso não importa agora. O importante é que ela fique curada. Vou preparar as ervas — disse Malikah, saindo para encontrar Hasan.

— Pobre, Céci...

— Céci? — Fernão repetiu, deixando Akin envergonhado.

— É que eu gosto muito da sinhazinha porque ela é boa comigo, com a negrada toda, e eu acho que ela parece um anjo, e Céci combina com o nome de um anjo — o menino tagarelou, nervoso. — Desculpa...

— Ora, garoto, ela também gosta muito de ti. Céci é um bom apelido.

Akin abriu um grande sorriso, mostrando cada dente branco que possuía.

— Mas é bom lembrar-te disto: ela pode ser teu anjo, mas é *minha* mulher.

A febre de Cécile não abrandou de um dia para o outro. Mesmo estando bastante debilitada, o grupo precisou seguir viagem. Tenório, um dos homens da pequena comitiva, ao realizar uma varredura pela região, descobrira que Euclides não perdera tempo e procurava os fugitivos. Quanto antes chegassem às terras de Fernão, melhor.

No entanto, o sacrifício a que submeteram a francesa debilitada não passava despercebido por nenhum deles. Embora estivesse recebendo tratamento com as ervas colhidas por Hasan, o efeito delas era mínimo e acabava muito rápido. Logo, deslocar Cécile pelo caminho — não só irregular como perigoso — sobre o lombo do cavalo significava colocar a vida dela em risco a cada minuto. E isso estava acabando com Fernão, que não suportava assistir ao sofrimento da esposa. Quantas vezes desejou que fosse ele naquela condição. Faria qualquer coisa por ela.

Ao erguer os olhos para o céu, notou que não demoraria a chover. De acordo com seus cálculos, em um dia e meio chegariam a Sant'Ana, onde poderiam encontrar uma hospedaria para passar a noite antes de seguirem até sua propriedade. Mas até lá tinha o dever de evitar que Cécile se expusesse a mais um elemento complicador de seu estado de saúde: a chuva.

Fazendo um sinal, ordenou a todos que parassem.

— Vai cair um temporal. Temos que nos abrigar.

Já que Malikah também sofria visivelmente os efeitos da dura viagem, Hasan não apenas concordou com Fernão como liderou as buscas por um lugar seco e seguro o suficiente. Por sorte — ou providência celestial —, não tardou a encontrar uma gruta nos arredores.

Dessa vez, ao deslocar Cécile até o abrigo, Fernão evitou repousá-la sobre a manta. Aconchegou a esposa no próprio colo para lhe permitir um pouco mais de conforto.

— Vou procurar comida — disse Tenório. Há dias que o estoque de alimentos levado para a viagem tinha se reduzido a poucos grãos de feijão e um punhado de farinha. Estavam todos com fome.

Fernão assentiu, incapaz de sair para fazer o mesmo. Não podia deixar Cécile. Só sairia de perto dela se sua francesa melhorasse. "Quando", ele se corrigiu. "Quando." O pior não estava em pauta, embora, no íntimo, o medo de perdê-la estivesse aos poucos arranhando sua confiança com unhas afiadas.

— E como tu estás, Malikah? — quis saber, ao olhar para a ex-escrava sentada encolhida em um canto da caverna. — O bebê tem se mexido aí?

Pela expressão que ela exibiu, Fernão soube a resposta.

— Faz dois dias que não sinto os movimentos dele. Está tão quieto…

— Decerto é culpa do cansaço. Deve estar a dormir — o aventureiro conjecturou, torcendo para que suas palavras fossem verdadeiras.

— Queira Deus — ela suspirou e Hasan, sensibilizado, agarrou a mão dela ali no escuro, em uma tentativa de transmitir seu apoio e — ele torcia — deixar transparecer seu amor por Malikah.

— Queira Deus — Fernão repetiu, pensando na situação de Cécile.

O amor nos tempos do ouro **219**

Ele não era fiel às tradições religiosas. Sua mãe, por sua vez, era uma católica fervorosa, temente à Igreja, praticante dos rituais. Mas morrera muito antes de conseguir repassar sua fé ao filho.

Fernão vivia dividido entre a descrença — pois deparava-se com o lado obscuro do homem com mais frequência do que presenciava atos benevolentes — e a vontade de se apegar a algo em que acreditar.

Naquele momento em especial, escolhera acreditar. A cada novo tremor de Cécile, ou quando ouvia seus gemidos, encontrava uma razão para pedir por ela. Completamente desamparado, ele fechou os olhos, apertou a francesa no peito e abriu em pensamento um canal de comunicação com Deus, a quem vinha ignorando havia tempos.

"Não me recordo de nenhuma oração, a não ser um pouco do padre-nosso e um tanto da ave-maria que minha mãe rezava com o rosário enrolado entre os dedos. Mas confesso que não prestava atenção quando ela me obrigava a ajoelhar-me diante da cruz e acompanhar sua ladainha. Naquelas horas eu só conseguia confabular comigo mesmo uma nova artimanha. Porém, agora, por puro egoísmo, embora com humildade, gostaria de fazer-lhe um pedido, Deus. Se fosse para ajudar a mim, juro que não incomodaria-lhe. É por Cécile. O senhor sabe que a vida não tem sido suave com ela. São tantas lambadas! Uma moça qualquer, de aparência tão frágil como a dela, decerto não suportaria. Mas Cécile é forte, impetuosa, justa, sensível e defensora dos necessitados. Merece uma chance de usufruir deste mundo por muito tempo ainda. Portanto, Deus, salva a vida dela. Não permitas que ela se vá, ainda que esse tenha sido seu desejo ao perder toda a família. O senhor, que tudo vê, sabe que Cécile não queria morrer. É valente demais para desistir. Então, mais uma vez, eu imploro pela salvação dela! Padre-Nosso que estais no céu…".

Carta de Fernão para Cécile

Mi iyaafin,

Estamos em casa e tu ainda não acordaste. Vais fazer isto comigo? Juras? Chega desta história! É hora de engambelar a febre e voltar a ser Cécile, aquela francesa impetuosa que me enredou como ninguém nunca o fez.

Quando acordares, tu verás que aqui é uma beleza de lugar, calmo, pacato. Poderás desfrutar de uma tranquilidade que até hoje não tiveste. Eu te prometo o que quiseres, *mi iyaafin*, minhas terras, meu ouro, a França, o mundo. Basta que abras os olhos e sorrias, e tudo o que tenho será teu, inclusive meu coração.

    Amo-te,
    Fernão.

17.

[...]
Então ela apanhou do mato as flores
Como outrora enlaçou-as nos cabelos,
E rindo de chorar disse em soluços:
"Não te esqueças de mim que te amo tanto..."

Castro Alves, "Lúcia",
em *Os escravos*

Malikah caminhou lentamente pela margem do riacho que cortava a propriedade de Fernão. As terras, batizadas de Quinta Dona Regina em homenagem à mãe, eram amplas e agradáveis, propícias a uma vida de paz que nem ela nem a maioria dos africanos residentes no Brasil conheciam desde o momento em que puseram os pés na colônia.

Agora as promessas de um futuro bom acenavam para uma realidade possível. Fernão não possuía escravos. Geria seus negócios com a ajuda de empregados, pagos pelos serviços prestados, entre eles negros, índios e brancos. E oferecera trabalho a ela, Akin e Hasan, além de abrigo e um pedaço de terra, de modo que pudessem plantar e criar o que bem entendessem.

Só podia ser um sonho.

Tanta mudança deveria ser sinônimo de felicidade, mas Malikah sentia-se cada dia mais incomodada com a imobilidade de seu bebê.

Nunca estivera grávida antes, mas sabia, de tanto conviver com outras gestantes, que a partir de certo tempo as crianças se mexiam bastante dentro do ventre das mães. E esse não era o caso dela. O bebê, de uma hora para a outra, interrompera os movimentos, deixando Malikah muito preocupada e triste. Não era porque seu filho fora gerado sem amor que ela não o desejava mais do que tudo no mundo. Já imaginava que nome daria a ele ou ela, apesar de, no íntimo, sentir que seria um menino.

Malikah parou para descansar, pois as pernas inchadas começavam a incomodar. Sentou-se sobre uma pedra enquanto absorvia o calor do sol e a brisa fresca que soprava àquela hora do dia por ali. O odor característico do gado bovino se espalhou pelo ar, o que a ex-escrava apreciou. Os cheiros da vida no campo não importunavam seu olfato.

— Então vosmecê está aqui.

Ela deu um salto ao ser surpreendida pela voz de Hasan.

— Desculpe. Não era minha intenção assustar-te.

— Não te aflijas, homem. Eu estava distraída.

— Posso me sentar aí?

Como resposta, ela bateu a mão na pedra, dando espaço a ele.

— E Cécile? — perguntou Hasan. Sabia que Malikah estava sempre ao lado da francesa.

— Hoje ela me pareceu um pouco melhor, menos febrenta. Talvez as rezas de Fernão, que ele faz às escondidas, estejam funcionando, com a graça de Deus.

—Amém. — Hasan suspirou. Tentava criar coragem para tocar em um assunto que vinha maquinando havia semanas. Estava se achando um pouco mais corajoso naquele dia, muito devido a um conselho que recebera de Fernão: "Tu estás a perder tempo. Acaso não percebes que, enquanto protelas, a vida escorre pelos dedos? Se não te assumires logo, as voltas que o destino dá podem ser desastrosas no futuro".

Hasan entendeu o recado e teve vontade de perguntar ao amigo se ele próprio estava seguindo seu conselho. Mas não ousou. O estado em que Cécile se encontrava impedia qualquer avanço, de todo modo — isso se Fernão já não tivesse se declarado. Ninguém sabia.

— E vosmecê? Andas desenxabida, cabisbaixa. É o neném?

O amor nos tempos do ouro **223**

— Sim. Estou aflita porque ele parou de se mexer aqui dentro. Será que está bem?

— Ora — Hasan tomou as mãos dela entre as suas —, tenhamos fé. Já passamos por cada aborrecimento nesta vida e cá estamos, livres! Decerto a criança ficou cansada da longa viagem e agora quer um pouco de sossego.

Malikah conseguiu esboçar um pequeno sorriso, o que muito agradou Hasan. Ela, para ele, era uma mulher linda, com sua pele cor de café, olhos escuros feito uma noite sem luar e os cabelos indomáveis, cujos cachos cresciam em todas as direções, emoldurando seu belo rosto.

A oportunidade não poderia ser melhor. Se Hasan pretendia mesmo abrir seu coração, havia chegado a hora. Adiar não era mais uma opção.

— Malikah, vosmecê ama alguém? — A questão abria uma infinidade de respostas e ele compreendia que começava pelo caminho mais longo.

— Como assim, Hasan? É claro que amo. Que pergunta. — Ela demonstrou sua confusão com certa impaciência. — Amo meus pais, que ficaram na África, meus irmãos, meu filho, Akin, vosmecê, até a senhorita Cécile.

A lista era um pouco comprida, mas o ex-escravo parou de prestar atenção quando foi mencionado.

— Vosmecê me ama?

Malikah inclinou a cabeça para o lado, analisando minuciosamente a expressão de Hasan.

— Como não poderia? Vosmecê me protege, está sempre ao meu lado, ajudou-me a fugir do inferno que era aquela vida na Fazenda Real. É um amigo e tanto.

A palavra *amigo* não tinha um significado completamente bom para Hasan. Ele não estava disposto a se contentar só com uma relação de amizade entre os dois.

— Amigo, Malikah? É apenas o que represento para ti?

— Eu... não entendo — ela hesitou. Viver assediada por Henrique tirou dela a vontade de ter um relacionamento real com alguém, além do fato de ter sido mantida como escrava por tanto tempo, o que limitava muito as possibilidades de uma união normal. Poupava seus sentimentos policiando-se para não se apaixonar.

Hasan viu a confusão no rosto dela. Então compreendeu que precisava ser mais direto. Sem titubear, pegou o rosto de Malikah com as mãos, prendeu os olhos dela nos seus, respirou fundo e confessou:

— Não quero ser apenas teu amigo. Conheço vosmecê há algum tempo, e desde então vejo meus sentimentos por ti crescerem a tal ponto que sonho com nós dois juntos, formando nossa família.

— Oh! — A moça ofegou, cobrindo a boca com uma das mãos. — Hasan, eu...

— Escuta, sei que esperas um filho de outro homem, mas isso não me incomoda. Pelo contrário, quero ser o pai dessa criança, criá-la como minha.

Malikah começou a chorar baixinho. De repente sentiu-se muito especial.

— Vosmecê me ama, Hasan, não como amiga, mas como mulher?

— Como amiga, como mulher, de todas as maneiras possíveis.

— Por quê? — Ela ainda não conseguia acreditar.

— Porque és forte, boa e linda, tudo o que sempre quis em uma companheira.

Para enfatizar seu discurso emocionado, Hasan acariciou o ventre de Malikah, sem tirar os olhos dela.

— Deixa-me cuidar de vosmecê e do seu filho, Malikah. Deixa-me chamá-lo de *nosso*.

As lágrimas dela se tornaram mais espessas. Ainda assim a ex-escrava abriu um sorriso amplo.

— Sentiu? — indagou ela, o coração em disparada. — Sentiu, Hasan? Ele chutou!

— Sim.

— Ó, meu Deus! O neném está bem!

Malikah enlaçou o pescoço dele e prendeu-se ao homem que lhe oferecia uma espécie de felicidade eterna.

— Meu filho está vivo!

O amor nos tempos do ouro   225

— Nosso filho — Hasan corrigiu-a.

— Vosmecê tem certeza de que é isso mesmo o que quer?

— Mais do que tudo.

Sendo assim, sem mais perguntas, Malikah tomou a iniciativa e beijou-o. Com espanto, Hasan a recebeu de bom grado, saboreando o primeiro de uma vida de muitos e muitos beijos.

— Obrigada — ela agradeceu sem se afastar dos lábios dele.

— Apenas diga sim, que aceita se casar comigo.

— Casar? — Malikah abriu uma pequena distância para estudar as feições de Hasan.

— Não podemos criar nosso menino no pecado, minha vida. Temos que nos casar.

Ela gargalhou, maravilhada.

— Sim! Vamos nos casar, então.

— Vosmecê promete que se esforçará para me amar um dia? — Hasan quis saber, cauteloso.

— Já te amo, do fundo do meu coração.

Cécile acordou sem febre na oitava manhã desde o dia em que caíra doente. Ninguém ousava justificar a melhora, porque não havia como saber. Podia ter sido causada pelos xaropes e emplastros feitos com as ervas naturais, dos incontáveis pedidos aos céus emitidos por Fernão e por todos que gostavam dela, ou devido à ação curativa do tempo. Os porquês não importavam, necessariamente.

Uma pena que o aventureiro não estivesse por perto para testemunhar a recuperação da esposa. Ele raramente saía de perto de Cécile, mas justo naquele dia foi forçado a deixar a casa para resolver uma complicação nos negócios, embora tenha feito muitas recomendações a Malikah, encarregada de substituí-lo em sua ausência.

— Vosmecê pode ir sereno. Não arredarei o pé daqui. — Ela havia tranquilizado Fernão.

E foi por isso que, quando Cécile abriu os olhos, deparou-se com um quarto irreconhecível, e não com o olhar platinado e vigilante do marido. Ela piscou várias vezes, procurando se acostumar com a claridade filtrada pelas cortinas transparentes que ornavam as duas janelas. E assim que suas vistas se ajustaram à luminosidade, perscrutou o ambiente, em busca de pistas que indicassem onde estava e por que não se lembrava dos últimos acontecimentos.

Viu-se deitada sobre uma cama larga, sem dossel, envolta por colchas claras e perfumadas. De frente para ela, embaixo das janelas pintadas de azul-royal, havia uma mesinha redonda, de madeira escura, com duas poltronas vermelhas margeando-a. Sobre ela, jarro, bacia e copos de porcelana eram seus únicos ornamentos, além de uma delicada renda trabalhada em crochê. Os demais móveis do quarto resumiam-se a dois criados-mudos, uma cômoda alta e um armário.

"Onde estou?", Cécile se esforçava para lembrar.

Tentou se levantar, mas o movimento a deixou um pouco tonta. Então ela se recostou na cabeceira da cama, respirou fundo e começou novamente. Não seria uma ligeira vertigem que a impediria de descobrir o que estava acontecendo.

Seus pés descalços encontraram a maciez de um tapete, bordado em azul e branco, enxadrezado, formando uma malha geométrica nos moldes dos famosos azulejos portugueses.

Cécile nada reconhecia naquele cômodo, mas já apreciava a decoração rústica e a sensação boa que ele lhe transmitia. Podia apostar que não se tratava de uma hospedaria, então só poderia ser a casa de Fernão.

Com essa possibilidade em mente, a francesa decidiu que mal conseguia esperar para descobrir se estava certa. A passos lentos, caminhou até a jarra e se serviu de um pouco de água. Queria sair logo, mas antes precisava se vestir com algo mais decente do que uma camisola fina.

Enquanto se perguntava onde todos estariam, Malikah entrou no quarto, distraída. Ao se deparar com Cécile de pé, recostada placidamente em uma das poltronas, não evitou que as roupas que segurava fossem ao chão.

— Minha mãe do céu! — gritou a ex-escrava, tanto eufórica quanto assustada. Não sabia se recolhia as peças caídas ou abraçava Cécile. — Como? Vosmecê…

O amor nos tempos do ouro   **227**

— Acalma-te, mulher! — A francesa riu. — Respira, porque vais me explicar o que está sucedendo.

— Ah, sinhazinha! Que alegria encontrar vosmecê assim!

Não se controlando mais, Malikah apertou Cécile em um abraço.

— Agora, sim, seremos todos felizes: vosmecê, Fernão, Hasan, eu, o neném...

— Tu estás me confundindo. Toma um gole de água e não percas mais tempo. Quero saber de tudo. Onde estamos? O que houve comigo?

Malikah aceitou o copo estendido a ela e, por vários minutos, preencheu a curiosidade de Cécile, esclarecendo os fatos desde o momento em que a febre consumiu a consciência da francesa.

— Eu fiquei como Akin?

— Sim, exatamente igual. E como os dois estão bons, com as bênçãos de Deus, não foi a danada da maleita que vos pegou de jeito.

— Isso muito me alegra. Acenderei uma vela para Nossa Senhora como forma de agradecimento pela nossa cura.

— E eu vou junto, se me permitires.

— Com todo prazer.

As duas mulheres se abraçaram mais uma vez, antes de Cécile dar pela ausência de Fernão em voz alta:

— Por onde anda meu marido, Malikah?

— Saiu há pouco para resolver uns contratempos, mas ele mal arredou o pé daqui esses dias todos. Tinha que ver como o homem ficou, uma preocupação que nunca vi igual.

Cécile recebeu a informação de bom grado. Agora que sua saúde voltava ao normal, ela e Fernão teriam de retomar o casamento, bem do ponto onde foram interrompidos. Pensar nisso fez seu rosto corar.

— Ele pediu que eu ficasse de guarda enquanto estivesse fora. Só saí para apanhar tuas roupas no varal.

— Não tenho roupas, Malikah — disse Cécile, com um sorriso torto, meio tristonho.

— Agora tem. Fernão providenciou vários vestidos para te embelezar ainda mais. — A ex-escrava olhou para a francesa com malícia. — Que marido, hein!?

Com as faces da cor de uma melancia, Cécile pediu que Malikah a ajudasse a se vestir. Não aguentava mais ficar presa no quarto. Além disso, queria encontrar Fernão o quanto antes. Precisava lhe contar o que sentia e dizer que estava mais do que pronta para se tornar a mulher que ele merecia.

— Darei uma volta pela propriedade. Não precisas me acompanhar.

— Estás louca? Com todo o respeito, mas não deves abusar. Ainda estás fraca.

— Sinto-me bem. E, se for para te tranquilizar, comerei algo antes de sair. O que temos na cozinha?

— Cécile, Fernão há de ficar bravo — Malikah preveniu.

— Ora, e quem se importa? Não tenho medo.

— Bom, então eu lavo as minhas mãos.

Feliz, a francesa caiu na gargalhada e enganchou seu braço no de Malikah, deixando-se conduzir por ela — apenas até a cozinha.

Antes de sair de casa, Malikah tentou persuadir Cécile novamente. Mas a francesa não estava disposta a ceder e partiu para a sua caminhada, prometendo que, ao menor sinal de mal-estar, voltaria correndo.

O dia era um dos mais bonitos que já vira em terras brasileiras — ou a benevolência com a vida a fazia enxergar sob uma perspectiva mais colorida. A causa em si não importava. Cécile sentia-se alegre, esperançosa, confiante de que a fase ruim havia acabado.

A saudade da família jamais diminuiria, isso era um fato consumado. Porém, procuraria voltar seus pensamentos para as boas memórias dos cinco juntos, dos momentos perfeitos que compartilharam ao longo de duas décadas de sua vida. E concentraria suas energias em ser feliz nessa segunda chance que o destino lhe fornecia. Bem que padre Manuel Rodrigues avisara sobre os desígnios divinos e seus caminhos tortuosos. Na época, Cécile estava descrente demais para aceitar.

Cantarolando uma música em português, a mesma que sua mãe Teresa gostava de assoviar quando se distraía com um bordado, a moça

O amor nos tempos do ouro **229**

saiu a passeio pela propriedade do marido, sem rumo, sendo guiada apenas pelo acaso.

O primeiro impacto da nova paisagem era a redução da quantidade de montanhas, inúmeras em Minas Gerais. No lugar delas, planícies vastas resvalavam no horizonte, dando uma sensação de amplitude, de imensidão. Mas o verde da natureza continuava intenso, muito devido à mata fechada que circundava um lado do terreno. Cécile descobriu que amava mais as montanhas, mas não se importaria de viver ali para sempre.

Aspirando o ar fresco, ela andou sem pressa, ora parando para apreciar as flores silvestres e prestar atenção no canto dos pássaros, ora se adiantando com o intuito de satisfazer alguma curiosidade, como descobrir um buraco de tatu repleto de filhotes.

O barulho das águas do riacho correndo paralelo ao percurso que Cécile fazia era quase como uma música de fundo. Ela desejou mergulhar um pouco, mas conteve o impulso. Não imaginava que tipo de animal se escondia nas profundezas e também não desejava ser flagrada por ninguém.

A francesa só parou para descansar quando avistou uma campina coberta de trevos. Nunca havia posto os olhos naquela plantinha rasteira, de formato tão intrigante. Maravilhada, abaixou-se para resvalar seus dedos nas folhas esculpidas como se fossem corações, só que verdes. O atrito lhe provocou cócegas, e Cécile riu de tão prosaica que a situação era.

Ela ficou por ali, usufruindo do contraste das cores — céu, sol, trevos, flores — e mal percebeu o tempo passar. Foi o som de cavalos trotando em algum lugar próximo de onde estava que a despertou. O barulho inconfundível de cascos batendo no solo a preocupou. Nem imaginava quem cavalgava por aquelas bandas, mas Cécile não estava disposta a dar de cara com ninguém. Da última vez em que fora pega sozinha, quase sofreu um abuso. Poderia até mesmo ter sido assassinada.

Sem esperar nem um minuto para reagir, ela arrancou um ramo de trevo, guardou-o no bolso do vestido e correu. Partiu aleatoriamente, preocupada apenas em encontrar um lugar onde pudesse se esconder.

De alguma maneira, sua fuga parecia ter chamado a atenção dos cavaleiros, porque Cécile jurava que o som parecia cada vez mais próximo.

"Não entrarei em pânico, não entrarei em pânico."

Tinha que ser astuta. Talvez sua vida dependesse disso. Então ela fez o que achou o mais eficiente: desviou-se em direção à mata. As árvores dariam cobertura a Cécile. Se estivesse com sorte, encontraria um buraco largo o suficiente para se esconder de quem quer que fosse.

18.

[...]
Os teus olhos espelham a luz divina,
A quem a luz do sol em vão se atreve;
Papoila ou rosa delicada e fina
Te cobre as faces, que são cor da neve.
Os teus cabelos são uns fios d'ouro;
Teu lindo corpo bálsamo vapora.

Tomás Antônio Gonzaga, "Lira I",
em *Marília de Dirceu*

— Ela o quê?! — Fernão cuspiu a pergunta, como se tivesse acabado de provar um alimento estragado.

Malikah encolheu os ombros, consciente de que a imprudência de Cécile recairia sobre suas costas. Lamentou-se por não ter amarrado a francesa teimosa ao pé da cama.

— Apenas saiu para dar um passeio. Disse que estava cansada de ficar trancafiada no quarto.

— E tu deixaste, mulher? — Fernão por pouco não rugiu, embora estivesse prestes a cometer um desvario. — Não viste o quão fraca ela estava?

— Peço perdão, mas até parece que vosmecê não conhece a senhora sua esposa — retrucou Malikah, com ironia. — Ela é turrona, obstinada. Só que nada disso teria funcionado comigo se eu não tivesse conferido com meus próprios olhos o estado de Cécile.

Fernão decidiu deixar a ex-escrava em paz. Do que adiantaria tirar satisfações com ela? Isso não mudaria o fato de que Cécile agira com imprudência. Por Deus, a febre tinha acabado de ceder e a maluca já pulara para fora da cama, saindo para desbravar sabia-se lá o quê.

— Irei atrás dela — avisou, entredentes.

— Tenho certeza de que era isso mesmo o que sua sinhazinha queria — Malikah troçou.

Fernão não conseguia administrar a raiva provocada pela irresponsabilidade de Cécile. Ela deveria ter sido mais cuidadosa, afinal, se não se prevenisse, acabaria tendo uma recaída. Pisando duro, ele saiu de casa e voltou ao estábulo, onde tinha deixado seu cavalo minutos antes. O pobre animal precisava de um sossego, mas teria de protelar o descanso por enquanto.

Assim que jogou a sela no lombo do animal, foi interpelado por Tenório, que trazia uma notícia bastante perturbadora:

— Avistaram um grupo de homens estranhos por essas bandas, Fernão. Levantei uma ou outra informação, mas ninguém conhece a origem dos forasteiros.

— Podem ser capangas de Euclides? — A hipótese mais forte era essa, na opinião de ambos, por isso a cautela.

— Não há por que descartar essa possibilidade.

— Concordo — Fernão suspirou. — Temos que armar uma tocaia, com ou sem certeza. Posso deixar isso em tuas mãos, até que eu encontre Cécile?

— Tu não precisavas perguntar.

Os dois homens selaram o combinado com um aceno de cabeça.

Durante a caminhada insana de Cécile, ela fora vista por alguns empregados da fazenda, que orientaram o patrão a respeito da direção que deveria tomar. Fernão varreu cada canto da propriedade, mas não encontrou um único sinal da esposa. Chegou a pensar que estivesse se refrescando no riacho, o que se revelou como outra suposição errada.

O amor nos tempos do ouro   233

— Onde essa maluca se meteu? — ele se questionou em voz alta. Queria chamar por ela, porém seus gritos poderiam atrair atenção indesejada.

Quando o desânimo começava a dominar o estado de espírito do aventureiro, um brilho inesperado no meio de uma relva de trevos capturou seu olhar. Não querendo se iludir desnecessariamente, Fernão foi até o objeto reluzente, dizendo a si mesmo que poderia ser qualquer coisa, um pedaço de vidro, talvez. Mas, para sua surpresa, não era.

Preso entre os ramos de trevo, o camafeu que Cécile não tirava do pescoço indicava que ela estivera ali. Se isso tinha um bom significado, ele só descobriria quando a encontrasse.

Fernão girou o pingente entre os dedos, concentrado na tarefa de entrar na mente da esposa. Se pensasse como ela, quem sabe não descobrisse o caminho que Cécile havia tomado?

— Reza para não ter sido capturada, *mi iyaafin*. Senão eu mesmo cuidarei de quem te capturou, ah, se vou. — Ele inalou o ar com força. Ao fazer isso, ergueu o rosto. Então uma nova opção passou por sua cabeça. — A mata.

Cécile só iria até lá caso precisasse se esconder, disso ele tinha certeza. Havia um limite para a leviandade dela, e caminhar entre uma vegetação fechada, correndo o risco de ser surpreendida por um animal, ultrapassava todas as fronteiras. A menos que ela estivesse fugindo.

— Vamos, amigo! É nossa última esperança.

Sem querer perder tempo, Fernão galopou, ainda que o terreno não fosse o mais propício para corridas. A bem da verdade, ele nem pensou no risco que corria ao cavalgar naquela velocidade. Agarrado ao camafeu, o aventureiro seguiu seu instinto. Algo lhe dizia que Cécile estava metida em algum esconderijo dentro daquela mata.

Fazia bastante tempo que os únicos sons ouvidos por Cécile eram os de dentro da mata. O barulho que a fizera fugir havia desaparecido. Mesmo assim, ela permaneceu encolhida no abrigo dos galhos de uma árvore tombada. A copa, virada para baixo, fazia a função de uma espécie de cortina, ocultando a moça entre suas folhas.

Ela sabia que a qualquer momento teria que criar coragem para sair dali e voltar para casa. Todos deveriam estar muito preocupados; e Fernão, descontando sua ira em qualquer pobre coitado que cruzasse seu caminho.

Cécile esticou um pouco o pescoço e olhou para o céu. Não era boa nessa história de descobrir as horas pela posição do sol, mas julgou que passava do horário do almoço, já que saíra bem cedo.

— O que farei? — Ela suspirou.

Dividida entre partir e esperar mais um pouco, passou a discutir consigo mesma os prós e os contras de cada decisão. Estava concentrada em seu dilema quando voltou a escutar o som do trotar de um cavalo. A respiração dela parou imediatamente e Cécile, encolhendo-se para tentar desaparecer entre a folhagem, manteve a atenção aguçada.

Pela centésima vez, soltou várias imprecações em sua língua materna, condenando-se por ter sido tão imprudente. Precisava ter se afastado tanto de casa, ainda por cima sozinha? Como naquele momento não adiantaria assumir atitude alguma, a não ser permanecer invisível a quem quer que estivesse rondando pela mata, ela fez o que sua mãe lhe ensinara. Teresa dizia à filha: "Nas angústias e aflições, entrega teu coração à Virgem Maria". Então Cécile rezou, em francês:

— *Je vous salue, Marie pleine de grâce, le Seigneur est avec vous. Vous êtes bénie entre toutes les femmes et, Jésus, le fruit de vos entrailles, est béni. Sainte Marie, mère de Dieu, priez pour nous, pauvres pécheurs, maintenant et à l'heure de notre mort, Amen!*[17]

E foi justamente quando pronunciava a última palavra da oração que ouviu seu nome ser chamado.

— Cécile!

Talvez estivesse devaneando, ou a febre voltara sem que ela percebesse, mas a francesa quase poderia afirmar que escutara aquilo perfeitamente. Mas foi só da segunda vez que a certeza se instalou.

— Cécile!

Um alívio tomou conta dela, pois a voz que a chamava era a de Fernão, inegavelmente. Reconheceria aquele timbre poderoso até debaixo d'água.

— Cécile!

O amor nos tempos do ouro   **235**

Ele precisou conjurá-la de novo para que ela reagisse.

— Aqui! — gritou, lutando para se desvencilhar dos galhos protetores da árvore. — Aqui!

Enquanto Cécile saía de seu abrigo improvisado, Fernão se materializou à sua frente. Ele pulou do cavalo com tamanha urgência que a assustou. Ela reconheceu a raiva misturada a outros tantos sentimentos que o marido não conseguia encobrir. Sabia que estava em apuros.

— *Mi iyaafin!* — disse Fernão, encontrando Cécile no meio do caminho. Segurou forte os seus ombros, e não disse mais nada. Concentrou-se em investigar, pelas feições da esposa, se ela estava bem.

Entendendo o silêncio de Fernão como um mau sinal, a francesa tratou de justificar-se. A última coisa que queria era aborrecê-lo.

— Desculpa-me. Admito que agi de modo irrefletido ao me afastar tanto de casa, desacompanhada, mas não foi minha intenção desafiar os perigos como uma leviana qualquer. Eu apenas desejava conhecer tua propriedade e apreciar a bela natureza, depois de dias moribunda, sem conseguir dar fé de coisa alguma. — Cécile fez uma pequena pausa para recuperar o fôlego. — Fiquei tão encantada com a paisagem que me permiti levar, Fernão. Até que escutei o som de cascos de cavalos se aproximando de onde eu estava, uma relva encantadora. Então tive que correr, e o único lugar que julguei ser ideal para me esconder foi aqui. Faz horas que cá estou, então é claro que preocupei a todos, embora esse não tenha sido meu objetivo. Como castigo, perdi meu camafeu...

As palavras minguaram de súbito, porque Fernão não queria ouvir mais nada. Sem preparar Cécile para o que estava prestes a fazer, ele a agarrou pela nuca e a beijou, forte e profundamente. No primeiro instante, ela perdeu a noção da realidade. Esperava berros, imprecações, ameaças, tudo menos ser tomada nos braços daquela forma. Porém, no instante seguinte, ela reagiu, tanto em função do que seu corpo queria quanto pelo que o coração mandava.

Entreabrindo os lábios, Cécile retribuiu o beijo, com a mesma intensidade. Das outras duas vezes, ela fora arrebatada. Agora reconhecia a derrota: estava viciada na boca do marido. Com uma febre bem diferente daquela que a derrubara por dias, a francesa perdia-se em

Fernão, que não relutava em tocá-la com as mãos e os lábios, memorizando as curvas da esposa como um explorador ao reconhecer um novo caminho.

— Desculpa-me — sussurrou Cécile, enquanto o aventureiro distribuía uma trilha de beijos em seu pescoço.

— *Mi iyaafin...* — Ele ofegou. Então ergueu a cabeça para encará-la. — Tu me assustaste tanto.

— Eu sei.

— Primeiro a febre, depois... isso.

Ambos estavam ofegantes e se sustentavam no corpo um do outro de modo que não desabassem no chão. Precisavam de um tempo para recuperar o fôlego e Cécile aproveitou a pausa para tentar se redimir.

— Não foi minha intenção te preocupar de forma alguma. Não sei por que adoeci, mas assumo que agi mal ao deixar tua casa naquelas condições.

— *Nossa* casa. — Fernão frisou bem o pronome. — *Nossa, mi iyaa-fin.* Acaso ainda não percebeste?

— O quê? — Cécile perguntou baixinho; o coração quase saltando pela boca.

Ele segurou o rosto dela e a observou.

— Não estás tão pálida. Foram os meus beijos que deram cor ao teu lindo rosto ou realmente te sentes bem?

A francesa deu um meio sorriso.

— Os dois — admitiu. Mas sentia a impaciência crescer. Percebeu que Fernão a distraía para não responder a sua pergunta. — O que ainda não percebi?

— És tão astuta, como ainda não viste?

— Ah, pela Virgem, basta! — Cécile jogou as mãos para o alto, exasperada. — Esclarece-me de uma vez, seu matreiro!

— Amo-te — declarou ele, com simplicidade. — Amo-te.

Tudo em Cécile se agitou naquele momento. Ela mal conseguia respirar, enquanto o olhar prateado de Fernão penetrava o dela.

— Tu disseste que não era de verdade — murmurou, lembrando-se das palavras dele quando a pediu em casamento. — Eu pensei...

O amor nos tempos do ouro   **237**

— Disse o que precisava dizer para te convencer, *mi iyaafin*. Mas, para mim, sempre foi muito verdadeiro. Amo-te. Se for de tua vontade retornar à França sozinha, para reaver teus bens, respeitarei a decisão. Porém ficarei para trás de coração partido, pois te amo. — Agora que se declarara, Fernão não conseguia parar de falar o quanto amava Cécile. Ele passou o polegar nos lábios inchados da esposa, que suspirou em resposta. — És minha francesa, *mi iyaafin, okan mi.*

— Não voltarei sem ti. Minha casa é onde tu estiveres. Também não vês o quanto te amo? *Je t'aime*, Fernão.

O aventureiro não resistiu à declaração em francês. Foi incrível ouvir que Cécile o amava. Então ele a ergueu nos braços, enquanto a beijava mais uma vez.

— Vamos para casa.

— Não antes de revelar do que me chamas ao usar essas expressões na língua dos africanos — Cécile provocou, a despeito da curiosidade, que era real e urgente.

— É iorubá. — Fernão riu. — Mas terás que descobrir sozinha, *mi iyaafin.*

O retorno até a casa pareceu ter levado uma eternidade, mas só durou alguns minutos a cavalo. A ansiedade de poderem finalmente ficar a sós enganava a respeito da passagem de tempo. Cécile e Fernão tinham apenas um pensamento fixo na cabeça: dar início ao casamento, *de verdade*, sem mais empecilhos.

Recostada ao marido, esquecida da provação que passara escondendo-se de cavaleiros desconhecidos, a francesa antecipava a mudança irrevogável que estava prestes a acontecer com ela, não sendo capaz de remediar os tremores de seu corpo.

— Não fiques nervosa. — Fernão soprou no ouvido de Cécile, de um jeito tão charmoso que a ela não restou qualquer alternativa a não ser assentir com a cabeça, por pura escassez de palavras.

O restante do caminho foi feito em um silêncio carregado de promessas, rompido apenas ao chegarem em casa, quando Malikah tentou descobrir por que Cécile havia demorado tanto para aparecer.

A moça tentou responder, mas Fernão, apressado, impediu a esposa de se explicar ao jogá-la sobre os ombros, dirigindo-se rapidamente para o quarto do casal, o mesmo em que ela passara dias em convalescença.

— Depois — disse ele, deixando para trás uma Malikah sorridente e cheia de conjecturas mal-intencionadas.

— Isso não foi educado — Cécile fingiu reclamar. — Tu deixaste a pobre coitada a ver navios.

Fernão deu um chute na porta, escancarando-a com um estrondo, para, em seguida, passar a chave, sem tirar sua francesa do colo.

— Às favas com a boa educação. No momento, só quero saber de ti.

Eram duas frases muito fortes, na opinião de Cécile, dessas que impactam no âmago, fazendo o corpo inteiro reagir. Ela também só queria saber dele, por isso saltou dos braços do marido, preferindo encará-lo no mesmo nível. Tinha pavor de ser vista como uma donzela necessitada de um herói. Precisava do seu homem, nada mais.

Fernão pousou as mãos em sua cintura para afastá-la um pouco. Em seguida começou a movimentá-los, mas muito lentamente, os polegares desenhando círculos sobre o tecido do vestido. No entanto, a mudança de percurso não tardou a acontecer. Logo os dedos avançaram; primeiro pelas ancas, depois pelos ossos da costela e um pouco abaixo dos seios de Cécile, onde pararam.

— Oh! — ela refreou o gemido. Queria encorajar Fernão, mas receava dizer algo ousado demais.

E então a francesa mudou de ideia e fez acontecer uma coisa maravilhosa. Cécile inclinou o corpo para a frente, moveu a cabeça ligeiramente para o lado e encostou os lábios nos dele. Fernão já tinha beijado muitas mulheres, mas nenhuma o tivera nas mãos, poder exclusivo de Cécile.

Ele pensou que estava no céu, com a boca da esposa resvalando na sua, timidamente. Mas, aos poucos, a coragem dela foi crescendo e Cécile arriscou provocar o canto dos lábios de Fernão, disparando beijinhos molhados por ali. O aventureiro riu um pouco, encantado. Então aprofundou o beijo, enquanto tateava as costas da esposa, em busca dos botões do vestido.

O amor nos tempos do ouro   **239**

— A propósito — ela afastou-se para dizer —, obrigada por me comprar roupas.

— Tu ficaste perfeita neste — elogiou Fernão, sendo sincero. — Mas agora prefiro vê-la sem ele.

Cécile respirou fundo. Cada palavra que o marido soltava a envolvia ainda mais na trama criada para seduzi-la. Como se precisasse. Fora definitivamente arrebatada por Fernão.

Ao encontrar as pequenas pérolas na parte de trás do vestido de Cécile, ele não apenas se ocupou em soltá-las, mas, enquanto trabalhava nelas, contava as pedrinhas, uma a uma, amaldiçoando-se por não ter providenciado uma veste com menos botões.

Tão logo atingiu o último, Fernão passou os dedos por baixo de um dos lados do vestido, soltando-o do ombro. Em seguida, repetiu o gesto com a outra parte, expondo a pele pálida e magnífica de Cécile.

— Vejo que voltaste ao espartilho — comentou, entre frustrado e seduzido. A peça deixava a francesa ainda mais sensual, apesar de representar uma barreira adicional em sua missão de despir a esposa.

— Não costumo rejeitar os presentes que ganho.

— É um hábito louvável, *mi iyaafin*. Porém, como fui eu quem te presenteou, não tomarei como uma desfeita caso me permita tirá-lo de ti.

Cécile parecia nervosa, mas assentiu.

Dessa vez, Fernão lutou contra o delicado cadarço que apertava o corpo da francesa, ganhando a causa mais rapidamente. Ela fechou os olhos para não ter que lidar com o embaraço de ser vista daquela forma, ainda que não fosse a primeira vez.

— Melhor assim. Muito melhor — ele murmurou. Um homem eloquente comporia uma ode à tamanha beleza. Mas Fernão só conseguia olhar, olhar e olhar.

Então reagiu e não conseguiu evitar o deslumbramento. A pele dela era tão suave sob seus dedos. Cécile estremeceu quando ele a tocou.

— Fernão...

Ela acariciou os cabelos dele, sedosos como a campina de trevos, e apertou-se contra o marido, desejosa.

Fernão ajudou Cécile a sair de dentro do vestido novo e depois deitou-a sobre a cama, mas ele manteve-se de pé, observando a francesa atentamente. Envergonhada, ela reclinou um pouco a cabeça, buscando outro ponto para visualizar que não fossem os olhos do marido.

— Desculpa-me, *okan mi*. És tão bela que não consigo parar de olhar para ti — confidenciou ele, ao mesmo tempo que se sentava em uma das poltronas e descalçava as botas.

Cécile aproveitou para se enrolar nos lençóis, pois julgava não conseguir manter a sanidade se continuasse vulnerável daquele jeito. Quando Fernão levantou-se, encontrou a esposa aninhada nas cobertas, com os cabelos caindo em ondas sobre os ombros nus.

Tão encantadora. Parecia uma pintura.

E esse quadro de beleza olhava para ele como uma gata manhosa, cheia de vontades.

— Oh! — Cécile resfolegou ao constatar que já não havia uma só peça de roupa cobrindo o corpo de Fernão. Então corou, nos incontáveis tons de rosa que só ela conseguia alcançar.

O aventureiro ergueu um dos cantos da boca, armando um sorriso presunçoso. Incitava-a a olhá-lo além do rosto. Demorou um instante, mas assim que Cécile aceitou o desafio, as faces dela assumiram um tom completamente novo de cor-de-rosa.

Ele coçou a nuca, lutando contra a vontade de rir.

Sentindo-se um tanto atrevida, Cécile estendeu a mão.

Fernão se aproximou da cama e entrelaçou seus dedos aos dela.

— Eu…

— És tudo para mim — ele completou a frase, antes que a francesa fosse capaz de expressar seus medos. Não queria que se sentisse temerosa. Por acaso ainda não entendera que Fernão seria capaz de qualquer desvario por ela?

Cécile assentiu.

Fernão se deitou ao lado dela, puxando-a para si e prendendo o corpo da esposa entre seus braços. Antes de mais nada, desejava transmitir-lhe seu calor. Era isso o que sempre ofereceria a Cécile, em qualquer circunstância.

O amor nos tempos do ouro **241**

Quando ele tomou os pulsos dela e começou a beijá-los delicadamente, ela inclinou a cabeça em um ângulo que dava a impressão de ser um convite, o qual Fernão nem cogitou recusar.

Instigado, começou beijando-a atrás da orelha, depois o pescoço, a clavícula, o esterno. E suas mãos, donas de si mesmas, passeavam pelo corpo dela.

Ainda que recebessem a graça de viverem juntos por anos e anos, mesmo que passassem a vida fazendo amor, Fernão jamais deixaria de querer Cécile.

— Farei com que seja bom para ti, *mi iyaafin*.

— Eu sei — murmurou ela, mal se aguentando de tanta expectativa.

Então ele a beijou profunda e desesperadamente. E ela retribuiu, certa de que, finalmente, havia reencontrado o caminho de casa.

19.

Minh'alma, de sonhar-te, anda perdida
Meus olhos andam cegos de te ver!
Não és sequer a razão do meu viver
Pois que tu és já toda a minha vida!

Florbela Espanca, "Fanatismo",
em *Livro de Soror Saudade*

No dia seguinte, Cécile encontrou Malikah na cozinha, conversando animadamente com a cozinheira, uma portuguesa chamada Maria, mais conhecida como Sá Nana. As duas se dividiam na função de preparar a segunda refeição do dia. Pelo jeito, a francesa perdera o café da manhã.

Ela enrubesceu ao se recordar do motivo da distração.

— Bom dia — cumprimentou-as alegremente, como se os últimos acontecimentos não tivessem ocorrido tão às claras, a ponto de todos saberem o que ela e Fernão andaram fazendo.

—Ah, eis que a francesa ressuscitou! — Malikah brincou. — Estou feliz por ver que a febre foi embora de vez. Aposto que estás com fome.

— Com muita fome — Cécile corrigiu.

As três riram, em clima de confidências.

Fernão havia pulado cedo da cama. Tinha muito a fazer na propriedade, mas não saiu sem dedicar um tempinho à esposa, que logo voltou a dormir.

O amor nos tempos do ouro

— O que estão preparando?

— Doce de leite — respondeu Sá Nana, enquanto conferia a consistência do creme.

— É bom?

— Nunca provaste? — A cozinheira se surpreendeu.

— Não. Mas quero ajudar a fazer. Posso?

Sá Nana olhou para Malikah, como se pedisse socorro. Cécile era a esposa do patrão, uma francesa de berço. Não combinava com panelas, fogão e lenha. Mas a ex-escrava deixou escapar uma gargalhada e deu de ombros. Ninguém podia contra a persistência de Cécile.

— Tens certeza? — Sá Nana ainda não tinha se conformado.

— Ora, por que não? Achas justo eu ficar sentada aguardando, enquanto ficam a cargo de tudo sozinhas?

— Ó, Senhor. O patrão não há de aprovar isso.

— O teu patrão não manda em mim — retrucou Cécile, parando em frente do tacho de cobre imponente sobre o fogão de tijolos vermelhos. Enganchou as duas mãos na cintura, um gesto que expressava o quanto estava resoluta.

— Ah, que assim seja, então. — Sá Nana passou a colher de pau para Cécile. — Mexe sempre para não deixar o doce pegar no fundo da panela. Não deve grudar, está bem?

— Entendido.

A francesa achou a tarefa divertida, tanto que se pôs a cantarolar baixinho enquanto lançava um sorriso vitorioso para Malikah, que retribuiu a atenção dando uma piscadinha para enfatizar.

— E como vai esse bebê? — perguntou Cécile. — Vejo que anda crescidinho.

— Está ótimo, ainda mais agora que tem um papai.

O olhar anuviado da ex-escrava declarou por ela seu estado de felicidade.

— Hum, aposto que sei quem é.

— Sabe mesmo? Estava tão óbvio assim?

— Totalmente às claras, minha amiga. Mas ainda quero ouvir a história toda.

244 *Marina Carvalho*

Malikah suspirou, mas não se fez de rogada. Enquanto Cécile mexia o doce de leite no tacho, cuidando dele como se fosse um bem de extremo valor, tratou de colocar a francesa a par da reviravolta que sacudira sua vida e a do filho que carregava.

— Hasan é um homem e tanto — Cécile declarou. — Ainda me dói lembrar o que ele passou nas mãos daquele feitor horrendo. Tão injusto.

— Uma injustiça que desconfio nunca vir a ter fim. Tivemos sorte. Mas e quanto aos outros tantos, milhares de nós que ainda sofrem nas mãos desses senhores de escravos? E aqueles que, neste momento exato, estão sendo arrancados da África, à força, para garantir o enriquecimento de homens sem coração, como o senhor Euclides?

Afogueada pelo discurso, Malikah alisou o ventre.

— Alegra-me Deus ter livrado meu filho dessa desgraça.

— A mim também, do mesmo modo que me deprime pensar nos outros que não tiveram a chance de escapar ou de escolher seu destino.

— Ah, não! — Sá Nana interrompeu as duas. — Nada de lamentações na minha cozinha. Assim a comida desanda. E, dona menina — disse a cozinheira, voltada para Cécile —, nunca te esqueças de comer e ser feliz.

— As melhores dádivas da vida, presumo — a francesa sugeriu.

Sá Nana assentiu com um movimento de cabeça e um largo sorriso.

Logo as três se viram envolvidas por um clima aconchegante, cada uma cuidando de seus afazeres, tarefas bem prosaicas, domésticas.

Enquanto movia a colher de pau cuidadosamente para não deixar o doce de leite queimar, Cécile se recordava dos momentos com Fernão e de tudo o que ele a fizera sentir. Não se importava mais em voltar para Marselha, porque não conseguiria retomar sua vida lá. Gostaria, sim, de proporcionar um destino digno aos bens dos pais. Favorecer quem merecia — tantos empregados que se dedicaram por anos à família Lavigne —, usar sua herança para investir nos negócios do marido, dentro da legalidade, e libertar quantos escravos fosse possível, nem que, para isso, precisasse comprá-los para em seguida dar a eles a carta de alforria. Mas tudo isso faria ao lado de Fernão. Desejava construir com ele uma nova família, na fazenda em Sant'Ana ou nas Minas Gerais, se um dia resolvesse voltar.

O amor nos tempos do ouro

Suspirando ante as inúmeras possibilidades, Cécile não percebeu que, atrás de si, um homem grande, poderoso e apaixonado avançava a passos de predador até ela. Com um olhar enviesado, ele espantou as duas outras mulheres da cozinha, de modo que tivesse a liberdade de usar as mãos como bem desejasse.

— Sá Nana, acredito que o doce tenha atingido o ponto certo — disse ela, alheia à situação.

— Então dá cá uma colherada que eu quero experimentar.

O susto fez Cécile soltar a colher, que mergulhou no tacho e se perdeu nas profundezas do creme, como um navio naufragado. O doce quente espirrou e atingiu em cheio o dorso de sua mão direita.

— *Aïe, aïe, aïe!* — gritou, o francês pronunciado.

— Oh, *mi iyaafin*, perdão. — Fernão girou Cécile para que ficasse de frente para ele e tomou a mão queimada entre as suas.

O doce escorria pela pele, mas antes de fazer um estrago maior, o aventureiro limpou o lugar afetado, usando a própria boca para tirar o doce de lá.

— Hum... — gemeu. — Que delícia!

Cécile estremeceu. Nem se lembrava mais da dor.

— Queres provar?

Sem dar tempo para ela responder, Fernão meteu o dedo na panela, soprou o doce e ofereceu-o à esposa.

Timidamente, ela abriu a boca e esticou a língua para experimentar. Nem foi tanto o sabor adocicado da iguaria, mas toda a combinação de elementos provocou arrepios em Cécile, que só fez gemer.

— Hum...

— Pois é.

Fernão permitiu que ela lambesse tudo e só então puxou a francesa para si, envolvendo-a em um abraço apertado e cheio de saudade.

— Senti tua falta a manhã inteira — confidenciou ele.

— Eu também, embora tenha pegado no sono de novo e dormido mais do que deveria.

— E por que não deverias? Estiveste adoentada até poucos dias e ontem tu te esforçaste além do natural. — Fernão pigarreou, com cara de cachorro que comeu o sapato do dono. — Minha culpa, assumo.

Eles riram.

— Não me ouviste reclamar.

— Nem um pouco. Teus sons sugeriam outra coisa.

E lá estava mais um tom de rosa colorindo a face pálida de Cécile.

— Adoro quando coras assim — admitiu Fernão, acariciando as bochechas da esposa com os polegares.

— Tu adoras é me fazer corar, isso sim.

— Também.

Ele abaixou a cabeça e cobriu os lábios de Cécile com os dele. Ambos estavam com gosto de doce de leite. Portanto, logo o beijo deixou de ser brando. Em um minuto ultrapassava todas as leis do decoro.

Ela soltou um lânguido suspiro e passou os dedos pelos cabelos de Fernão, atraindo-o para ainda mais perto.

— *Okan mi*, temo não estarmos a pensar direito. Talvez devamos voltar para o quarto, ou correremos o risco de sermos flagrados por qualquer pessoa. A porta está aberta. — Ele detestava ter que parar de beijá-la.

— Nada de quarto agora. Estou faminta. Não como faz horas.

— Então minha missão neste momento é te alimentar, *mi iyaafin*.

Fernão levou Cécile até a mesa e ajudou-a a se sentar. A francesa apoiou o queixo nas mãos entrelaçadas e observou o marido tentando se arranjar na cozinha.

— Quando eu era criança, *maman* chamava-me de chata, ou melhor, *barge*, em francês, porque eu vivia torcendo o nariz para os alimentos que ela me forçava a comer.

— Tu eras uma menina entojada?

— Não conheço essa palavra, Fernão, mas se queres dizer que eu reclamava por causa da comida, acertaste. *Maman* ficava muito brava.

— Do que menos gostavas? — perguntou ele, ao mesmo tempo que servia a mesa para ela. Tudo o que via pela frente, Fernão colocava diante de Cécile, como se ela fosse capaz de comer tanto.

A francesa revirou os olhos para tamanho exagero.

— De tudo que tivesse gosto de ovos. Mas agora não sou mais assim. Não torço o nariz como antigamente.

O amor nos tempos do ouro **247**

— Isso é bom.

Fernão sentou-se diante de Cécile e dividiu com ela a refeição. Tinha tomado o café da manhã mais cedo, o que não restringiu sua fome. Em clima de paz, algo tão raro na vida deles, o casal conversou sobre amenidades. Tudo que dizia respeito ao outro interessava à francesa e ao aventureiro.

No entanto, havia um assunto inevitável pairando acima deles. Adiá-lo não facilitaria a solução. Fernão decidiu que chegara a hora de expô-lo com todas as letras, ainda que isso terminasse por deixar Cécile apreensiva.

— *Mi iyaafin*, acredito que a esta altura já tenha chegado aos ouvidos de Euclides e, consequentemente, aos do teu tio, a notícia de nosso casamento. Se antes o motivo de virem atrás de nós era sustentado pela necessidade de te levar de volta à Fazenda Real para oficializar tua união com o velho, agora é certo que eles não desistirão de nos procurar. Dessa vez, por vingança.

— Sei disso — murmurou ela, a alegria se desmanchando. — Significa que estaremos sempre fugindo, cada vez para mais longe.

— Não! — Fernão segurou as mãos dela por cima da mesa. — Significa que tomaremos cuidado, mas que também não deixaremos de enfrentá-los quando chegar a hora.

— Como? Decerto meu tio usou sua influência até mesmo com a Coroa para vir atrás de mim. Seríamos como camponeses armados de lanças lutando contra um exército inteiro.

— Não é bem assim, Cécile. Somos casados aos olhos de Deus. Posso fazer valer meus direitos de marido. Só precisamos estar preparados para eles. Não podemos ser pegos desavisados.

— Ou talvez nem cheguem até aqui.

Fernão assentiu, embora desconfiasse de que essa alternativa fosse bem precária. Em determinado momento, alguém denunciaria o paradeiro deles.

— Dará tudo certo — assegurou. — A lei está do nosso lado, *mi iyaafin*. Contra isso ninguém conseguirá fazer coisa alguma. Em breve tu poderás reaver teus bens. Euclides e Euzébio terão de se conformar.

— Claro que sim.

Eles sorriram um para o outro.

Pronto. Fernão tinha dado o alerta, sem ser fatalista. Mas o que ele optara por não dizer é que era o verdadeiro problema. Contra o sacramento do matrimônio nem o rei de Portugal poderia lutar. A herança de Cécile era dela. Fim da história. No entanto, nada impediria aqueles homens de reagir. Descobrir o paradeiro dos fugitivos e matar um por um, inclusive a francesa, não seria difícil para quem estava acostumado a conseguir tudo o que almejava.

Nem sequestrar, torturar…

A lista de castigos não teria fim. E Fernão sabia que ninguém ficaria imune a eles, principalmente Cécile. Ele sofria só de pensar.

Os dias seguintes foram de adaptação para todos na Quinta Dona Regina. As funções de cada um iam se definindo, de modo que a vida começava a se assentar para Cécile, Fernão, Malikah, Hasan e Akin.

A francesa logo entrou no esquema da casa, administrando tudo, embora gostasse mesmo era de passar um tempo na cozinha, testando as receitas que Sá Nana se comprazia em ensiná-la. Também apreciava dedicar-se ao novo canteiro de flores, onde ficava horas cultivando o belo jardim.

Fernão se orgulhava cada vez mais da esposa. Ela não só se fundira ao ritmo da vida na colônia como demonstrava sua satisfação por estar ali. Cantarolava sempre que se perdia em suas tarefas, alternando entre o português e o francês. Não tinha vergonha de misturar os idiomas, prova de que se sentia mesmo à vontade.

Periodicamente chegavam notícias de Vila Rica. Os homens a cavalo que assustaram Cécile não tinham sido enviados por Euclides, como pensaram. Eram exploradores paulistas em busca de novas lavras. Fernão chegou a encontrá-los um dia em Sant'Ana e constatou que eram inofensivos, tranquilizando-se.

Isso não significava que o fazendeiro desistira de se vingar. Fernão tinha consciência de que o acerto de contas não tardaria, especialmente

O amor nos tempos do ouro

porque um amigo do aventureiro estava cuidando dos interesses de Cécile na França. Mais um golpe para os gananciosos Euclides e Euzébio.

E, no meio disso tudo, uma vantagem importante surgiu. Portugal envolvera-se em uma guerra com a Espanha pelos direitos de posse da Banda Oriental.[18] A Espanha reivindicou a área respaldada no Tratado de Tordesilhas, mas Portugal havia fundado a primeira cidade lá, Colônia de Sacramento.

Naquele ano, as tensões entre os países se intensificaram. Portanto, a Coroa não estava com cabeça para se preocupar com os problemas domésticos dos colonos, ainda que eles tivessem uma estreita ligação com a nobreza. Assim, Euclides acabara sem o apoio de d. João v, uma lástima para o sucesso de seus planos contra Fernão.

A cada dia mais apaixonado, o aventureiro não perdia sequer uma oportunidade de ficar a sós com Cécile. Não dormiam em quartos separados, ligados de modo privativo, muito comuns na época. Dividiam a cama todas as noites, embora o tamanho de Fernão costumasse restringir o espaço da francesa quando caíam no sono. Ela nem se importava. Adorava se aconchegar ao marido e sentir sua respiração ritmada, enquanto ele lhe afagava os cabelos, braços e costas, contando histórias de seus tempos de explorador.

Ela sempre preferia ouvir sobre os índios, apesar de temê-los. E Fernão se divertia ao ver a surpresa nos olhos da esposa quando narrava os acontecimentos de seu passado.

— Temes os mansos puris, *mi iyaafin*, porque nunca deparaste com os horrendos botocudos — disse ele, em uma tarde preguiçosa à beira do riacho.

Estavam deitados de barriga para cima e dedos entrelaçados, contemplando o céu de maio. Ao ouvir o termo *botocudos*, Cécile se empertigou, pronta para a história.

— Recordo-me de ter falado sobre eles em outra ocasião, quando viajávamos pelo Caminho Novo. São canibais…

Fernão fez cara de mistério, mas acabou às gargalhadas.

— Sim, eles são, além de muito agressivos, grandes corredores e guerreiros temíveis.

— Há grupos deles por estas bandas?

— Não arregales esses lindos olhos, *okan mi*. Os botocudos habitam outras regiões. As Minas Gerais, por exemplo. Aqui estamos livres deles.

Cécile soltou a respiração devagar. A última coisa que desejava era um encontro com os comedores de carne humana.

— Conheço muitos homens que deram de cara com eles e ainda vivem para contar a história desses encontros. Mas não é algo que pediria para mim.

— Deus te livre, livre-*nos*, desse infortúnio. — Ela se benzeu, fazendo o sinal da cruz sobre o peito. — E por que esse nome esquisito, botocudos? Não se assemelha a nenhuma palavra da língua dos nativos que já tenha escutado antes.

— São muitas línguas, na verdade, *mi iyaafin*, mas tu tens razão. A denominação correta é aimorés. Mas os portugueses os apelidaram assim por causa dos botoques nos lábios e nas orelhas.

— Aqueles ornamentos de madeira que parecem rolhas? Coisas mais horríveis e desconfortáveis.

Fernão achou graça da comparação. Depois apoiou um dos cotovelos na grama e a cabeça na mão, enquanto acariciava o pescoço de Cécile com a ponta dos dedos.

— Tu te sentes feliz aqui?

— Muito. Sabes disso, não sabes?

A resposta foi dada na forma de um beijo cálido.

— Diz-me o que significa *mi iyaafin* e a expressão nova, *okan mi* — ela pediu.

— Vamos nadar um pouco. — Fernão fugiu da explicação, ficando de pé com um salto e levando Cécile consigo.

— Nadar? Agora? — A francesa olhou para todas as direções, como se procurasse alguém metido no mato, às escondidas.

— Estamos sozinhos. Não te aflijas.

Ele se despiu rapidamente, mantendo apenas o calção de baixo. Em seguida, ajudou a esposa com o vestido.

— Não ficarei nua — avisou ela, agarrando a camisa quando o marido fez menção de arrancá-la.

O amor nos tempos do ouro   **251**

— Que pena. Acabaste com minha alegria.

Fernão estava brincando e Cécile percebeu isso em seu tom de voz. Entraram rindo no riacho, ela soltando gritos por causa da temperatura da água.

— Está gelada!

— Terás de mergulhar com tudo, *mi iyaafin*, senão te sentirás mal.

Cécile não sabia de onde tirara a coragem para enfrentar a água fria, mas o fez assim mesmo, soltando a voz como uma desesperada. Mas logo se acostumou e então pôde aproveitar o mergulho.

Fernão nadou até ela e abraçou-a.

— Preciso confessar algo a ti — declarou ela, corando.

— Pela cor de tua face, prevejo uma confidência e tanto. Já fiquei empolgado — ele piscou, desavergonhado.

— Eu… te vi.

O aventureiro franziu a testa. Será que o choque térmico tinha afetado Cécile além do normal?

— Não faças esta cara. Quis dizer que te observei em uma situação um tanto… particular.

— Ora, ora, o que estás a tentar confessar, minha querida? Acaso andaste a espiar-me por aí? Que desnecessário! Sou todo teu.

Cécile mordeu o lábio inferior, procurando a melhor maneira de concluir a revelação. Deveria ter ficado calada.

— Bem, não foi intencional, e não estava espionando. No dia em que aquele homem asqueroso atacou-me, lembra-te?

— Como posso esquecer? — Fernão rangeu os dentes. — Gostaria de matá-lo novamente, se tivesse essa chance.

— Isso não importa agora. Naquele dia, tu te afastaste do grupo. Eu também precisava de um pouco de espaço. Então pedi a Úrsula que me deixasse sozinha. Saí para um passeio e fui atraída pelo som da cachoeira onde tu te banhavas, praticamente nu. — O final da história foi contado em um volume quase inaudível. — Quando te vi, empaquei no mesmo instante. Não tive forças para ignorar a visão. Então fiquei te contemplando, como uma espiã desqualificada.

A confissão era uma das melhores que Fernão já tinha escutado. Revelava que Cécile tinha sentimentos por ele havia mais tempo do que imaginava.

— Ah, *mi iyaafin*, és incomparável. — Ele gargalhou, em um acesso incontrolável de bom humor. — Nem passava uma coisa dessas por minha cabeça naquele momento, embora *tu* estiveste dentro dela. Era difícil lidar contigo recostada em mim e manter as mãos bem longe. Um sacrifício.

— Pela Virgem Maria! Ficavas a pensar de modo pecaminoso enquanto eu estava lá, inocente de tudo.

— Que grande mentira!

Rindo, Cécile mergulhou, espirrando, de propósito, água fria no rosto do marido. Um pouco constrangida devido à revelação do segredo, ela decidiu nadar. Umas boas braçadas pelo riacho haveriam de apagar seu embaraço.

Compreensivo, Fernão voltou para a margem, pois preferia observar a esposa nadando. Ele ainda tinha um sorriso estampado no rosto quando começou a recolher as roupas do chão. Seu casamento, pelo jeito, nunca seria monótono. Cécile era surpreendente, ouro dos mais puros.

O aventureiro dobrou as peças com cuidado e empilhou-as sobre uma pedra seca. Procurou sua francesa na água e enxergou-a longe, batendo os braços perto da outra margem. Concluiu que não havia problema em se esconder atrás de uma árvore para aliviar-se. Sua bexiga parecia a ponto de explodir.

E tudo, em seguida, acabou acontecendo muito rápido. Assim que terminou de ajeitar as calças, sentiu um objeto frio pressionando sua nuca, ao mesmo tempo que ouviu o clique inconfundível de uma espingarda sendo engatilhada.

— Com os cumprimentos do sr. Euclides, seu verme — disse o homem que apontava a arma para Fernão. — O velho anseia por este momento.

Tudo o que importava ao aventureiro era o fato de que, daquele ponto, Cécile permanecia encoberta pelas águas do riacho.

— Vosmecê já acabou por aqui? Porque vais nos acompanhar.

O amor nos tempos do ouro   253

Fernão tentou se mexer, mas havia outros capangas além daquele que servia de porta-voz.

— Depois voltaremos para pegar a francesinha. Ou ela nos encontrará. Temos tempo.

— Não ouseis encostar nela! — esbravejou ele.

— Não, não ousaremos. A menina é que implorará por isso em breve. Vosmecê pode até apostar.

20.

> [...]
> *Donde vem?... Onde vai?... Das naus errantes*
> *Quem sabe o rumo se é tão grande o espaço?*
> *Neste Saara os corcéis o pó levantam,*
> *Galopam, voam, mas não deixam traço.*

> Castro Alves, "O navio negreiro",
> em *Os escravos*

Cécile encontrou suas roupas recolhidas e uma solidão não esperada. Havia se afastado para nadar com mais liberdade, instigada pelas lembranças da infância e da juventude em Marselha. Não esperava voltar e não ver Fernão em parte alguma.

Enquanto se vestia, enfiando-se no vestido sem se preocupar com a roupa de baixo molhada, chamou por ele, uma, duas, uma porção de vezes. Como não obteve retorno, em um primeiro momento ela considerou que fosse uma brincadeira, que Fernão estivesse lhe pregando uma peça, enganando-a de propósito. Porém, a demora em se revelar alertou Cécile de que algo não estava certo.

A francesa andou a esmo pelas redondezas do riacho, sem deixar a propriedade, em busca de qualquer sinal que indicasse o paradeiro do marido. Mas tudo o que encontrou foi um nada bem grande, uma completa ausência de pistas.

O amor nos tempos do ouro **255**

Ela sentia as lágrimas chegando. Fernão jamais sumiria por conta própria, largando-a sozinha e preocupada. Cécile até chegou a cogitar um afogamento, mas tinha visto o marido sair da água. Nada fazia sentido.

Lutando para não ser consumida pelo desespero antes de ir atrás de ajuda, ela voltou apressada para casa, gritando por Hasan, Akin e Tenório ao vê-los trabalhando com o gado. Os três se sobressaltaram com o estado de Cécile. Além de encharcada, esbaforida e chorando, a francesa demonstrava estar a ponto de desmaiar.

— Por Deus, o que houve, sinhazinha? — questionou Tenório, largando o que fazia imediatamente.

Os outros dois o acompanharam, porém nem Akin nem Hasan conseguiram manter uma distância respeitosa de Cécile. Algo de muito grave acontecia e ela, obviamente, suplicava por apoio.

— Fernão. Estávamos no riacho, então me afastei dele para nadar. E, quando voltei... — Cécile apertou os olhos, de onde transbordou uma nova onda de lágrimas grossas —, ele simplesmente não estava lá.

Ela resumiu, aos soluços, tudo o que havia acontecido desde que entrara na água, ainda com Fernão.

— Vosmecê não ouviu nenhum barulho, não teve a sensação de haver alguém por perto? — perguntou Hasan.

Cécile levantou a cabeça e olhou para o amigo com espanto.

— Achas que Fernão foi capturado?

— Não imagino outra alternativa, infelizmente. — O ex-escravo encolheu os ombros, como se lhe pedisse desculpas por apontar o óbvio.

Foi nessa hora que as pernas de Cécile fraquejaram e ela precisou ser carregada para dentro de casa, providência tomada prontamente por Hasan. Enquanto ele a levava até o quarto do casal, Tenório e Akin partiram a cavalo, em busca de informações.

— Euclides — acusou ela, com essa única palavra, dita com fúria e repulsa. — Só pode ser ele.

Malikah, que se juntara a eles no instante em que viu Cécile lânguida nos braços de Hasan, pediu:

— Procura não se agitar tanto, querida.

— Como não, Malikah? Aquele verme levou Fernão quando deveria punir a mim. Por que me poupou? *Pourquoi?*

No fundo, a francesa reconhecia que a questão extrapolava sua fuga da fazenda do antigo noivo. A ligação entre Euclides e Fernão tinha algo subentendido, que fazia com que a traição atingisse uma proporção muito mais avantajada. Se ela soubesse do que se tratava, ou mesmo Fernão, talvez pudessem ter se prevenido melhor.

— Não posso ficar aqui deitada, à espera de notícias.

— Ah, deixa de tolices, Cécile! Vosmecê não pode fazer nada agora. Logo Tenório e Akin voltam com alguma informação — Malikah ponderou.

— Também irei atrás de novidades — avisou Hasan. — Fica quietinha aqui. — Para sua noiva, ele recomendou: — Não permitas que ela saia, nem que precises amarrar a francesa teimosa na cama.

Ninguém fez qualquer comentário a respeito das orientações de Hasan; não havia humor para brincadeiras.

Cécile agarrou-se ao travesseiro, que guardava o cheiro do marido, e caiu em prantos novamente. Compadecida, Malikah sentou-se ao lado dela e tentou consolá-la, dando tapinhas em suas costas.

— Menina, vosmecê conhece seu homem. Ele é do tipo que não se enverga. Basta confiar.

Era tudo o que restava a Cécile: confiar.

Euclides, reflexivo, analisava as feições da imagem postada à sua frente. Estudava os detalhes do rosto dela como se a visse pela primeira vez.

— A culpa de tudo isso que está a acontecer é tua — acusou, sem se alterar. — Todas as maldições que rondam minha vida advêm de tua existência.

Ele olhou para o alto, cortando o contato visual por breves segundos.

— Mas agora a sorte virará a meu favor. Pegamos o traidor. Ele está a caminho. Eu o quero aqui, para que possa ficar diante de ti e sofrer as consequências da deslealdade. Porque o infeliz sofrerá. Disso eu não abro mão.

A julgar pelo tom equilibrado do monólogo, Euclides passava a impressão de estar muito tranquilo, caso alguém o estivesse observando. Mas a verdade era bem diferente. O homem penava com as consequências do desequilíbrio emocional, provocado tempos antes de Cécile entrar em sua vida. Muito tempo antes.

Começara ainda em Portugal, cerca de vinte e seis anos antes. Portanto, se a francesa não era a causa da insanidade do fazendeiro, podia então ser o botão que reavivou tudo.

— Quando ele chegar, ordeno que estejas de prontidão. Tu serás testemunha de cada passo do sofrimento daquele traidor.

Passos pela casa anunciaram a aproximação de alguém. Euclides se recompôs rapidamente.

— Meu pai, soube que os homens estão a pouco mais de dois dias daqui. — Henrique chegava com notícias.

"Pelo menos presta para alguma coisa, já que vive envolvido com besteiras."

— Folgo em saber. Espero que tudo esteja preparado.

— Sim, senhor. — Henrique mal podia controlar a ansiedade. Tudo o que desejava era acompanhar de perto os castigos infligidos a Fernão.

— Aguardemos, então.

Se não fossem os pulsos presos e a espingarda colada em seu crânio, Fernão não duvidava de que já teria se livrado daquele ardil miserável. Ou se — pelo menos — tivessem topado com índios pelo caminho, um grupo de botocudos, de preferência — o caos se instalaria, facilitando sua fuga.

Mas como as coisas quase nunca saíam de acordo com o desejo das pessoas, lá estava ele, de volta à Fazenda Real, entrando pela mesma porteira pela qual passara inúmeras vezes, sempre de livre vontade. Dessa vez, entretanto, chegava à força, escoltado por um bando de capangas, como um bandido da pior estirpe.

Os escravos que presenciavam a cena olhavam para Fernão com uma mistura de admiração e temor pela vida do aventureiro. Era um tipo de herói para os negros daquela fazenda, embora tivesse conseguido libertar apenas três deles. Ainda assim, só o fato de ter desafiado o pior dos senhores de escravos das bandas de Vila Rica o elevava a uma categoria diferenciada, digna de admiração.

Caminhar com a cabeça erguida, mesmo em condições desfavoráveis, também contribuía para o aumento do fascínio dos menos favorecidos por ele. Fernão jamais se rebaixaria. Se havia chegado a hora de sua morte, não pediria clemência ao inimigo.

Seu sofrimento não estava estampado no rosto, acessível a qualquer um. A causa de sua dor — a constatação de que nunca mais veria Cécile — era particular. Não admitiria que ninguém sequer pensasse em sua francesa, *re iyaafin*.[19]

Cortava o coração de Fernão saber que ela, àquela altura, deveria estar maluca de tanta preocupação com ele. Que descuido! Um homem como ele, do mato, da terra, um desbravador destemido, nunca poderia ter relaxado a guarda.

Agora todo mundo pagaria. Só Deus sabia o que Euclides estava disposto a fazer com Cécile — e com Malikah, Hasan e Akin — depois que acertasse as contas com Fernão.

Ele foi escoltado pelos capangas do fazendeiro até o salão de entrada da casa-grande, onde Euclides e Henrique esperavam ansiosos pelo reencontro. A aparência dos dois era a de quem estava pronto para uma reunião de negócios. Já ele... Tinha certeza de que parecia um mendigo, metido em seus andrajos.

Com um gesto impaciente, Euclides dispensou os capangas. O papel deles fora concluído com êxito. A partir daquele momento, Fernão estava por conta do fazendeiro.

— Tu não me pareces bem, rapaz. Não apreciaste a viagem de volta às Minas Gerais? — A observação e a pergunta eram só uma forma de dar início ao que seriam horas de castigos, físicos e mentais.

Em resposta, Fernão cuspiu aos pés do velho, que não arredou um centímetro de onde estava. Por outro lado, Henrique se preparou para reagir, mas foi impedido pelo pai.

— Deixa-nos a sós — Euclides ordenou ao filho.

O amor nos tempos do ouro **259**

— Mas, meu pai, não acho prudente...

— Deixa-nos, criatura!

Embora relutante, além de envergonhado, Henrique saiu. Por mais que tentasse agradar o pai, nunca chegava a ter sucesso. Às vezes era mais fácil odiá-lo.

— Teu filho é um idiota por te suportar.

— Tal qual tu mesmo. Passaste a vida a cheirar a sola das minhas botas. Ou já te esqueceste disso?

— Eu estava aqui a enriquecer às tuas custas — Fernão fez questão de recordar.

Então Euclides gargalhou.

— Como se eu não tivesse permitido.

O fazendeiro rondou Fernão, igual a um felino rodeando a presa, devagar e atentamente.

— Existe um sentimento chamado culpa que um homem temente a Deus como eu não deve cultivar — disse ele. — Quando mais jovem, fiz algo que exigiu minha redenção. Sei que Deus me perdoou, senão, por que outro motivo teria me concedido tantas conquistas?

Os devaneios de Euclides alertavam Fernão quanto à loucura que dominava de vez o velho.

— Vim de Portugal com um nome a zelar, mas um tanto falido. E agora cá estou: um dos homens mais poderosos da capitania, quiçá da colônia inteira. É claro como o dia que tenho as bênçãos de Deus.

— Ele provavelmente fica escandalizado a cada vez que tu usas o nome d'Ele para justificar tuas ações escabrosas. E, não duvides, quem se vangloria com tuas vitórias é o diabo, não Deus.

O comentário inesperado provocou uma reação instantânea em Euclides. Sempre armado contra qualquer acusação, principalmente aquelas que punham à prova sua relação com o divino, desferiu um golpe no rosto de Fernão, que nada fez, além de permanecer impassível feito uma imagem de santo.

— Não sinto culpa, mas sim um arrependimento sem tamanho. Mais vantagem eu teria tido se tivesse ordenado tua morte quando nasceste. Hoje não estaria a conviver com tua ingratidão.

Fernão franziu o cenho. O que a loucura andava fazendo com aquele homem? Por certo tanta maldade praticada ao longo da vida começava a cobrar seu preço.

— Vês aquela mulher? — Euclides apontou para a imagem da esposa, o retrato dela em destaque em uma das paredes da sala. — Poupei tua vida por ela. Devias ser grato, não um traidor.

O olhar carregado de sentimento observava o desenrolar daquela cena. Inês de Andrade, a jovem e bela esposa morta de Euclides, mais uma vez era testemunha das atrocidades do marido.

— Tu precisas de uma camisa de força. És um perigo para a sociedade.

— O perigo vem de ti, mas a culpa é minha — retrucou o fazendeiro, ainda mais exaltado. — Eu permiti que vivesses, por amor àquela lá.

— Está certo — Fernão resolveu seguir a loucura. — Só gostaria de entender como tua pobre esposa pôde ter sido fundamental em tua decisão de não me matar quando nasci. Sou de Évora. Meus pais eram pobres. Em que altura da vida nos encontramos, afinal? As contas não batem, *senhor*.

A explicação veio depois de um sorriso vitorioso. Euclides vibrava com o impacto que causaria com a revelação prestes a ser feita.

— Eu comprei tua mãe. Decidi que ela seria minha no momento em que pus meus olhos nela.

Fernão estreitou os olhos.

— Minha mãe foi casada com meu pai a vida inteira, seu verme. Respeita a memória deles, já que te dizes tão temente a Deus.

— Tua mãe *postiça* foi casada com teu pai, postiço também. A verdadeira casou-se comigo para não morrer na miséria.

A descrença dominou Fernão. A que ponto Euclides chegara. Inventar uma história daquelas requeria uma imaginação e tanto.

— Ah, vejo que estás a duvidar. Então tentarei ser o mais explícito possível. Tua mãe, Inês, aquela lá, casou-se com teu pai, um homem simplório, sem ambição, da raça dos trabalhadores braçais. Eram camponeses e se contentavam com o pouco que tinham. A alegria só cresceu quando descobriram que esperavam um filho, tu. Mas o destino quis que teu pai morresse antes de teu nascimento. Uma lástima.

O amor nos tempos do ouro **261**

De repente, o interesse de Fernão pela história mudou. Alguma coisa o aconselhava a prestar atenção. Algo dentro dele sussurrava que era tudo verdade.

— Da noite para o dia, tua mãe viu-se grávida e sem marido. E foi então que eu apareci para salvá-la. Eu a vi em Lisboa, rota, malvestida, a trabalhar perto do cais. Uma criada de categoria inferior. A barriga, embora ainda pequena, sinalizava o começo de uma gestação. — Euclides admirou o retrato de Inês; o pensamento completamente desconectado do presente. — Eu já não era tão novo, passava um pouco dos trinta, mas não fazia planos para casar. Até ver aquela jovem.

A cabeça de Fernão dava voltas. Não queria acreditar naquele monte de besteiras. Não podia! Seus pais eram Bento e Regina, não um homem desconhecido e Inês.

— Tu ensandeceste de vez — ele murmurou, relutante em dar o braço a torcer.

—Ainda duvidas? Para quê, se é tudo verdade? Eu comprei tua mãe, rapaz, porque eu a quis desde o primeiro dia. O fato de ela ser viúva e pobre facilitou tudo. Mas Inês não se interessou por mim. O único modo de convencê-la foi quando apontei o óbvio, isto é, o tipo de vida miserável que daria ao filho. Isso se sobrevivessem naquelas condições.

— No fim das contas, ela não ficou comigo — deduziu Fernão, mais para si mesmo. Preferiria não acreditar, porém percebia que seu esforço era em vão. — Não, embora quisesse. Mas eu não permiti. Quanto tu nasceste, Inês implorou por ti. Mas o que eu poderia fazer? Eras fruto de outro relacionamento. Então prometi a ela arranjar uma nova família para o recém-nascido.

— Isso não pode ser verdade.

— Mas é. Infelizmente. — Euclides suspirou, cortando a conexão com a imagem de Inês. — Antes tivesse eu te largado para morrer ao relento. Porque, Fernão, por mais que me abomines, eu cuidei para que não te faltasse nada durante tua vida inteira. Percebes agora como és ingrato?

— Tu me afastaste de minha mãe, desgraçado. Comprou-a como uma mercadoria. És um verme, um ser odioso. Ainda acreditas que devo minha vida a ti?

— Deves não apenas a vida, mas também a família que te arranjei, a vinda para o Brasil, os serviços graúdos que fizeram de ti um homem rico. — Euclides jogou na cara de Fernão cada benfeitoria que pensava ter feito. — A proteção que te dei, além da posição social, deves tudo isso a mim. Contudo, por causa de um rabo de saia francês, cuspiste no prato em que comeste a vida toda. Tu te enamoraste pela serpente. Vê a que ponto essa paixão infantil te levou.

Fernão fuzilou Euclides com o olhar.

— *Tu* és a serpente. E há de pagar pelo que fizeste, de uma forma ou de outra. Rezo para que teu castigo aconteça logo, ainda nesta vida. Caso não, sei que a justiça divina que tu tanto prezas, não falhará.

— Não viverás para saber.

— Quem sabe, não é mesmo? — Fernão soltou uma risada jocosa. — Agora que tenho duas mães a interceder por mim do céu, tudo pode acontecer.

Ele recebeu outro golpe. Seu rosto latejou, mas o aventureiro manteve-se firme.

— Fui um tolo. Trabalhei para ti seduzido pelo ouro. Porém, se minha hora estiver a caminho, morrerei feliz. Ainda que nada soubesse, dei um jeito de honrar minha mãe. — Seu sorriso se alargou. — Tu compraste Inês e eu roubei Cécile bem debaixo desse teu bigode imundo. *Touché!* — Era isso que sua francesa diria.

21.

[...]
Que importam os exércitos armados,
No campo com respeito conservados,
Se lá do gabinete a guerra fazes
E a teu arbítrio dás o tom às pazes?

Alvarenga Peixoto, em *Poesias*

O sumiço de Fernão completava dois dias e, embora Tenório e Hasan estivessem no comando de uma operação de busca e resgate — incluindo os trabalhadores mais saudáveis da Quinta Dona Regina, índios domesticados e ex-escravos do quilombo Novas Lavras —, Cécile lidava mal com sua própria inércia. Ficar em casa esperando por notícias não contribuía em nada e só a deixava ainda mais ansiosa.

Por outro lado, o que poderia fazer? Fugir às escondidas, sozinha, procurando pelo marido feito uma louca? Terminaria morta antes do cair da noite. Nem ao menos sabia se ele ainda estava vivo. Queria acreditar que sim, precisava crer nisso. Caso contrário, ela mesma sucumbiria, não lhe restando nada pelo que desejar viver. A perda da família havia sido um golpe insuportável. Se Fernão também se fosse, seu mundo perderia o sentido de vez.

Tempos antes, quando era criança, a mãe de Cécile contraíra uma doença muito séria. Até os médicos chegaram a desanimar, percebendo que a ciência nada poderia fazer para salvá-la. Sendo assim, eles deram uma orientação nem um pouco racional à família, cuja prática não dependia de remédios ou qualquer outra solução medicinal: rezar. Para isso, só era necessário ter fé.

E Cécile, uma menina com poucas preocupações na cabeça, além de correr pelos arredores da propriedade e brincar com os irmãos, passou dias acreditando que a mãe melhoraria porque considerava o poder de sua fé maior que tudo. Ajoelhava-se diante de Nossa Senhora pela manhã e por lá ficava até ser chamada para o almoço.

Um dia, notando que os joelhos da filha estavam esfolados, o pai foi ter uma conversa com ela. Entendia que o esforço da menina fazia bem a ela mesma, que se sentia útil de alguma forma. Entretanto, ninguém exigira de Cécile tamanho sacrifício.

— Minha querida criança, não estás exagerando? — Antoine questionara com delicadeza, para não desvalorizar a contribuição da filha no processo de recuperação de Teresa. — É lindo e louvável o que fazes todos os dias por tua mãe, mas tu entendes que não precisas passar tantas horas ajoelhada naquele altar? Uma prece ao amanhecer e outra antes de dormir são suficientes. Deus há de reconhecer tua dedicação, *ma petite*.

— Ora, *papa*, não faz mal. Eu gosto e tem sido muito útil. — Em tom de confidência, Cécile se aproximou do pai e questionou, reflexiva: — Acaso não percebeste? *Maman* está tão doente. Se ainda não foi para o céu, deve ser porque minhas preces não deixam. Então o que pode acontecer se eu parar de rezar?

— Ah, *ma chère*, és um anjo.

Teresa sobreviveu à doença, surpreendendo a todos, especialmente aos médicos. Gostava de dizer a Cécile que ela era sua salvadora. E a menina, pelo tempo que se permitiu, ousou acreditar na mãe.

Ao se recordar desse período de sua vida, a francesa desejou recuperar a confiança no poder da fé. Queria crer que, se passasse horas a fio pedindo pela vida de Fernão, ele voltaria para casa quando ela menos esperasse. Mas dessa vez não era capaz de colocar o destino de outra pessoa que amava apenas nas mãos de Deus. Não era mais criança.

O amor nos tempos do ouro   **265**

Suas crenças só valeriam se estivessem atreladas a ações. Portanto, ser tratada como o lado frágil da relação não servia de nada, nem a ela, nem ao marido. Só havia uma chance de viver plena e alegremente: com Fernão. Sem ele, nada feito.

Decidida a agir, Cécile abriu o armário em busca de uma roupa apropriada. Iria a Sant'Ana. Usaria a posição de sua família na sociedade francesa para arrancar uma conversa particular com o superintendente Gregório Dias da Silva ou com o capitão-mor, o infame Bartolomeu Bueno da Silva — ou Anhanguera, como era chamado pelos índios — e exigir que ambos interviessem a favor de Fernão. Poderiam apelar ao Conde de Bobadela, então governador de Minas Gerais.

Ao remexer no guarda-roupa, notou uma caixa de madeira escondida no fundo. Era pequena, com a tampa decorada por um entalhe em forma de rosa. A curiosidade falou mais alto, impelindo Cécile a descobrir o que estava guardado ali dentro.

Ela retirou a caixinha e levou-a até a cama, onde se sentou para verificar o conteúdo, que se revelou ser um maço de cartas. Sabia que não ousaria ir em frente, lendo documentos que não lhe diziam respeito. Mas mudou de ideia quanto a não xeretar. Todas elas estavam endereçadas à própria Cécile em uma caligrafia quase adequada a um cavalheiro. Quase, se Fernão fosse um, de todo modo.

Com o peito disparado, a francesa soltou a fita que unia as folhas. Suas mãos trêmulas atrapalhavam o manuseio e ela teve medo de rasgá-las, tamanha sua ansiedade. Ainda assim, Cécile conseguiu abrir a primeira do maço, deixando escapulir um soluço emocionado ao ler o que estava escrito:

Mi iyaafin,

Não sou bom com as palavras nem costumo temer o desconhecido, embora esteja aqui, debruçado sobre esta folha, com a pena entre os dedos e o coração aos pulos. Tudo porque a necessidade de me fazer entender, até para mim mesmo, anda a me consumir.

~~Receio ter deixado crescer um sentimento por ti. Receio estar encantado por tua pessoa.~~

Receio ter perdido a cabeça. Inferno! Jamais conseguirei fazer isto.

Então, assim como Cécile tinha o hábito de se confessar com seu diário, Fernão escrevia cartas para ela, que necessitava saber mais. Por isso, abriu outra:

Mi iyaafin,

Observo-te enquanto dormes e tu não calculas o sacrifício que faço para não me aconchegar a ti e confessar o que não tenho coragem de dizer. Um homem como eu, bruto, rústico, sem berço, não deveria amar uma dama. É contra a ordem natural da vida. Não posso lançar a verdade sobre ti porque sei que isso te magoaria. Tu queres ser livre, queres a chance de viver perto dos teus, não enfurnada em uma propriedade distante de tudo, sem o brilho das grandes cidades.

Agora sou teu marido. Por direito és minha. Queria eu ser um tirano só para obrigar-te a viver para sempre comigo. Mas sou rude, não opressor. Quando partires para a França, levarás meu coração contigo, o mesmo que não me fazia falta até outro dia. Sem ele, viverei de modo errante, à mercê da sorte, até que Deus — ou o diabo — resolva me levar.

Perdoa-me, embora eu saiba que tu jamais lerás estas palavras bobas. Os tambores lá fora, o calor da noite e a aguardente deixaram-me tolo. Que nada! É mais honesto assumir: tu, somente tu, tens o privilégio de transformar-me em um bocó, dos mais apaixonados.

E que o céu tenha piedade da minha alma no fim dos tempos, por eu amar-te tanto assim.

Teu Fernão.

A descoberta das cartas e daquelas palavras amorosas provocou um sentimento bastante contraditório em Cécile. Ao mesmo tempo em que amava Fernão ainda mais — se é que isso era possível —, sofria

O amor nos tempos do ouro **267**

porque ele não estava lá, ao lado dela, assumindo seu segredo com o embaraço que a francesa sabia que ele sentiria ao flagrar a esposa lendo seus escritos secretos.

Lágrimas derramavam-se de seus olhos, enquanto ela lia mais uma. E em seguida outra, e outra, até chegar à última. Cécile caiu de costas na cama, abraçando-se às cartas como se elas fossem o próprio Fernão. As frases lidas ficaram viajando em sua cabeça, lembrando à francesa do amor encontrado — uma raridade entre os casais no mundo inteiro —, mas tão prematuramente interrompido.

> É hora de engambelar a febre e voltar a ser Cécile, aquela francesa impetuosa que me enredou como ninguém nunca o fez.
> [...]
> Eu te prometo o que quiseres, *mi iyaafin*, minhas terras, meu ouro, a França, o mundo. Basta que abras os olhos e sorrias, e tudo o que tenho será teu, inclusive meu coração.

Chega! Estava na hora de tomar uma atitude.

Rapidamente Cécile se trocou. Pôs um de seus melhores vestidos e ajeitou os cabelos em um coque sofisticado sob o chapéu.

Ao deixar o quarto, encontrou Malikah no corredor, que se surpreendeu ao ver a francesa tão bem-arrumada.

— Aonde tu vais?

— Sei que tens uma espécie de pacto com Fernão, algo assim, que te obriga a sentir-se responsável por minha segurança a qualquer custo.

A ex-escrava estreitou os olhos. Ficava apreensiva sempre que Cécile exibia aquela expressão obstinada.

— Porém, Malikah, nada nem ninguém me impedirá de fazer algo por meu marido.

— E vosmecê pensa em desbravar o sertão sozinha, vestida dessa forma?

— Não estou prestes a desbravar coisa alguma. Por enquanto. — Cécile revirou os olhos. — Irei a Sant'Ana. Quero ter uma palavrinha com o superintendente ou com o tal Anhanguera, o segundo.

São as maiores autoridades por aqui. Precisam tomar o partido de sua gente, ora.

— E eles estarão dispostos a recebê-la? — Malikah aprovava a atitude de Cécile, pelo menos dessa vez. Apenas não tinha certeza de que seus planos funcionariam.

— Não te preocupes. Usarei meu sobrenome como cartão de visitas. — Ela ajeitou o chapéu. — E levarei Akin comigo.

"Um sujeito de grande influência", Malikah pensou com seus botões.

— Espero que vosmecê tenha sorte.

— Eu também.

Bartolomeu Bueno da Silva, o capitão-mor de Sant'Ana, era filho de um dos maiores bandeirantes que enfrentaram o sertão do Brasil tentando o lucro imediato proporcionado pela caça aos índios. Com esse objetivo, os desbravadores investiam contra as reduções jesuíticas espanholas, que agregavam centenas de indígenas sob proteção missionária.

Aos poucos, esses sertanistas passaram do bandeirismo de apresamento para o bandeirismo minerador, em busca de minas de ouro. E Bartolomeu Bueno, o pai, com sua expedição e o filho de apenas doze anos, saiu de São Paulo e irrompeu mato adentro, atravessando o território mais a oeste e seguindo até o rio Araguaia.

Segundo as lendas do povo da região, ao voltar desse rio, à procura do curso de outro, chamado rio Vermelho, onde o ouro era mais abundante, encontrou uma aldeia indígena do povo Goiá. A história repassada de boca em boca era que as índias estavam ricamente adornadas com chapas de ouro. Bartolomeu Bueno, seduzido pela abundância do minério, ordenou que os selvagens indicassem a procedência do metal. Como eles se negaram a dar a informação, o bandeirante pôs fogo em uma tigela cheia de aguardente, afirmando que, se não apontassem o local de onde retiravam o ouro, atearia fogo em todos os rios e fontes. Ingênuos, além de admirados com tamanho poder, os índios cederam e apelidaram Bartolomeu de *añã'gwea*,[20] o diabo velho.

O amor nos tempos do ouro   **269**

O capitão-mor era, portanto, o segundo Anhanguera. Cécile sabia com quem estava prestes a lidar. No entanto, a despeito de toda a fama em torno do nome dele e de seu pai, seu prestígio com a Coroa andava estremecido por suspeitas de que Bartolomeu Bueno da Silva sonegava impostos.

Ela esperava que a rusga com o rei de Portugal acabasse contando como um ponto a seu favor. Anhanguera certamente não estaria disposto a defender um aliado tão precioso de d. João v —, mas talvez preferisse não se envolver de forma alguma. De todo modo, teria que tentar.

Akin levou Cécile de charrete até o casarão onde funcionava a administração da vila. Ofereceu-se para entrar com ela, que agradeceu a oferta, mas achou melhor ir sozinha.

Intrigado com a visita inesperada da francesa, Bartolomeu Bueno da Silva concordou em recebê-la. Não estaria ocupando o posto de capitão-mor se não conhecesse um pouco da história de cada morador de Sant'Ana. Portanto, estava a par do sumiço de Fernão, o aventureiro regenerado que se casara com a noiva de um dos homens mais importantes de Minas Gerais.

Cécile foi encaminhada até o escritório de Anhanguera por uma índia claramente domesticada. Seus trajes de moça branca e os modos comportados não permitiam qualquer dúvida quanto a isso. Teve pena da menina. Ela não parecia feliz. Tampouco Cécile estaria, caso tivesse sido forçada a abandonar seus costumes e assumir outra cultura, tão diferente da sua.

Antes de entrar na sala do capitão-mor, a francesa fez um afago na mão da menina. Surpreendida pelo gesto, ela deu um salto para trás e abaixou a cabeça, fugindo em seguida, como um bichinho assustado.

Bartolomeu era um homem encorpado, grande, imponente. Usava uma longa barba branca, muito bem modelada, e tinha olhos castanhos bem escuros, quase negros. Sorriu de modo afetuoso ao ver Cécile. Apesar de sua aparência intimidadora, parecia disposto a ser cortês com a francesa.

— Bom dia, senhora. Vossa mercê entre e fique à vontade.

Às vezes, a mente dela dava voltas por deparar-se com tantos usos diferentes da língua portuguesa — sem contar os dialetos indígenas e africanos. Cécile reconhecia que um lugar habitado por pessoas das mais variadas origens não haveria de cultivar um idioma padronizado. Aquilo era fascinante, além de complexo.

— *Merci*, digo, obrigada.

Bartolomeu apontou para uma cadeira vazia, indicando onde Cécile deveria se sentar. Depois que ela se ajeitou, ele quis saber:

— A que devo a honra desta visita?

— Vim implorar ao senhor por ajuda. — Ela não fez rodeios. — Extraoficialmente, há homens espalhados pela estrada que liga Sant'Ana às Minas Gerais à procura do meu marido, Fernão Lopes da Costa, capturado há uma semana por capangas de Euclides de Andrade. Creio que o senhor decerto já ouviu falar sobre ambos.

— É claro. — Bartolomeu Bueno escutava Cécile com atenção, admirado com a sua coragem. — Trata-se do lendário aventureiro e do aristocrata protegido da Coroa.

— Pois sim. Eles foram parceiros de negócios por longa data, mas um desentendimento transformou-os em inimigos.

— Um desentendimento — Anhanguera repetiu. — Algo como vossa mercê, noiva de Euclides, ter fugido com Fernão.

Cécile deu de ombros.

— Os motivos que nos levaram a isso são irrelevantes agora, senhor. O tempo corre contra meu marido. É preciso que alguém influente interceda por ele. Caso contrário... — Ela não conseguiu concluir. Pensar em perder Fernão era doloroso demais.

— Esse alguém seria eu, presumo?

A francesa fungou.

— Sim.

Por alguns segundos, o silêncio imperou entre eles. Bartolomeu tentava encontrar uma forma de explicar a situação a Cécile, de modo que ela compreendesse sua posição. No entanto, devido à obstinação dela, não seria uma tarefa simples.

O amor nos tempos do ouro   **271**

— Entenda, minha senhora. Atualmente a Coroa não me tem em boa conta. Além disso, ela está envolvida em uma guerra contra a Espanha pela posse de algumas terras. De que maneira eu poderia intervir? Ainda que eu enviasse uma carta para o governador-geral, ela levaria semanas para chegar até ele. E quando acontecesse, quem garantiria que o Conde[21] tomaria providências a nosso favor?

— E não há outras alternativas? — Cécile escondeu o rosto entre as mãos enluvadas. — Outros contatos?

— Não vejo quaisquer possibilidades diplomáticas, senhora.

— Oh! — A desesperança atingiu Cécile com tudo.

— Mas quem precisa de diplomacia quando se tem homens fortes, bravos e armados?

— O que o senhor está dizendo? — Ela não compreendia. Ou pensava que não.

— Cá entre nós, neste lugar onde vivemos, raramente as leis favorecem a quem precisa. Por isso temos os selvagens e homens dispostos a encarar qualquer luta.

— Posso deduzir que o senhor enviará uma espécie de exército para resgatar meu marido. É isso mesmo?

— É tudo o que posso fazer, minha senhora. Tenho uma excelente relação com os índios, além de viver cercado por muitos homens de minha confiança, expedicionários que rasgaram as terras desta colônia comigo e com meu pai, outros mais jovens, mas tão confiáveis e capazes.

— E a que preço sairá esse favor? — Cécile aprendera que quase ninguém costumava realizar boas ações de graça.

Bartolomeu estava apreciando a visita mais do que imaginava. A jovem francesa era perspicaz como uma raposa.

— Atrapalhar os planos de um aliado da Coroa será o melhor pagamento.

Pela primeira vez desde o começo da conversa, os olhos de Cécile demonstraram algum contentamento.

— Obrigada. O senhor é o responsável absoluto por me devolver um pouco de esperança.

— Isso realmente me alegra.

Cécile abriu um sorriso torto enquanto ficava de pé. Depois cumprimentou Bartolomeu Bueno como se ela fosse um homem de negócios; trocaram um aperto de mãos.

— Vossa mercê pode aguardar em sua propriedade. Logo meus homens estarão lá, à espera das ordens da senhora.

— Obrigada.

Quando girou a maçaneta da porta para sair, a francesa lembrou-se de que ainda queria fazer mais uma pergunta ao capitão-mor.

— Todas as lendas a respeito do senhor são mesmo verdadeiras?

Ele riu, balançando a enorme barba.

— Sem tirar nem pôr.

— Bem, então muito obrigada, *Anhanguera*.

Ao deixar a sala, já no meio do corredor, Cécile ainda podia ouvir as gargalhadas do lendário *diabo velho*.

O amor nos tempos do ouro   **273**

22.

Senhor Deus dos desgraçados!
Dizei-me vós, Senhor Deus!
Se é loucura... se é verdade
Tanto horror perante os céus...

Castro Alves, "O navio negreiro",
em *Os escravos*

Descobrir a verdade sobre seus pais anestesiou Fernão, de certo modo. Quando os capangas de Euclides arrastaram o aventureiro até o terreiro da fazenda, ele não protestou. Deixou-se levar, pois acreditava que qualquer punição física só serviria para aplacar a dor que sentia no âmago.

Também não lutou ao ser dependurado no tronco, descalço e sem camisa, com o torso à mostra para receber os açoites. A constatação de que seu fim estava próximo provocara uma espécie de torpor em Fernão, que, sozinho entre tantos inimigos, não teria a menor chance caso resolvesse se rebelar.

Sua mente alternava entre a história do seu nascimento e Cécile. O olhar de Inês naquele retrato, agora que sabia a verdade sobre ela, lembrava os olhos dele. Tinham a mesma cor, o mesmo formato, até a expressão um tanto vazia.

Fernão não parava de se questionar sobre a maneira que sua mãe vivera depois de ser forçada a abandonar o filho. Chegaram ao Brasil na mesma época, mas ele nunca a encontrou. Quando conheceu Euclides, Inês já tinha morrido, deixando outro filho para trás, Henrique, que seria mais uma vítima ou um aliado do pai?

Com os braços acima da cabeça, presos por grilhões em correntes que pareciam inquebráveis, ele olhou para as nuvens carregadas e desejou jamais ter conhecido Cécile. Não por si mesmo. Independentemente do que houvesse, amar aquela francesa foi o que de melhor acontecera em sua vida. Fernão se lamentava por ela, tão jovem e cheia de perdas, a um passo de acrescentar mais uma a sua lista.

Em nenhum momento o aventureiro encarou seus algozes. Euclides recrutara todos os feitores da fazenda e cada um teria sua chance com Fernão, até que chegasse a vez dele, o último. Seus olhos continuavam perdidos no céu, tão sombrio quanto seu estado de espírito.

— Veremos quanto tempo tu suportarás o tronco e as chicotadas — disse o fazendeiro. — Se minhas deduções estiverem certas, tua bela esposa aparecerá aqui bem na hora de assistir ao último golpe.

— Cécile está longe daqui, em segurança. Jamais colocarás esses olhos de velho sobre ela novamente — retrucou Fernão, torcendo para estar certo.

— Aí que mora teu engano, rapaz. Ela voltará a ser uma mulher apta ao casamento assim que se tornar viúva. Então colocarei não apenas os olhos, mas também as mãos e mais outras partes velhas nela.

A raiva dominou todo o corpo de Fernão, que rugiu em resposta. Ele balançou as correntes, como se de repente fosse alcançar a força necessária para se soltar. O barulho dos elos se chocando era feio, sofrido, como se um animal ferido estivesse lutando contra uma armadilha para sobreviver. Isso chamou ainda mais a atenção das pessoas ao redor. Os escravos viam a cena com piedade; os feitores, com prazer; Euclides, com deleite.

— A francesa atrevida ainda será mãe de muitos filhos meus. — A provocação parecia não ter fim.

— Só mesmo um velho incapaz para ter essas ideias — Fernão debochou. — Cécile tornou-se dona de si mesma no momento em que se casou comigo. Viúva, será uma mulher livre e rica para fazer o que bem entender da vida. Os advogados já cuidaram de tudo.

A menção a um possível problema de impotência sexual mexeu com os brios de Euclides, que, irritado, ordenou o primeiro golpe:

— Basta! A conversa acaba por aqui. Hora do espetáculo!

O feitor tomou seu lugar, brandindo seu chicote de couro fervorosamente, que estalou nas costas nuas do aventureiro sem piedade.

Fernão sentiu o impacto do golpe no fundo da alma, embora não tenha gritado, nem gemido. Som algum escapou de sua boca. Então veio o seguinte e o próximo, até que as correias abriram um talho em sua pele. O sangue brotou no mesmo instante, escorrendo por seu corpo até gotejar no chão poeirento. Ainda assim, ele nada disse. O silêncio era o único recurso que possuía para desafiar seus torturadores.

Homens que infligem dor a outros normalmente se satisfazem com os lamentos dos torturados. Esse prazer Fernão não daria a nenhum deles. Tinha aprendido a relevar muitos suplícios durante seus anos errantes pelo Brasil afora.

As feridas não desestimularam a ira de Euclides. Pelo contrário, quanto maiores ficavam, mais o fazendeiro queria ver Fernão penar. E esse intento ele estava alcançando fácil, fácil.

Enquanto a verdade sobre Fernão era despejada em cima dele por um Euclides enlouquecido, Henrique ouvia tudo escondido em um cômodo adjacente à sala. A realidade o atingira em cheio, talvez em uma proporção um pouco menor, comparando com o impacto sobre o aventureiro.

Ele não sabia que a mãe havia sido comprada pelo pai. Não imaginava que ela já tinha sido casada e até tido um filho. Por isso o sofrimento constante em seu olhar, a melancolia que nunca a abandonava, as ausências mentais. A angústia de Inês era nítida até para Henrique, uma criança na época. Ele apenas não entendia por quê. Mas agora tudo fazia sentido.

Euclides era um monstro. Um sujeito sem caráter que tratara o filho como um idiota a vida inteira, levando-o a assumir esse papel — pior, a acreditar nele.

Quando os capangas do pai levaram Fernão e a sala ficou vazia, Henrique voltou-se parando diante do quadro de Inês.

— Minha mãe — murmurou.

O jovem não conseguia parar de procurar nos traços dela as semelhanças com Fernão. E ele encontrou muitas. Além dos olhos, a tonalidade dos cabelos e o formato da boca.

— Meu irmão — disse, cabisbaixo. Quem sabe falando aquilo em voz alta fosse mais fácil aceitar?

Sabendo disso, como lidaria com o fato de que Euclides estava prestes a assassiná-lo? Sua consciência pesou.

Henrique reconhecia que era um herdeiro mimado, não pelo pai, mas pelas circunstâncias da vida. Bem-nascido, nunca precisou se esforçar por coisa alguma. Cresceu amparado pelas facilidades proporcionadas pelo dinheiro. Vestia as melhores roupas, possuía cavalos puros-sangues, frequentava a sociedade do Rio de Janeiro, encontráva-se com as mulheres que desejava — artistas, cortesãs, viúvas, escravas —, recebera uma excelente educação na Europa. Enfim, era um típico *bon vivant*.

E estava disposto a compactuar com todas as atrocidades do pai para castigar Fernão, o que fazia dele um homem ruim também.

A cabeça de Henrique estava a ponto de explodir. Não era nenhum santo. O filho dele na barriga de Malikah representava o tipo de caráter que possuía.

Ele tinha que se decidir sobre a espécie de pessoa que gostaria de ser dali em diante. Ou fechava os olhos e ignorava o que acontecia com seu próprio irmão do lado de fora da casa, ou tratava de mudar o rumo de sua vida.

— Minha mãe, o que faço? — indagou, ao mesmo tempo em que se sentia inquirido pelo olhar de Inês.

No fundo tinha consciência de que só havia um caminho a tomar. Então era melhor se preparar para as consequências dessa decisão.

Os açoites duraram até o começo da noite, quando escureceu e uma chuva forte caiu. O corpo de Fernão latejava em todos os lugares,

O amor nos tempos do ouro   **277**

embora as costas, dilaceradas pela ação dos chicotes, estivessem dormentes, como que anestesiadas. Ele também mal sentia os braços, na mesma posição havia horas.

Durante o dia, o aventureiro perdera os sentidos duas ou três vezes, mas não permaneceu desmaiado por muito tempo, já que Euclides o queria bem acordado, sofrendo de olhos abertos. Fernão não sabia até quando aguentaria aquele castigo.

— Ei! Toma isto.

Ele imaginou que estivesse delirando, porque conseguia ouvir uma voz, que não era igual à de nenhum dos feitores. Com esforço, abriu os olhos e moveu a cabeça, deparando com o vulto de um homem, cujos traços Fernão não conseguia distinguir. Culpa da cortina de chuva e de seus sentidos amortecidos.

— Tu precisas beber um pouco de água para não desidratar — a voz insistiu.

Como resposta, o aventureiro gemeu.

— Rá! Quem é o bravo agora?

Sério, Fernão concluiu que era mesmo delírio. Afinal, quem apareceria do nada para fazê-lo beber água, além de brincar com a cara dele?

Um suspiro impaciente chamou sua atenção de volta para a alucinação.

— Abre a boca, homem de Deus!

E Fernão obedeceu. Mal não faria, de todo modo. Foi só ao sentir a água descer por sua garganta que finalmente compreendeu. Não era desvario. Alguém estava mesmo ali, tentando ajudá-lo.

— Quem és tu? — perguntou, a voz tão rascante que machucava as amígdalas.

— Acaso ficaste cego? Pensei que tivessem batido apenas em tuas costas. *Irmão.*

A última palavra soou implacável como uma chicotada. Fernão não tinha irmãos. Bem, não até aquele dia pela manhã.

— E perdeste a fala também. Assim ficará difícil.

— O que fazes aqui, Henrique?

— Ah, finalmente. Pensei que ficaríamos nesse jogo de adivinhação a noite inteira.

Um estava perplexo; o outro, tentando encarar tudo aquilo com naturalidade; ambos confusos.

— Diz! — Fernão tentou ser mais enfático, mas estava fraco além da conta.

— Eu escutei toda a conversa hoje cedo, sobre minha mãe... ser a tua também. — Henrique assumiu, com seriedade. — E o que meu pai fez acendeu vários alertas em minha cabeça. Não quero ser igual a ele, ainda que eu esteja perto disso. Portanto, estou aqui. Vim ajudar-te.

— Por que quer ser bom agora? — indagou Fernão, cada vez mais cansado.

— Por isso e... porque és meu irmão, o único vínculo com minha mãe. Eu não poderia fechar os olhos, ignorar teu sofrimento. Ela jamais me perdoaria.

Poucas coisas no mundo eram capazes de surpreender Fernão, mas ele estava realmente impressionado com a declaração de Henrique. Algumas pessoas tinham conserto, afinal.

— Tu deves tomar mais um pouco de água. E aguenta firme, o tempo que precisar. Irei atrás de ajuda.

— Fica tranquilo. Não vou a lugar algum.

Henrique riu da tentativa de Fernão de fazer piada naquelas condições.

— Ah, e antes que eu me esqueça ou perca a oportunidade: obrigado. Irmão.

O jovem advogado assentiu antes de prosseguir com seu objetivo de salvar Fernão. Agora que havia se metido na história, não aceitaria outro resultado que não a vitória. Faria de tudo para conseguir.

O amor nos tempos do ouro

23.

[…]
Que tempo há-de passar! Gasta-se a vida
E a vida é curta, pois ligeira corre,
E passa sem que seja pressentida.

Alvarenga Peixoto, em *Poesias*

Os homens enviados por Bartolomeu Bueno da Silva — muitos, um pequeno exército — fizeram jus à confiança de Anhanguera. Fosse por medo ou admiração, eles chegaram à Quinta Dona Regina e puseram-se completamente à disposição de Cécile.

Ela, mais determinada do que nunca, definiu que precisavam partir para Minas Gerais o quanto antes, porque era onde Fernão estava, segundo informações recebidas de um informante. Euclides ordenara a ida dele para a Fazenda Real, atitude um tanto estranha, mas compreensível. A intenção do fazendeiro era não só punir o aventureiro como mostrar a todo mundo o que fazia com os traidores. Além disso, Cécile suspeitava de que o principal objetivo do ex-noivo era atraí-la, de modo que executasse sua vingança em dose dupla. Então, que fosse assim.

Sem fraquejar em momento algum, a francesa partiu com sua expedição, não antes de dividi-la em duas missões: uma seguindo direto para Vila Rica, comandada por Tenório; a outra, liderada por ela e Hasan, baldeando pelo quilombo Novas Lavras. Cécile sentia que necessitava da sabedoria de chefe Zwanga para prosseguir e ser vitoriosa em sua empreitada.

Assim, quando entrou no ajuntamento e expôs ao líder tudo o que tinha acontecido, recebeu muito mais do que palavras sábias:

— *Omobirin*, quando a vi pela primeira vez, soube que estava diante de uma guerreira — confidenciou, com serenidade. — Alegra-me a certeza de que não falhei em meu julgamento.

— Ah, chefe Zwanga, nem sei de onde tenho tirado tanta força. Talvez a esperança de encontrar Fernão vivo seja minha guia. Não creio que me manterei forte caso... — Cécile engasgou — seja tarde demais.

— És brava, corajosa, com ou sem esperança. — Zwanga soltou uma risadinha. — E vejo que o casamento passou a ser de verdade desde que saíram daqui.

— Sim — murmurou ela, corando.

— Bobagem pensar que haveria de ser diferente. O vosso amor estava evidente para qualquer um ver. — Ele suspirou, enquanto dava uns tapinhas nas mãos de Cécile. — Isso mesmo, *omobirin*, vá atrás do seu homem. Tem a proteção de Deus e da Virgem e também dos santos de minha crença, da fé dos africanos.

— Obrigada.

— Sei que levas uma comitiva, mas força, nessas horas, nunca é demais, não é mesmo?

Cécile piscou, confusa.

— Leve meus melhores homens contigo. Caso a luta seja inevitável, é bom que estejas em vantagem.

A francesa voltou para a estrada com as energias recarregadas. Estava sendo apoiada por tantas pessoas, de grupos tão diferentes, que não saberia como retribuir quando essa hora chegasse. Havia, afinal, encontrado seu lar, mesmo depois de perder a família e se descobrir sozinha no mundo.

Seus pais talvez não a reconhecessem agora. A mãe, muito provavelmente, teria um infarto se pudesse vê-la. Mas, no fundo, Cécile sabia que ficariam orgulhosos dela.

O amor nos tempos do ouro   **281**

A viagem ocorreu como sempre, com dificuldades e obstáculos impostos pela natureza. Dessa vez, no entanto, o caminho já era conhecido. E o mais importante: a francesa percorria o longo trecho acompanhada por uma expedição robusta, composta de homens acostumados a enfrentar o mato e a vencer cada um dos perigos sem muito esforço.

Embora fosse a única mulher no grupo, Cécile não sentia medo, muito pela companhia de Hasan e Akin, que não se afastavam dela em momento algum, mas também devido à fé depositada naqueles sujeitos. Nem todos tinham uma aparência amistosa — na verdade, a maioria era bem assustadora —, mas a francesa simplesmente confiava neles e nada mais importava.

Horas antes de atravessar os limites das terras de Euclides, Cécile reuniu toda a comitiva ao redor de uma clareira e pediu a todos alguns instantes de atenção. Seu coração batia descompassado, deixando-a ofegante. As mãos, suadas por causa do nervosismo, foram enxugadas na saia. Ainda assim, um tanto intimidada por ser o alvo de todos os olhares, ela ousou falar:

— Quando cheguei a estas terras, eu só pensava em morrer. Tinha perdido minha família inteira. Logo, a vida não fazia mais sentido para mim. Por ganância, meu único parente vivo, a quem chamava de tio (hoje, jamais), tratou de me arranjar um casamento com um homem velho e sem caráter, porém rico, qualidade esta não desprezada pelo irmão de minha mãe. Com dinheiro, todo o resto poderia ser ignorado, segundo seus princípios tortuosos. — Os homens escutavam Cécile atentamente, como se estivessem diante de um exímio pregador. Essa reação tranquilizou-a, e o restante do discurso foi feito com mais segurança. — Conheci Fernão ao deixar o Rio de Janeiro. Contratado por Euclides de Andrade, meu noivo na ocasião, seu serviço era levar-me até Vila Rica. Ele, como sempre, cumpriu bem sua tarefa, ainda que eu tivesse lhe implorado para abortar a missão. — Cécile riu ao se recordar do pedido desesperado feito a Fernão na cozinha da velha hospedaria. Nem fazia tanto tempo assim, mas parecia uma eternidade. — Conforme combinado, fui entregue como uma mercadoria ao todo-

-poderoso das Minas Gerais, em uma bela manhã de segunda-feira, se minha memória não falha.

A palavra *mercadoria* despertou lembranças nada agradáveis em muitos dos homens. Para uma boa parte — os negros do grupo, especialmente —, era isso o que eles representavam para quase todos os brancos.

— Não demorou para o arrependimento bater na porta de Fernão. E então ele fez o que ninguém mais faria: roubou-me, bem debaixo do nariz de Euclides. — Cécile expirou o ar devagar, trêmula de emoção. — Enfim, agora estamos casados, mas isso é outra história. Tudo o que mais anseio é resgatar meu marido vivo. Porque, além de eu amá-lo mais do que a minha própria vida, é o melhor homem que já conheci. Entretanto, ainda que seja tarde demais — agora lágrimas silenciosas desciam pela face de Cécile, mas ela nem se preocupou em secá-las —, gostaria de agradecer a cada um de vós por terdes embarcado nesta missão duvidosa sem qualquer garantia de vitória. Muito obrigada, ou *merci beaucoup*.

A francesa foi aplaudida ao final de seu acalorado discurso e, entre tantos homens barbados, muitos não conseguiram esconder suas próprias lágrimas.

Euclides não esperou o dia clarear para recomeçar as sessões de tortura a Fernão. O homem mal dormira de tanta expectativa, pois sabia que o aventureiro não resistiria por muito tempo mais. Cedo os feitores deram as caras no terreiro, prontos para fortalecerem seus músculos à custa das costas de Fernão.

Henrique tinha tentado libertar o recém-descoberto irmão, esforçando-se como nunca. Ninguém jamais haveria de ter previsto tamanha mudança. Mas a sorte não estava do lado de nenhum dos dois. Então, já que não conseguiu abrir os grilhões, passou a madrugada de pé, na chuva, jogando conversa fora, com um objetivo bastante nobre: manter Fernão acordado e evitar que ele perdesse os sentidos, sucumbindo de vez aos maus-tratos empregados durante o dia anterior.

O amor nos tempos do ouro **283**

Porém, assim que os primeiros acordes dos passarinhos prenunciaram a aurora, Henrique escapou sorrateiramente. Não por covardia; ele precisava impedir que o pai desconfiasse de suas intenções. Caso contrário, ajudar o irmão se tornaria algo impossível.

O jovem advogado só não estava muito certo a respeito do próximo passo a dar. Era como um soldado solitário, sem aliados na batalha. De que forma enfrentaria os capangas do pai — e o próprio Euclides — se não contava com o apoio de pessoa alguma?

— É muito difícil ser nobre, minha mãe — Henrique resmungou com o rosto voltado para o céu, enquanto seguia rumo à senzala.

De repente, uma oportunidade lhe surgiu. Apenas precisaria convencer os escravos de que não tinha segundas intenções ao lhes pedir auxílio. Tarefa simples, não fosse seu histórico de abusos e humilhações aos negros da Fazenda Real.

Henrique sentia o suor escorrer por suas costas enquanto persistia em seu intento. Talvez fosse melhor desistir e aceitar que não era mesmo uma boa pessoa. Uma crise de consciência a essa altura da vida ainda lhe custaria caro. Era quase um suicídio. Mas entendia, de todo modo, que alguma coisa precisava ser feita. Conhecer a verdadeira história por trás da melancolia da mãe dera-lhe um motivo para tentar ser diferente, um pouco melhor. Resoluto, continuou sua caminhada em direção à senzala. Os negros deveriam estar se preparando para a lida do dia. Portanto, encontraria a maioria deles ainda por lá.

Porém, nem bem avistou a ala dos escravos, uma movimentação inesperada interrompeu sua rota abruptamente. Surgidos do meio das árvores que circundavam o caminho, um grupo de homens — heterogêneo em todos os sentidos: brancos, negros, índios, velhos, novos — atacou Henrique, arrastando-o para o meio do mato. O jovem se debateu, lutando para se soltar. O que era impossível, afinal, tratava-se de um único indivíduo desarmado contra inúmeros equipados até os dentes.

"Fim do caminho", pensou.

Acontece que nem o mais previsível dos acontecimentos ocorre sempre conforme o esperado. Em vez de ser trucidado por seus captores, eles empurraram Henrique, obrigando-o a ficar de joelhos. Foi só quando ergueu a cabeça que compreendeu o cenário armado a seu redor.

— Cécile? — indagou ele, perplexo. A francesa, ex-noiva do pai, não só estava ali, magnânima no meio de todos aqueles homens, mas também encarava-o como uma guerreira mitológica, cheia de fúria e atitude.

— Onde está Fernão? — Ela não fez rodeios. — Tu estás sozinho aqui, em desvantagem. É melhor colaborar.

Henrique admirou a coragem de Cécile. Apesar da aparência frágil, dos modos aristocráticos, ela demonstrava total domínio de si mesma.

— Se acaso soubesses por que estou a andar a esmo por estas bandas, ordenaria a estes homens que me soltassem.

— Diz! — gritou ela. — Conta o que o demônio do teu pai fez com meu marido.

— Tu não fazes ideia — resmungou ele. — Mas é preciso que creias em mim. Vim em busca de ajuda. A vida de Fernão está por um fio.

Cécile cobriu a boca com as mãos e se recostou no tronco de uma árvore, para que não desabasse no solo. Então Hasan assumiu a situação, agarrando a gola da camisa de Henrique, algo que desejava fazer havia tempos. Odiava-o por ser um mimado sem personalidade e por ter seduzido Malikah, largando-a grávida, sem perspectiva alguma.

— Seu crápula, quer morrer? Porque posso matar vosmecê agora mesmo.

— Estou a falar sério — Henrique inspirou o ar com força. — Cécile, não temos tempo. Vim soltar os escravos e tentar conquistar o apoio deles. É necessário mais que valentia para enfrentarmos meu pai e seus homens. Mas agora vejo que tu trouxeste o equivalente a um exército. — Ele riu, embora sem humor. — Precisamos nos apressar.

— Seu gaiato, o que leva vosmecê a acreditar que confiamos nessas palavras vazias? — Hasan o inquiriu. — É um mentiroso, um frouxo.

— E irmão de Fernão — Henrique segredou para a francesa, sem aviso prévio.

— O que disseste? — A descrença estampada no rosto de Cécile falava por si só.

O amor nos tempos do ouro   **285**

— Sim, ele é meu irmão. Não entrarei em detalhes agora, mas estou do lado dele. Do lado de ti, Cécile. Quero que meu pai pague por tudo o que fez a minha mãe.

A francesa buscou os olhos de Hasan, alheio aos sussurros — embora atento aos movimentos do filho de Euclides —, precisando de um sinal, de qualquer coisa que a fizesse confiar naquela história. O ex-escravo moveu minimamente a cabeça, indicando que assumiria os riscos da situação.

— Pois bem, vosmecê vem conosco, mas como prisioneiro, para garantir que não está mancomunado com o desgraçado que chama de pai, tentando nos enfiar em uma emboscada. — Hasan teve uma ideia de última hora. — E ainda servirá de moeda de troca: sua vida pela de Fernão.

— Acho justo.

— Ótimo. — Hasan deu ordens para os homens amarrarem Henrique, enquanto puxava Cécile delicadamente pelo braço. — Vamos lá. Está mais do que na hora de trazer teu marido de volta.

Fernão desmaiou de dor quando contou a trigésima quarta chicotada do dia. Mas quem disse que Euclides permitiu que ele permanecesse desacordado? Como vinha fazendo desde o começo da tortura, a cada perda de sentido, alguém obrigava-o a inalar uma solução. Isso o despertava no mesmo instante, devolvendo ao aventureiro a realidade do sofrimento sem trégua.

Àquela altura ele só desejava a morte, e que ela chegasse logo. Mas algo dentro dele, quase inconsciente, o impedia de desistir de lutar, talvez a esperança de ver Cécile de novo, nem que fosse uma última vez.

A chuva do dia anterior havia se dissipado totalmente, cedendo espaço para um céu límpido, coroado pelo sol a pino, o que fustigava ainda mais a pele dilacerada das costas de Fernão. Suas calças estavam empapadas de sangue e suor, e também seu rosto, que apresentava alguns arranhões provocados pela mira errada dos feitores.

Urubus sobrevoavam a cena, à espera de uma boa oportunidade para fazerem sua entrada triunfal.

E foi com esse cenário grotesco que Cécile e sua expedição se depararam. Antes mesmo de enxergarem, eles ouviram o ruído dos chicotes cortando o ar, as risadas sádicas, os gemidos de dor. Ciente do que estava a um passo de ver, o coração de Cécile parou por uns instantes.

— Oh, *mon Dieu*! — Ela ofegou, com medo de olhar, pois não era necessário ver para tomar ciência do tipo de castigo a que Fernão estava sendo submetido.

— Não olha, Cécile — Hasan pediu, ele próprio consternado com a imagem.

Mas, em vez de levar o pedido dele em conta, a francesa decidiu que ignorar não pouparia Fernão, tampouco a dor de ambos — física (dele) e emocional (dela). Ao abrir os olhos, Cécile virou a cabeça. Ela nunca, em toda a sua vida, presenciara tamanho horror.

— Fernão…

Sem pensar, Cécile avançou, saindo da proteção do esconderijo. E como não tinham outra estratégia, os homens lançaram-se atrás dela e criaram uma espécie de barreira ao seu redor.

— Basta! — ordenou, pegando de surpresa todos que estavam por perto, entre escravos, feitores e Euclides. — Basta!

Pássaros assustados bateram suas asas, produzindo um barulho que repercutiu no ar. Mas ninguém prestou atenção nisso. A chegada de Cécile e da comitiva de homens desgarrados tornou-se a principal atração do momento.

Ela correu até Fernão, sem refletir sobre as consequências. Tomada de desespero, a francesa empurrou com toda a força o feitor que empunhava o chicote, para poder se aproximar do marido. E quando viu-se finalmente diante dele — machucado, moribundo —, refreou o medo para não ser mais um fardo. Fernão precisava dela inteira.

— Ó, meu querido, estou aqui. Estou aqui.

Cécile depositou um beijo na testa dele, enquanto acariciava seu rosto, evitando os locais feridos para não lhe causar mais dor.

Euclides acompanhava tudo com um fascínio indisfarçável. Nem se dera conta de que o filho estava sob o poder do grupo.

— *Mi iyaafin…*

A voz de Fernão era menos do que um fiapo. Sua fraqueza beirava a morte iminente.

— Monstro! Demônio! Sabes que teu castigo não será leve — Cécile se voltou contra o ex-noivo, sem quebrar o contato físico com o marido.

— Ora, ora, e não é que ela veio? — Euclides soltou uma risada. — Quase não chegas a tempo do final do espetáculo. Teu estimado marido está por um fio.

— Solte-o agora.

— Ou o quê?

— Ou teu filho será estropiado e, em seguida, morto bem debaixo desse bigode imundo. — Hasan se apresentou à discussão, chamando a atenção para a presença de Henrique, amarrado e cativo, ainda que nem um pouco temeroso. Interpretaria aquela peça até assistir ao pai perder.

A segurança de Euclides esmoreceu. Ele apostava cada centavo de sua fortuna que o filho tinha se posto naquela situação, com seu descuido costumeiro. Ainda assim, não suportaria vê-lo padecer. Era seu único herdeiro, sangue de seu sangue aristocrático.

— Negro odioso, imundo, desqualificado, como ousas dirigir a palavra a mim? Põe-te no teu lugar! És um escravo fugido. Prepara-te para enfrentar o tronco também.

— Meu pai, olha ao redor. A vantagem é toda deles — Henrique argumentou, sem revelar o desprezo por Euclides, único sentimento que agora nutria pelo fazendeiro. Enganá-lo talvez fosse a melhor estratégia. — Há inúmeros homens, armados com lanças, flechas, carabinas e escopetas, espalhados e escondidos por cada canto destas terras.

Havia um pouco de exagero naquele discurso, mas ninguém ousou corrigi-lo. Se o filho do homem queria mesmo entrar na batalha do lado errado, que assim fosse. Como que para ilustrar a declaração feita por Henrique, os membros da comitiva de resgate empunharam suas armas, apontando-as para aqueles que consideravam ser os inimigos.

No entanto, Euclides era cobra criada. Antes que as coisas ficassem bem feias, ele agiu depressa, puxando Cécile para si. Ela gritou quando o fazendeiro a prendeu entre um braço e encostou uma pistola em sua cabeça.

— Creio que agora a história ficou um pouco diferente, mais equilibrada. Se não soltares meu filho, matarei esta mulher ardilosa.

Fernão parecia arruinado aos olhos de todos. Por isso, sua reação ao ver Cécile ameaçada foi espantar-se. Ele emitiu um urro animalesco e balançou as correntes com violência.

— Chegamos a um impasse?

A tensão no terreiro era palpável. Quem não estava diretamente envolvido — trabalhadores que executavam suas tarefas do dia — não sabia se fugia dali ou prestava algum tipo de apoio a um dos lados. Capangas de Euclides e os homens da expedição de Cécile se encaravam, atentos. O menor gesto poderia desencadear uma batalha das mais sangrentas vistas nos últimos tempos naquela região.

Os segundos passavam em câmera lenta e o silêncio que se fez falava mais do que uma profusão de palavras. Até que alguém resolveu reagir.

Camuflado entre arbustos, Tenório tinha a vantagem da invisibilidade para agir. Então ele mirou as costas de Euclides e atirou. O estampido provocou uma agitação, que virou baderna quando o fazendeiro caiu no chão e Cécile se viu livre dele.

De repente fez-se o caos. Homens de ambos os lados partiram para cima uns dos outros. Henrique, vendo-se livre, correu para ver o pai, que perdia muito sangue, jogado no chão poeirento. Cécile, por sua vez, só queria saber de libertar Fernão.

— Tudo ficará bem, querido, tudo — repetia ela, enquanto se desdobrava para encontrar a chave das algemas que mantinham os pulsos do marido presos.

Por sorte, o feitor responsável por ela acabava de ser dominado por um índio corpulento e disposto a qualquer sacrifício para ganhar a luta. Cécile tomou o objeto das mãos dele, um segundo antes de o homem cair sem vida a seus pés, morto pela lança do selvagem.

Mas a francesa nem se importou. Tudo o que queria era a liberdade de Fernão. Não; a salvação da vida dele. Com os dedos trêmulos de

O amor nos tempos do ouro   **289**

ansiedade, ela precisou pedir ajuda para girar a chave, até porque não alcançou o lugar, alto demais para a sua estatura.

O metal fez um estrondo característico ao ser destravado, e quando abriu por completo, o aventureiro não teve forças para se manter de pé. Fernão desmoronou como uma árvore já sem vida, apesar de estar consciente. Cécile foi junto, dando tudo de si para que ele não se ferisse ainda mais, tarefa árdua, uma vez que quase todo o corpo do marido estava maculado pelos machucados em carne viva.

— Vamos te salvar, *mon amour*. Eu prometo. — Lágrimas escorriam abundantemente por seu rosto.

Em volta deles, a batalha não dava trégua. A cada instante, um novo homem sucumbia à luta. Mas Euclides e Henrique, por ora, estavam fora de perigo — o rapaz correu para não ser atingido também. Afinal, era, para todos os efeitos, o inimigo júnior. Eles haviam fugido para a casa-grande, ajudados por dois capangas, e se trancado lá dentro. O que de modo algum garantiria a segurança total de pai e filho. Nada impediria os inimigos de estenderem a briga para além das fronteiras do terreiro.

— Ajudai-nos! Fernão precisa ser cuidado — Cécile pediu a todos e a ninguém em específico.

Prontamente alguns escravos tomaram a iniciativa, homens que viviam sob o poder desmedido de Euclides. Entendiam que o aventureiro era digno de sua compaixão. Portanto, carregaram Fernão até a senzala, enquanto outros foram buscar as mulheres da cozinha, aquelas que detinham a habilidade de cura usando plantas e ervas.

Cécile não se continha de ansiedade. Andava de um lado para o outro, impedida de ajudar no atendimento ao marido. Mas não arredava o pé, mesmo quando pediram para esperar do lado de fora.

— Não me peçais isso.

Em vez de sair, ela aconchegou-se ao lado de Fernão, e ainda que nada pudesse fazer, não deixou de conversar com ele um minuto sequer, crente de que sua voz, seu estímulo, acabaria impelindo-o a lutar pela vida.

— Não esmoreças, querido. Amo-te e preciso de ti. Fica firme. Luta, por nós, por mim.

24.

Eu sou carvão;
tenho que arder na exploração
arder até às cinzas da maldição
arder vivo como alcatrão, meu irmão,
até não ser mais a tua mina, patrão.

José Craveirinha

Henrique não permaneceu dentro de casa por muito tempo. O pai não precisava dele — e ele não pretendia velar o pai —, portanto deixou-o aos cuidados de Margarida e Úrsula, ambas apavoradas com o cenário sangrento instalado do lado de fora e relutantes em ajudar um homem que nunca foi bom para ninguém. Mas não tiveram escolha. Ainda eram empregadas da fazenda.

Fernão e Cécile haviam desaparecido do terreiro, indício de que o irmão estava sendo cuidado em algum lugar ali perto, muito provavelmente na senzala. Afinal, dadas as circunstâncias, o local poderia ser considerado um campo neutro, distante do conflito, e os escravos teriam liberdade para agir.

O campo de batalha continuava em polvorosa, com ataques ocorrendo em todas as direções. Henrique tinha que fazer alguma coisa, caso evitar mais mortes fosse seu objetivo. E era. Se não interviesse logo, a fazenda acabaria destruída também.

O amor nos tempos do ouro   **291**

O jovem respirou fundo, não antes de se prevenir com uma pistola retirada do armário do pai, um colecionador de armas. Então deu vários tiros para cima, com o intuito de ser notado. E foi. Mas, em vez de interromper a luta, virou o alvo número um dos aliados de Cécile.

De repente, ele se viu na mira da maioria dos homens espalhados pelo terreiro. Se não pensasse rápido, não duraria muito tempo.

— Baixai vossas armas! — determinou aos capangas do pai; a pistola apontada para um deles. — Acabou. Essas pessoas devem ir em paz.

— Só recebemos ordem de teu pai, sinhozinho — retrucou um troglodita desdentado, forte feito um touro.

— Meu pai encontra-se à beira da morte. Na ausência dele, deveis obedecer a mim — Henrique alertou, com uma confiança adquirida subitamente. — Basta! A luta acabou.

Hasan e Tenório não confiavam nem um pouco no filho de Euclides, mas não intervieram; ainda não, pelo menos. Havia algo de errado com ele, isso estava claro. Embora, de alguma forma, a mudança parecesse ruim apenas aos interesses do fazendeiro.

— Exijo que vós baixeis as armas. É chegada a hora de partirdes.

— O sinhozinho está dispensando nós tudo? Endoideceu, é?

— Não — respondeu Henrique calmamente. — Mas se não fizerdes o que mando, darei liberdade para esses homens agirem como quiserem em relação a vós.

Com o termo *esses homens*, ele estava se referindo aos inimigos do pai.

Um a um, eles atenderam à exigência do novo patrão, ainda que contrariados.

— Muito bem. Agora tomai rumo. Há muito trabalho a fazer nas minas e no campo.

— Muitos de nós não somos trabalhadores braçais, sinhozinho — explicou José Pedro, o feitor mais antigo da fazenda, ainda ofegante por conta da batalha. — Tomamos conta da negrada.

Henrique sentiu sua paciência se esvaindo. Se o pai morresse e ele assumisse as responsabilidades por ali, muitas mudanças teriam que ser feitas.

— Quero todos, escravos ou não, envolvidos com os serviços do dia. Não me obriguem a tomar uma atitude definitiva e desagradável.

Havia um sentimento novo, contraditório, governando as decisões de Henrique. Desde que descobrira a história sobre o casamento dos pais e a imposição de Euclides a respeito de Fernão, suspeitava que nunca mais seria o mesmo alienado de antes. Enquanto aproveitava a vida e os benefícios ilimitados de ser rico, o mundo à sua volta girava cheio de percalços, e ele alheio a tudo. Tinha vinte e três anos, era bacharel em direito. Estava mais do que na hora de agir como homem.

— Para onde levaram Fernão? — perguntou ele, dirigindo-se a Hasan, depois que os ânimos esfriaram um pouco.

— Vosmecê surpreendeu toda a gente com esse jeito de bom-moço — o ex-escravo comentou; os olhos escuros como as profundezas de uma mina estreitados, formando uma linha fina, felina, no alto do rosto; expressão clara de desconfiança. — Mas não a mim. O que vosmecê pretende conseguir com isso?

— Nada além de ser justo — declarou Henrique, com sinceridade.

— Sei. E resolveu mudar de vida por quê? No passado, teve várias chances de provar que é homem e desperdiçou todas elas.

Hasan fazia uma clara referência a Malikah, à maneira como ela fora tratada, antes e depois de engravidar.

O jovem suspirou. Reconhecia que as acusações eram merecidas. Na época, ficara encantado com a beleza da menina africana de pele cor de jambo e olhar oblíquo, com um exótico tom entre castanho--escuro e preto. Quando se deitou com Malikah, tirando a virgindade dela, não se preocupou com as consequências. A gravidez, anunciada semanas depois, deixou-o apavorado. Para o pai, uma banalidade, algo fácil de se resolver. E Henrique não moveu um único dedo para impedir. Permitiu que Euclides assumisse a função de resolver *o problema*, e simplesmente virou as costas e sumiu, dando continuidade à sua vida desregrada e fútil. A preocupação evaporou, portanto.

— Sou daqueles que acreditam que nunca é tarde para começar a enxergar as coisas de outra forma — Henrique se justificou. — Quero ajudar Fernão e Cécile, o primeiro passo nobre que dou nesta vida.

O amor nos tempos do ouro   293

Não adiantava. Hasan jamais simpatizaria com as causas do esnobe filho de Euclides. Seus motivos eram muito fortes e pessoais.

— Eu sugiro que vosmecê cuide do que é seu e pare de se meter naquilo que não lhe diz respeito.

— Olha só para ti. Embora fugido, ainda és um escravo destas terras. — Henrique usaria o que ele julgava ser o mais certeiro dos argumentos. — Pela lei, eu deveria te obrigar a voltar a tuas funções, não antes de seres punido, à vista de todos, para servir de exemplo.

Hasan estreitou os olhos ainda mais.

— Mas acaso me vês agir dessa forma, com qualquer um de vós? O caos se instalou por aqui, a senzala está aberta, os feitores, impedidos de exercer o poder deles. Não são provas suficientes de minha tentativa de fazer o que é correto?

— O que levou vosmecê a mudar de atitude da noite para o dia?

Naquele momento, Henrique entendeu que Hasan não acreditava em discursos vagos — tampouco ouviu a declaração que o jovem fizera a Cécile minutos antes. Teria que repetir a verdade — uma parte dela, pelo menos —, ou nada feito.

— Eu não te devo satisfações, que isso fique bem claro. No entanto, como o interessado em obter a informação sou eu e quem detém o poder dela és tu, cederei. — Henrique inspirou e depois soltou o ar devagar, coçando a nuca ao mesmo tempo. — Fernão é meu irmão, filho de minha mãe.

Hasan arregalou os olhos e assoviou, quando precisava mesmo era soltar uma dúzia de palavras obscenas para expressar sua surpresa de modo adequado.

— Sois irmãos?! Mas que…

O xingamento não chegou a ser pronunciado. Antes de completar a frase, Hasan foi emudecido. Um tiro, que nem ele nem Henrique se deram conta de onde havia saído, acertou em cheio o peito do ex-escravo, que cambaleou para trás antes de desmoronar no chão.

Horrorizado, o filho de Euclides não sabia se procurava o atirador anônimo ou prestava socorro a Hasan. Mas sua consciência o fez escolher a segunda opção.

— Ei, respira! Fica calmo, ajudar-te-ei.

Ironias do destino à parte, Hasan finalmente reconheceu em Henrique a vontade de ser diferente do pai. Pena que não teria tempo de recomendar ao jovem que se mantivesse nesse caminho, que não se deixasse desviar, mesmo que as tentações fossem grandes. Estava morrendo.

Queria também pedir que olhasse por Malikah e pela criança dela de alguma forma, garantindo principalmente que eles tivessem uma vida boa e tranquila. Mas não dava. Os segundos agora eram preciosos e seu fôlego, insuficiente. Logo, só restavam a Hasan poucas palavras, as mais necessárias:

— Fernão... foi levado... para a senzala — revelou, com muito esforço.

— Para onde tu irás também. — Henrique tentou remover o ex-escravo, que retesou o corpo, impedindo-o.

— Não. Estou... por um fio de vida. Eu fico... por aqui. Mas salva teu irmão.

Uma dor pungente atravessou o peito de Hasan. Ele gemeu e se contorceu enquanto seu sangue se esvaía, imprimindo uma marca rubra na terra.

— Isso vai afastar... as sombras do seu pai... de ti.

Um último suspiro, um revirar de olhos, e o doce Hasan partiu.

Durou horas a assepsia dos ferimentos nas costas de Fernão. As mulheres usaram água fervente, óleo de babosa, compressa de calêndula, casca de jatobá, além de doses de aguardente — nesse caso, para aliviar as dores do aventureiro, delirante e febril.

Cécile só fazia chorar, rezar e comprimir os dedos dele entre os seus, irredutível quanto a não deixá-lo nem por um instante sequer. Ao seu lado, Akin esperava que sua presença servisse de conforto para ela, já que não podia fazer mais nada.

Na entrada da senzala, diversos homens montavam guarda — sobreviventes da comitiva da francesa, além de escravos rebelados. Estavam se prevenindo contra um novo ataque e guardando a vida de Fernão.

O amor nos tempos do ouro   **295**

Ele agora descansava, deitado de bruços em uma cama preparada especialmente para seu conforto. Dormia, mas não estava inconsciente. As curandeiras fizeram-no tomar uma infusão preparada com erva-de-são-joão, ótimo sedativo. Sendo assim, o sono derrubou-o rápido. Limpo e usando calças novas, não havia mais nada a fazer, a não ser esperar pela recuperação completa de Fernão.

— Podemos preparar um banho para vosmecê — ofereceu uma escrava chamada Luzia. — O riacho é logo ali.

— Obrigada. Mas não quero deixar meu marido. Ele pode acordar e chamar por mim. — Cécile sentia-se um trapo, porém achou melhor recusar a oferta.

A mulher assentiu.

— Tu acreditas que ele há de ficar bom? — O medo estava matando Cécile.

— Com a graça de Deus, sinhazinha. Para o Pai, nada é impossível.

— Sim — a francesa concordou, um pouco hesitante.

Uma pequena agitação na entrada da senzala desviou a atenção das duas mulheres, que reagiram de modos distintos quando Henrique apareceu diante delas. Luzia encolheu-se em um canto, temerosa e submissa — anos de punições melindravam a maioria dos escravos. Cécile ficou de pé, posicionando-se como um escudo do marido.

— Como ele está?

— Por que queres saber?

Henrique suspirou. Cansava ter que se explicar a todo momento.

Ainda assim, ele não via outra saída, exceto contar a história de novo, novamente declarar o fato, dessa vez com mais detalhes, já que a francesa era sua cunhada. Levou alguns minutos até que o relato fosse concluído, e quando chegou ao fim, provocou uma nova onda de lágrimas em Cécile.

— Ó, meu pobre Fernão! Que crueldade! Teu pai é um ser odioso.

— Eu sei. E minha mãe, uma vítima também.

— São irmãos — murmurou Cécile.

— Sim.

— Por isso tu insistes em ajudar.

— E porque não posso mais compactuar com meu pai. O golpe dessa vez foi bastante pesado, muito além de minha capacidade de aceitar.

Cécile virou-se para observar Fernão, cujas costas subiam e desciam em uma respiração tranquila.

— Acaso não tivesses escutado a confissão de Euclides...

— Imagino que teria feito o de sempre, Cécile, ou seja, provavelmente lavaria as minhas mãos. Meu pai fez de mim um covarde.

Ela não o contradisse.

— Ele está morto? Digo, Euclides. O tiro o matou?

— Não — disse Henrique. — Até agora. Mas não sei...

— Não afirmarei que sinto muito, nem expressarei condolências. Teu pai é a personificação do diabo. Por mim, deve queimar no inferno.

Ele entendia Cécile totalmente. Mas, apesar de tudo, não desejava esse destino para o homem que o criara. Um meio-termo estaria de bom tamanho, apesar de ser um ideal improvável.

— Gostaria de oferecer a casa-grande para ti e Fernão. Ele ficará mais confortável lá.

— Agradeço, mas não. — E ela nem precisou explicar o porquê da recusa. Só um alienado não entenderia as prevenções de Cécile contra aquela casa, lugar onde sofreu um bocado de castigos. — Voltaremos para Sant'Ana em breve, tão logo meu marido esteja bem para seguir viagem.

— Como quiseres. — Henrique pigarreou. Detestava ser portador de uma notícia tão ruim para a francesa. Desde os tempos dela como noiva do pai, era nítido o carinho que tinha pelos escravos, por Hasan, Akin e Malikah, particularmente. Sofreria, sem dúvida. — Sei que estás fragilizada por tudo o que aconteceu, Cécile, por isso, sinto muito em te informar que alguns dos homens de teu grupo morreram durante a batalha.

— Sim. — A voz dela tremeu.

— Não foram muitos, porque estavam em maior número, mas sei que um deles era especial para ti.

O coração dela vacilou. Especiais, para ela, eram Hasan e Akin. Se o menino franzino não arredara o pé de perto dela até poucas horas antes, restava...

O amor nos tempos do ouro   **297**

— Oh, não! Hasan?

— Meus sinceros sentimentos.

Cécile dobrou o corpo para a frente, abraçada a si mesma, incapaz de suportar um baque daquela extensão.

— Não, não! — lamentava entre soluços. — Hasan não! Ele não... Oh, *mon Dieu! Pourquoi lui? Cela n'est pas juste...*[22]

Arrasada, Cécile não controlou o instinto de falar em francês, um dos idiomas que Henrique dominava. Então, mesmo não interrompendo o extravasamento dela, ele calculava a intensidade de sua dor.

— Ah, *mon ami... mon ami...*[23]

Durante incontáveis minutos, ela só fez chorar e repetir o nome de Hasan. Na verdade, um conjunto de acontecimentos suscitou o descontrole de Cécile naquele momento. Primeiro, o desaparecimento de Fernão. Em seguida, as dificuldades para chegar até ele. Então a tortura a que foi submetido, o medo de perdê-lo. Agora isso.

Henrique esperou, sem sair de perto, que ela se acalmasse um pouco. Achou melhor permanecer em silêncio. O consolo dele não era bem-vindo — tampouco saberia como oferecê-lo à cunhada.

Assim que seu desespero serenou, Cécile pediu para saber os detalhes.

— Não sei quem atirou. Decerto um dos feitores, revoltado com as ordens que dei. Pensei em procurar enquanto existia a possibilidade de encontrá-lo, mas o negro parecia precisar de socorro.

— Por favor, não o definas pela cor. — Ela estava tão cansada de tudo aquilo. — Não permitas que os seres humanos sejam rotulados pelo tom de pele, ou pela origem, ou qualquer bobagem dessas. Essas pessoas, os africanos, não pediram para viver aqui. Por que, diabos, pensas que podes tratá-los como bichos?

— Com honestidade, eu nunca ponderei sobre isso. Cresci acostumado com a presença deles e com os conceitos que aprendi sobre a escravidão. — Henrique refletiu por uns instantes. — É tão errado, não?

— Em todos os sentidos possíveis. — A francesa passou o dorso das mãos no rosto para secar as lágrimas. — Onde está ele?

— Aqui. As mulheres estão a preparar o corpo dele.

Como se fosse possível não ter visto Hasan até então, Cécile virou a cabeça, pensando que o encontraria jazendo por ali. A expressão interrogativa de seu rosto obrigou Henrique a ser mais claro:

— Aqui, mas em outra ala.

— Quero vê-lo. — Ela voltou a olhar para Fernão, indecisa quanto a deixá-lo por alguns minutos.

— Posso ficar aqui, Cécile. Cuido para que teu marido não fique sozinho.

— Não estou certa se devo...

— Vá tranquila. Prometo não sufocá-lo enquanto dorme.

— Se fizeres isso, tu podes te considerar um homem muito morto.

Henrique esboçou um sorriso. Apesar das palavras duras, a frase foi dita em um tom quase de brincadeira. Quase. Ele que não colocaria em xeque a coragem de Cécile — e o amor dela por Fernão.

Quem sabe um dia o destino concordasse que o jovem advogado fosse merecedor de viver algo pelo menos parecido com o que a francesa e o aventureiro tinham?

"Quem sabe?"

A visão de Hasan morto sobre um catre de madeira — duro, frio, impessoal — desestabilizou Cécile. Ao olhar para seu rosto inerte, antes tão resoluto, tão doce, ela esmoreceu. Aquilo não era justo. Como alguém que havia passado por tantas dificuldades, que penara durante boa parte da vida, podia acabar daquele jeito?

— Ah, meu amigo...

Para seu desalento, não existia remédio, a não ser colocar para fora a dor. Debruçada sobre o corpo de Hasan, Cécile chorou por ele e pela pessoa que o esperava em Sant'Ana, ocupada com os preparativos para o casamento: Malikah. Como ela suportaria mais essa provação?

Fernão abriu os olhos devagar. Percebeu logo que havia algo errado, mas não se lembrava dos últimos acontecimentos. Sua mente parecia

O amor nos tempos do ouro   **299**

cheia de névoa. Ele tentou erguer o corpo para estudar melhor o ambiente, o que não foi possível devido ao desconforto em suas costas.

Na verdade, essa era uma avaliação bastante simplista, o aventureiro acabou concluindo. A sensação de estar recebendo uma saraivada de flechas no dorso combinava melhor com o doloroso incômodo. Ele se deixou cair novamente na cama, gemendo como um burro ferido.

— Finalmente tu acordaste. Pensei que dormirias para sempre.

Até então Fernão não tinha reparado na presença de um acompanhante. Por isso recebeu o comentário engraçadinho com surpresa.

— O que fazes aqui, Henrique? Onde está Cécile? — Ele moveu a cabeça para os lados. — Foi alucinação ou ela apareceu mesmo?

— Uma resposta por vez: fiquei para velar teu descanso; Cécile foi cuidar de um… imprevisto; e, sim, tua mulher deu as caras por aqui, com uma comitiva formada por tantos homens que não tive condições de contá-los. Tua francesa é uma insana, espero que saibas. Liderou um exército de mercenários, negros e selvagens só para vir atrás de ti.

Mesmo com dores pelo corpo, Fernão achou melhor se sentar.

— Ela…

— Salvou tua pele. — Henrique deu uma gargalhada. — Quem diria, não é? A donzela salvou o herói. Que bela inversão de papéis.

— E tu? Continuas determinado a me ajudar? — Fernão queria ter certeza. Quando o filho de Euclides surgira no meio da noite, debaixo de chuva, disposto a libertá-lo, sua mente estava embotada demais para registrar o ato com lucidez.

— Meu maior objetivo agora é corrigir parte das injustiças cometidas por meu pai — o jovem declarou, sincero. — E tu, Fernão, és a maior delas.

O aventureiro apenas assentiu. Começar a ver Henrique com outros olhos era uma tarefa difícil. Primeiro, seriam necessárias muitas provas de que ele estava mesmo mudado.

— O que houve com o desgraçado do teu pai?

— Levou um tiro, tu não te recordas? Perdeu muito sangue e não está nada bem.

— E quanto à minha mulher? Que problema inesperado surgiu agora? Não me digas que os capangas de Euclides levaram-na. — Com um salto, Fernão se pôs de pé. Nenhum ferimento, grave ou não, impediria o aventureiro de resgatar Cécile.

—Acalma-te, homem. Ela está na ala dos fundos, mas volta logo. — Henrique fez uma pausa respeitosa. — Foi prantear por Hasan.

— Hasan?

— Está morto.

Fernão sentiu no peito a perda do amigo, do companheiro de uma longa jornada. Quis saber como o ex-escravo tinha morrido, e Henrique, mais uma vez, explicou o que sabia.

— Pobre Malikah...

— O que... — O jovem advogado engasgou à menção do nome da mulher. — O que tu queres dizer com isso? Malikah e Hasan...

— Estavam prestes a se casar. — O aventureiro encarou o irmão. Seus olhos platinados demonstravam frieza. — Acaso incomoda a ti descobrir que a mãe de teu filho arranjou um novo pai para ele, bem mais digno, por sinal?

Henrique não respondeu, porque não sabia o que dizer. Sinceramente não tinha certeza se isso o afetava de alguma forma. Tudo indicava que não. As coisas eram como eram: escravas belas ou exóticas chamavam a atenção dos patrões, que, enamorados, não titubeavam ao seduzi-las. No entanto, as obrigações atreladas ao berço, além dos deveres impostos pela sociedade, não possibilitavam que essas relações ultrapassassem os limites do quarto. Negras formosas trabalhavam dentro de casa porque enfeitavam o ambiente e serviam perfeitamente aos interesses lascivos dos senhores. Os filhos bastardos eram uma consequência incômoda, mas facilmente ignorada.

Depois de receber uma notícia terrível como aquela, Fernão tampouco se mostrou interessado nos sentimentos de Henrique em relação ao futuro do filho dele com Malikah. Fez a pergunta para provocá-lo apenas. Sua única preocupação tinha outro nome: Cécile.

Quando se preparou para ir atrás da esposa, ela reapareceu, desfeita, pálida, suja, desamparada. Mantinha sua cabeça baixa.

O amor nos tempos do ouro   301

Com passos imprecisos, Fernão encontrou-a no meio do caminho, e enlaçou sua francesa pela cintura.

— *Mi iyaafin. Okan mi* — ele sussurrou no ouvido dela, apertando-a entre os braços. Fazia tanto tempo desde a última vez que a abraçara, que sentira seu corpo junto ao de Cécile.

— Ah, Fernão! — Ela se agarrou a ele, seu porto seguro, seu homem. — Eu pensei que... pensei que nunca mais o veria.

Lágrimas caídas de seus olhos, inchados por chorar tanto, molhavam o peito do marido. Cécile estava alheia ao fato de que comprimia, com suas mãos saudosas, os ferimentos nas costas de Fernão, mas ele nem sequer pensava em reclamar.

— Shhhh... Mentirosa. Tu jamais duvidaste de que nos reencontraríamos, *mi iyaafin*. Se assim o fosse, não terias viajado até aqui, a liderar tua própria expedição. — Ele riu, também com os olhos marejados. — Minha bandeirante.

— Hum, bem, preciso resolver algo lá fora. — Henrique inventou uma desculpa para deixar o casal a sós.

Mas, de tão envolvidos, nenhum dos dois deu atenção a ele.

Fernão posicionou sua boca a centímetros dos lábios de Cécile.

— Senti tanto a tua falta — sussurrou.

— E eu mais ainda, *mon amour*.

O beijo aconteceu em seguida, cheio de saudade e outros sentimentos subtraídos por longos dias.

Demorou cerca de uma semana para Fernão se restabelecer completamente. Enquanto recuperava as forças, Henrique garantiu que ele e Cécile se instalassem em uma das casas dos colonos, vazia havia algum tempo, desde que os moradores foram expulsos por Euclides.

Por ele, o casal teria ficado hospedado na casa-grande, oferta que ambos recusaram sem pestanejar. Jamais aceitariam se abrigar sob o mesmo teto do velho fazendeiro, embora ele estivesse moribundo, brigando com a morte.

Por precaução, os homens da comitiva permaneceram na propriedade. Existia um receio coletivo de que uma emboscada pudesse estar sendo planejada pelos capangas de Euclides, algo totalmente desencorajado por Henrique, que dava as ordens desde o atentado contra o pai.

Margarida e Úrsula revezavam-se entre o casarão e a atenção oferecida a Fernão e Cécile, felizes em poder ajudar. A francesa sentia vergonha sempre que olhava para a dama de companhia. Fugira sem ao menos dizer adeus, deixando a jovem à mercê da ira de Euclides.

— Ele foi tão cruel comigo, senhorita — revelou Úrsula, enquanto tomava chá com Cécile. — Exigiu que eu confessasse teu paradeiro, como se eu estivesse a par de tudo.

— Sinto muito, Úrsula. Sou merecedora de teu desprezo.

— Oh, esquece. Prefiro ser eu a merecedora, mas não de desprezo. — Ela riu, sonhadora. — Gostaria de ir embora contigo.

No oitavo dia desde o ataque à Fazenda Real, Fernão decidiu que era hora de partir. O estado de saúde de Euclides se mantinha grave, o que não significava, em definitivo, que o homem morreria. Permanecer por perto era um risco que o aventureiro não se dispunha a correr.

Antes de seguirem viagem de volta para casa, enterraram Hasan em uma campina florida, sob um céu azul cheio de nuvens brancas, com um coral de escravos homenageando o homem que viveu pelos semelhantes.

— *Yìn Nàná yò/ O lù ob / Nàná Yò/ O ko lodò sìn sa lè wá/ A rìn kú ma oun rè/ O ko lodò sìn sa lè wá/ A rìn kú ma oun rè/ Sa là wá jo/ Olu wò kú ké wá jo/ Sa là wá jo.*[24]

Cécile passou a cerimônia abraçada a Fernão, chorando pelo amigo. E quando o caixão foi cerrado e posto sob a terra, ela jogou sobre a urna uma braçada de flores de ipê roxas e amarelas.

Mas restava ainda a pior parte: dar a notícia a Malikah. E então Hasan não existiria mais, a não ser dentro do coração das pessoas que o amaram.

25.

[...]
Oh como é belo o céu azul sem nódoa!
Que puro amor nos corações ateia;
Como a pupila de engraçada virgem,
Que serena nos olha, e nos enleia.

Gonçalves de Magalhães, "Suspiros poéticos",
em *Suspiros poéticos e saudades*

Além do horizonte, uma casa branca de janelas e portas azuis liberava fumaça pela chaminé da cozinha. Sá Nana cozinhava feijão.

O gado bovino pastava placidamente, ruminando o mato com tamanha pachorra que até as aves carrapateiras ficavam entediadas. De vez em quando, um mugido comprido abalava o silêncio, ressoando em todas as direções, principalmente para onde o vento soprava.

Às margens do riacho, homens batiam suas bateias, concentrados na missão de encontrar ouro. Era o auge do período, a fase em que a colônia "nadava" no minério dourado, ainda que vinte por cento — ou até mais — escoasse até Portugal, alimentando a ganância da Coroa, que comprava luxos e regalias à custa da maior riqueza brasileira.

A comitiva avançou os limites da Quinta Dona Regina às dez da manhã do décimo sétimo dia de viagem. Comemoraram, como não poderia deixar de ser. As baixas ainda doíam, especialmente em Cécile, responsável por aquela inusitada expedição. Mas a sensação de alívio proporcionada pelo retorno ao lar ultrapassava as tristezas, pelo menos um pouco.

Além de Úrsula, outros novatos seguiram viagem com o grupo: Sá Deja, a cozinheira da Fazenda Real, que optou pela vida a oeste, em vez de se estabelecer no quilombo Novas Lavras — destino da maioria dos escravos de Euclides —, duas famílias de colonos e Henrique. Este não vira outra alternativa a não ser fugir. Mesmo acamado, o pai torcia pela chegada da hora de acertar as contas com o filho traidor, que não apenas se bandeou para o lado de Fernão, como arruinou um dos principais negócios de Euclides, os negros, ao permitir que eles fossem embora ao seu bel-prazer. Um prejuízo incalculável.

Em princípio, Fernão hesitou, receando ser mais uma artimanha do irmão recém-descoberto. Contudo, Cécile argumentou que deviam esse voto de confiança a ele.

— Cedo por ti, *mi iyaafin*. Somente por ti.

— E por ti também, querido. Henrique é teu irmão.

Não havia nada que Fernão não fizesse por sua francesa.

Diante da porta de casa, ele ergueu-a nos braços, levando-a para dentro.

— Não me leves para o quarto, *mon cher*. Temos ainda uma dura missão pela frente.

Tratava-se de Malikah, que cantava enquanto pendurava roupas no varal, nos fundos da casa. A barriga estufada não a impedia de trabalhar. Pelo contrário. A cada novo chute do bebê, ela se sentia mais estimulada, com uma energia de dar inveja.

Assim que avistou os amigos de braços dados, observando-a da porta da cozinha, largou a cesta no chão e correu até eles, ignorando a fragilidade de seu estado.

— Oh, que alegria! Vosmecês voltaram! Conseguiram! Vosmecê conseguiu, Cécile. Bendita seja e bendito seja o sr. Bartolomeu Bueno! E vosmecê também, Fernão, é claro.

Malikah enlaçou o pescoço dos dois, um braço de cada lado.

O amor nos tempos do ouro　**305**

— Que gastura ficar aqui, sem notícia alguma. Se não fosse esse barrigão, teria ido junto.

— Ah, minha querida. — Cécile retribuiu o abraço, odiando o momento em que acabariam com a alegria da ex-escrava.

— Hasan! — exclamou Malikah, eufórica. — Por onde anda aquele meu noivo? O neném e eu estamos com saudade.

A francesa sentiu um nó tirar-lhe o ar da garganta. Ela apertou os dedos de Fernão e desejou que ele soubesse usar as palavras certas — se é que havia algo certo em uma situação como aquela.

A demora de ambos para dar uma resposta repercutiu de modo negativo. Malikah deduziu logo que ouviria más notícias.

— Ele... — Fernão pigarreou. Em seguida, passou as mãos pelos cabelos e tentou recomeçar. — Ele foi ferido, Malikah.

— Oh, e... e o quê? Está muito mal? — A esperança espreitava entre o medo.

— Hasan foi forte até o fim, querida, mas... não resistiu.

Um som gutural, semelhante a um urro, escapuliu da boca de Malikah, que caiu no chão de joelhos, dobrada sobre a barriga. Nenhuma palavra, nenhuma frase de protesto ou de revolta, tudo o que ela fez foi balançar o corpo sobre os pés, embalando a ela e ao bebê com um só gesto, um vaivém errático.

As mãos de Cécile repousaram sobre as costas da amiga, como se avisassem: "Estou aqui. Conta comigo. Tu não estás sozinha".

Para a frente e para trás, para a frente e para trás. Nesse ritmo, Malikah procurava proteger o filho desse novo baque proporcionado pelo destino. E, do lado de dentro do ventre, a criança dava sinais de que não somente compreendia a situação, como tinha que consolar a mãe de alguma forma. Então fez a sua parte. Estourou a bolsa.

Sentindo o líquido escorrer entre as pernas, Malikah se apavorou. Enfiou as duas mãos sob a saia para se certificar de que não estava imaginando coisas. A confirmação veio em forma de um muco viscoso e transparente, a prova de que sua hora chegara.

— Meu filho... — murmurou chorosa. — Ele vai nascer. Ele vai nascer!

— Malikah, tens certeza?

— Sim. Estou sentindo. A criança virá para este mundo agora.

— Fernão! — Cécile abaixou-se para amparar a amiga. — Vamos levá-la para o quarto.

—Ahhhhh! — As primeiras contrações não tardaram a chegar.

— Tu sabes fazer um parto, *mi iyaafin?* — perguntou ele, enquanto erguia a ex-escrava e atravessava a casa com ela no colo, a passos largos.

— Não, mas Sá Nana ou Sá Deja, ou ambas, decerto sim.

Cécile saiu às pressas, berrando pelo nome das mulheres. A gritaria atraiu um número muito maior de pessoas, além das empregadas. Logo a casa estava cheia de gente aflita com o estado de Malikah e de seu bebê.

— Saiam todos, saiam, saiam — Sá Nana dispensou os homens. E quando viu que o quarto estava livre de figuras masculinas, debruçou-se sobre Malikah e apalpou-lhe a barriga. — Muito bem. Teu filho já vem. Tu precisas ser forte, entendido?

A ex-escrava não foi capaz de pronunciar coisa alguma. Só gemia, sem parar, uma mistura de dor pela perda de Hasan e pelos movimentos acelerados da criança em seu ventre.

— Alguém me arranje água fervente, uma bacia, panos limpos, uma tesoura...

Cécile nada entendia de partos, mas não precisava ser nenhuma especialista para deduzir que o procedimento não prosseguia dentro da normalidade. Malikah gritava havia horas — horas! —, às vezes desfalecia. Mas, apesar do esforço, a criança não dava sinais de que estava a ponto de sair. A preocupação era nítida no rosto de Sá Nana e de Sá Deja, duas parteiras acostumadas com todo tipo de complicação, o que tornava tudo ainda mais preocupante.

— Vamos, menina, empurra! Vosmecê tem que ser forte.

O estômago de Cécile ameaçava explodir a qualquer momento. Com medo de vomitar no quarto, ela saiu por uns instantes, respirando

O amor nos tempos do ouro   **307**

fundo quando encostou na parede fria do lado de fora. Assim que abriu os olhos, encontrou os de Fernão sobre ela.

— As coisas estão difíceis aí, não é? — Ele a abraçou. Podia sentir os ossos das costelas de Cécile projetando-se por baixo do vestido. — Tu precisas descansar.

Ela suspirou.

— Fernão, esse bebê não pode morrer. Nem Malikah. Seria sofrimento demais...

— Shhhh... Não fiques deprimida, *mi iyaafin*. Passamos por cada obstáculo. E cá estamos, a despeito dos infortúnios. — Fernão beijou-lhe a testa. — Amo-te tanto.

— Hum... — Cécile gemeu, com o rosto enterrado na camisa do marido. Então ergueu o rosto e encarou-o com admiração. — Trocaste de roupa! Estás cheiroso.

— Tomei um banho. Tu também devias.

Entendendo mal a mensagem, a francesa tentou se afastar.

— Ei, disse isso porque acho que tu mereces descansar. — Fernão a prendeu com força, descendo os lábios pelo pescoço da esposa. — Não me importo que estejas a cheirar como uma égua depois do páreo.

— Ora, que tipo de elogio é esse? Comparaste-me a uma égua? Juras?

— *Okan mi*, tu poderias estar com o odor de um suíno que ainda assim o desejo de te levar para a cama não arrefeceria — sussurrou ele, com a boca colada no ouvido dela.

Cécile não resistiu à brincadeira — muito menos à insinuação — e soltou uma gargalhada.

— Vale tudo para ver esse sorriso, tudo. Não paro de contar os segundos que faltam para ficarmos a sós finalmente.

— Nem eu.

Um beijo casto foi o que Fernão conseguiu trocar com Cécile antes de serem interrompidos por alguém pigarreando perto deles.

A contragosto, o aventureiro afastou-se da esposa e fuzilou o intruso com o olhar. No caso, Henrique.

— Por Deus! É pedir demais um pouco de privacidade com minha mulher?!

— Fernão! — A francesa cobriu a boca, mudando o tom do rosto de pálido para cor-de-rosa em dois tempos.

— Sinto muitíssimo, *irmão*, mas estou angustiado com os gritos de Malikah. O que se passa lá dentro? O filho dela… — Henrique hesitou. Respirou profundamente e coçou a nuca, gesto que demonstrava extremo desconforto.

— Escuta meu conselho: tu vieste para cá sob inúmeras condições. Uma delas, a mais clara, trata-se de uma recomendação, na verdade. Portanto, não atravesses o caminho dessa mulher, Henrique. Faz-me esse favor.

— Só estou a perguntar…

O que poderia se tornar uma discussão acalorada entre dois homens de temperamentos fortes — eram irmãos, afinal — ficou esquecido quando o choro estridente de um recém-nascido rasgou o ar ao redor deles. O sinal de que o bebê tinha nascido era inquestionável.

Emocionada, Cécile irrompeu quarto adentro, sem se preocupar em fechar a porta, ansiosa para ver o bebê e se certificar de que a mãe passava bem.

— É um menino! — Ela chegou a tempo de ouvir Sá Nana anunciar. — Um baita menino. Por isso demorou tanto a vir ao mundo.

Malikah suspirou, exausta.

— Oh, querida, ele é lindo, lindo!

A francesa se derreteu diante do pequeno, um robusto rapazinho de cabelos escuros encaracolados, pele alva, nariz arrebitado e…

— Os olhos dele! São claros! — Cécile mal podia acreditar que o recém-nascido não se intimidara em abrir os olhos tão cedo, exibindo aquela tonalidade rara. O menino parecia muito com o pai. Que ironia!

A ex-escrava fez um movimento com os dedos. Precisava sentir o filho nos braços. Depois de limpá-lo, Sá Deja entregou-o à mãe, embrulhado em uma manta cor de marfim.

— Olá, meu Hasan. Vosmecê é meu anjo.

Malikah reparou em tudo nele, surpresa com o fato de ser tão semelhante ao pai. Torceu tanto para que o menino nascesse com os traços dela, africanos. Porém, não podia negar: ele era mesmo lindo,

O amor nos tempos do ouro   **309**

com aquela boquinha perfeita, que mal fechava de tão carnuda; pelo jeito, uma das únicas características herdadas da mãe.

— Meu amado, meu querido. Nada de mal vai acontecer com vosmecê. Seu pai morreu. — Malikah fungou; a voz falhando de cansaço e emoção. — Mas estarei sempre ao seu lado, meu pequeno guerreiro. Sempre.

Suas promessas emocionadas encheram o ambiente, contagiando as três mulheres que assistiam à cena, além dos dois homens parados lado a lado na entrada do quarto.

De queixo caído, Henrique assimilava a existência do filho, indubitavelmente *seu* filho. Isso jamais poderia ser negado. Eram muito semelhantes.

Sem refletir, ele deu um passo, depois outro, até ver-se na beirada da cama, pairando sobre a ex-escrava e seu bebê.

— Malikah…

Retirada de sua nuvem de amor pelo filho, ela enrijeceu ao deparar-se com Henrique. Sua primeira reação foi apertar Hasan, segurando-o de modo que não pudesse ser retirado de seus braços.

— Tirem esse homem daqui. Tirem! Cécile, por favor.

— Malikah, eu só queria vê-lo.

— Saia! Vosmecê não é nada para nós. Nada!

Enquanto Cécile a acalmava, cuidando para que o bebê não ficasse nervoso, Fernão puxou Henrique pelo braço. Já do lado de fora, disse:

— Pronto. Agora é melhor agir conforme avisei. Malikah e a criança estão em segurança aqui. Eu me encarregarei de protegê-los para sempre. — O aventureiro pôs o indicador em riste a centímetros do rosto de Henrique. — É bom que não te esqueças disso.

Naquele mesmo dia, à noite, quando os ânimos se acalmaram e as pessoas trataram de cuidar da própria vida, Fernão providenciou que Cécile recebesse todos os cuidados que merecia. Ela ficou submersa em uma banheira de água quente e perfumada por intermináveis minutos. Depois, seu cabelo foi escovado de forma lenta e cuidadosa pelo próprio marido.

Enquanto a escova descia por toda a extensão de seus fios ondulados, a francesa permitia-se fechar os olhos e apreciar a sensação. Fazia muito tempo que não desfrutava de uma regalia tão comum.

— Estás a dormir, *mi iyaafin*? — Fernão perguntou de brincadeira, largando a escova de lado para acariciar os ombros de Cécile; as mãos por baixo da gola da camisola.

— Não, ainda. — Ela relaxou as costas no corpo dele, soltando um suspiro cansado.

— Vamos nos deitar.

A francesa não protestou. Só o que queria era a oportunidade de dormir em sua cama, sem problemas para lhe afugentar o sono.

Fernão encaixou Cécile sob seus braços, realizado. Perder Hasan, bem como outros homens da comitiva, havia sido um golpe terrível. Ainda assim, não se culpava por se sentir feliz. Por milagre, Cécile e ele sobreviveram e agora teriam a vida pela frente para desfrutá-la, juntos, como desejassem.

Afagando as mechas da esposa com os dedos, comentou:

— Hasan é um menino valente. Parece um bezerro recém-nascido.

— Tu e essa mania de comparar seres humanos a animais da fazenda — Cécile bateu de leve no braço dele. — Ainda não esqueci que me chamaste de égua.

— Égua, potranca, são elogios, *mi iyaafin*.

Ela riu, deixando passar.

— O bebê é lindo. Mas jamais imaginei que nasceria daquele jeito, tão clarinho. E os olhos! *Mon Dieu!* É o pai escrito. O que Euclides pensaria se o visse, hein?

— Não terá essa oportunidade. Malikah e Hasan são minha responsabilidade. Ninguém nunca encostará um só dedo neles.

Orgulhosa do marido, Cécile se aconchegou mais a ele. Um dia Fernão faria esse mesmo discurso, mas se referindo ao filho deles, um sonho que ela não via a hora de realizar.

— E quanto a Henrique? Como lidaremos com a presença dele entre nós?

— Minha vontade é enxotá-lo daqui a pontapés.

O amor nos tempos do ouro   311

— Tu não farás isso, Fernão — Cécile decretou, de cenho franzido.

— Porque prometi a ti, *okan mi*.

— Não. Porque ele é teu irmão.

O aventureiro mexeu-se para colocar seu rosto diante do de Cécile.

— Não temos nada em comum, nada. — Ele acariciou o rosto dela com o indicador. — Exceto o fato de sermos filhos da mesma mãe, uma mulher que não conheci.

— Querido, fostes criados de maneiras diferentes, eu sei, mas tendes muitas semelhanças. E mesmo que não, ele quer mudar, porém não terá sucesso se for deixado de lado. Não percebes, *mon amour*, que teu irmão precisa de um voto de confiança? — Cécile plantou um beijo no queixo do marido, áspero devido à barba por fazer. — E é a tua aprovação que mais importa a ele. A tua.

— Não sou o pai dele. — Fernão lançou um último e fraco argumento. Por mais que não quisesse dar o braço a torcer, no fundo reconhecia que a esposa estava coberta de razão.

— Não, é claro. Tu és jovem, belo, viril, estás cheio de cabelo sobre a cabeça e não tens um só fio branco. Não és pai daquele marmanjo, nem de longe.

O aventureiro caiu na gargalhada.

— Boba, quer dizer que sou viril, é?

— Hum, desculpa. Disse isso para amaciar tua vaidade.

— Ah, é? Então assumes que minha *falsa* virilidade não te faz falta?

Com lascívia, Fernão esfregou-se em Cécile, provocando duas reações na esposa, pega de surpresa com a rápida mudança de assunto: ela corou em diversas matizes de rosa, como sempre, e ofegou.

— Tu não passas de um exibido — acusou Cécile, sem fôlego.

— E tu, de uma francesa danada de mentirosa.

Sem conseguir esperar mais, Fernão a beijou, sem se preocupar com delicadezas. E pelo modo como ela retribuiu, tampouco se importava com isso. O beijo logo fez nascer outras necessidades, que nenhum dos dois sequer cogitou ignorar. E quando pouco faltava para se entregarem ao calor da paixão, Cécile deu um salto e bateu a mão na testa, subitamente lembrando-se de algo:

—Ah, já sei do que me chamas quando dizes *mi iyaafin* e *okan mi*!

— Hum… — Fernão reclamou com um rosnado. — Volta aqui, mulher!

— Minha dama e meu coração. — Cécile suspirou. — Perguntei a Akin enquanto viajávamos rumo às Minas Gerais. Ele teve medo de ter a orelha puxada por revelar teu segredo, mas me respondeu mesmo assim. É um amor, aquele menino.

— Uma peste, isso sim! — O aventureiro também gostava muito de Akin, por sua lealdade e, acima de tudo, sua dedicação a Cécile. — Então agora tu já sabes. — Ele suavizou a voz.

— Sim. São expressões lindas. Como as cartas que escreveste para mim e jamais me estregaste.

— Tu as encontraste. — Não era uma pergunta.

— Gostaria que tu tivesses me dado aquelas preciosidades.

Fernão a encarou profundamente, prendendo os olhos dela aos seus.

— São tuas, *mi iyaafin*, assim como eu. — Então abriu um sorriso manhoso. — Agora vem, francesinha danada, minha dama de ouro, que não aguento mais esperar.

O amor nos tempos do ouro   313

Epílogo

Assim eu te amo, assim; mais do que podem
Dizer-to os lábios meus, — mais do que vale
Cantar a voz do trovador cansada:
O que é belo, o que é justo, santo e grande
Amo em ti. — Por tudo quanto sofro,
Por quanto já sofri, por quanto ainda
Me resta de sofrer, por tudo eu te amo.

Gonçalves Dias, "Como eu te amo",
em *Últimos cantos*

Quatro meses depois...

O vento do começo da primavera disseminava o perfume das flores pelo ar, convidando os mais sensíveis a apreciar as belezas de setembro sem pressa.

Cécile, com seu alto poder de observação, aceitava esse convite todos os dias, desde que o frio havia se despedido de vez. Pelas manhãs, ela saía com Hasan deitado confortavelmente no moisés de palha feito por Akin e com um livro debaixo do braço — conseguira mandar buscar os bens mais preciosos de sua casa em Marselha, vendida sem muito esforço para um príncipe marroquino, desejoso de possuir uma propriedade na França.

Enquanto o sol ostentava seu brilho contrastante com o azul límpido do céu, Cécile estendia uma toalha no gramado da parte de trás da casa, pegava Hasan no colo e punha-se a contar histórias para o menino. Embora ele não passasse de um bebê em seus quatro meses de vida, dava à francesa toda a atenção que possuía.

Ele adorava ouvi-la narrar os feitos de corsários, sultões e reis, encarando a moça com aqueles olhos claros, de um tom indefinido, entre verde e cor de folha seca. E Cécile, apaixonada pela criança, vibrava com cada grunhido, cada sorriso desdentado que o pequeno lhe oferecia. Ria com ele, incapaz de controlar o impulso de beijar e morder seus bracinhos e pernas fofas, cheios de dobrinhas suculentas.

Amava Hasan como se o menino fosse seu — o que não deixava de ser, pelo menos um pouco. Malikah escolhera a ela e a Fernão para serem os padrinhos de batismo de seu bebê, convite que Cécile considerou o mais importante entre todos que recebera ao longo da vida.

Ela mimava o pequeno sem remorso, muitas vezes levando Malikah ao desespero. Como quando mandou um ourives de Sant'Ana entremear fios de ouro nos cavalos de madeira do móbile que comprara para o afilhado em uma feira.

Fernão censurava Cécile, mas sem muita convicção, porque ele próprio adorava Hasan e também era capaz de tudo por ele.

À parte de toda essa felicidade ficava Henrique, rechaçado por Malikah sempre que tentava uma aproximação ao filho. A insistência foi tanta que Fernão precisou intervir, lembrando ao meio-irmão das condições para que permanecesse morando na Quinta Dona Regina.

Desde então, Henrique recuara, mesmo que não tivesse intenção de desistir. Observava Hasan de longe, sentindo o vínculo com o filho, ainda que unilateral, crescer dia após dia. E como poderia ser diferente? O menino era adorável.

A vida finalmente dava uma trégua a todos.

Com as questões de direitos de herança resolvidas, Cécile estava livre de homens mal-intencionados como o tio. Depois do confronto na Fazenda Real, ele simplesmente sumira, com medo de que as sujeiras respingassem em sua casa.

A sombra de Euclides já não obscurecia o dia a dia dos moradores da Quinta. Apesar de ter sobrevivido e, aos poucos, ir voltando à rotina habitual, o fazendeiro se resignara com suas perdas — sendo a traição de Henrique a pior de todas, impossível de assimilar.

Malikah ainda sofria por Hasan, o homem. Todas as noites, quando se deitava depois de colocar o filho para dormir, lamentava a perda do amigo, seu futuro companheiro. Nunca chegara a amá-lo com o tipo de paixão que ele merecia, mas, ainda assim, o amara muito, pela pessoa que havia sido.

Cécile acomodou Hasan delicadamente no moisés para não despertar o menino. Logo após tomar uma mamadeira de suco de laranja, o sono chegou, derrubando sua resistência. Pelo jeito, ouvir as histórias da madrinha era muito melhor do que dormir.

Sossegada, a francesa estendeu o corpo na toalha e pôs o livro de lado. Logo Malikah apareceria para dar banho no filho. A ex-escrava apreciava muito a folga que Cécile lhe concedia cuidando de Hasan pela manhã.

Com as duas mãos apoiadas no ventre, ela permitiu que sua mente viajasse ao sabor do vento primaveril.

— Cuidado. Se tu dormires, terás de ser carregada no colo. E quem cuidará do pobre Hasan?

Cécile sorriu sem abrir os olhos ao ouvir a voz poderosa do marido. Ele continuava surpreendendo-a, sempre e sempre.

— *Mi iyaafin*, chega para o lado. Também quero aproveitar este sol.

— O sol? — Ela se fez de ofendida. — Pensei que estivesses aqui por minha causa.

— Tão convencida esta francesa...

Fernão puxou Cécile para si, ajeitando-a sobre o colo. Ele cheirava a mato e terra, os perfumes que a francesa aprendera a amar.

— Enlouqueceste? Podemos ser flagrados!

— Não estamos a fazer nada. — O aventureiro beijou o nariz da esposa, quando desejava muito mais do que um mísero beijinho. — De todo modo, já fomos flagrados em situações bem piores.

O amor nos tempos do ouro   317

À Cécile não coube argumentar contra esse fato embaraçosamente verdadeiro.

Ela tinha uma notícia para dar ao marido, uma surpresa que preparara para logo à noite. Porém, com ele ali todo derretido em volta dela, pensou que não faria mal adiantar um pouco seus planos.

— Querido, tu amas Hasan, não é?

Ele franziu o cenho. Que tipo de pergunta era aquela, afinal?

— Claro que sim. Sou o padrinho dele, praticamente o vi nascer. Ainda duvidas?

Com o coração disparado e a face tingida de cor-de-rosa, ela esfregou a barba de Fernão com a ponta dos dedos. Adorava a sensação.

— Não duvido. Sei, no fundo da minha alma, que amas esse pequeno, assim como eu. — Cécile estudou as feições do marido, ganhando tempo antes de completar: — E que amarás, acima de tudo, um filho teu.

O homem interrompeu as carícias maliciosas em Cécile. Ficou inerte, de olhos arregalados.

— Quando estiveres grávida? — sugeriu, cauteloso, incerto se havia entendido a esposa.

— A partir de agora.

Cécile segurou as duas mãos de Fernão e as pressionou sobre a barriga.

— Ei, filho, este é teu pai, o homem mais perfeito que existe por estas terras. — A voz dela falhou, emocionada. — O homem cujo amor pelos seus é maior que qualquer obstáculo. O homem que me devolveu à vida... que me deu *a vida*: tu, *mon enfant chéri, mon bébé bien-aimé*.[25]

— Oh, *okan mi*... — Fernão sentia que seu peito estava prestes a explodir. — Tu és perfeita, perfeita. Um filho... Nosso filho!

— Ou filha — Cécile acrescentou, enxugando as lágrimas na camisa dele.

— Sim, ou filha.

Eles se encararam, arrebatados pelo momento.

— Não poderias ter me feito mais feliz, *mon amour*.

— Ah, Cécile, és mais preciosa que todo o ouro desta terra. Amo-te.

Notas

1. Pobre coitada.

2. Companheiros de viagem.

3. Nome antigo da rua do Ouvidor, batizada dessa forma somente em 1780.

4. Havia diversas designações para os povos nativos da América, usadas desde o princípio da colonização. O termo *índio* surgiu por engano, quando os primeiros viajantes a chegarem ao continente pensaram ter encontrado as Índias. No Brasil, no entanto, os nativos costumavam ser chamados de negros por não serem brancos como os europeus e lembrarem os africanos.

5. Nome das expedições de São Paulo ao Mato Grosso.

6. Oh, sim. Eu jamais ouvi essa palavra, nem mesmo em português.

7. Não… Um cadáver, talvez.

8. Atual estado de Goiás.

9. Minha querida família.

10. Em iorubá, a tradução da canção é: "Que tenhamos todos saúde e conforto, em todo tempo e em todo lugar".

11. Sim, meu senhor.

12. Falso.

13. Meus queridos pais.

14. Sermão décimo quarto do Rosário, parte v, em *Essencial Padre Antônio Vieira*. São Paulo: Penguin Classics Companhia das Letras, 2011, p. 182.

15. Negros mestiços nascidos no Brasil, posteriormente chamados de mulatos.

16. Eu mereço.

17. Ave-maria.

18. Atual Uruguai.

19. Sua dama.

20. Anhanguera, em tupi.

21. André de Melo e Castro, o 3º Conde das Galveias, governador-geral do Brasil e vice-rei de 11 de maio de 1735 a 17 de dezembro de 1749.

22. Por que ele? Isso não é justo…

23. Meu amigo…

24. Nanã fica feliz ao ser glorificada/ Tocamos para homenageá-la/ Nanã fica feliz/ Ela está na terra úmida do rio. Traga seu poder até nós/ Para todos nós que caminhamos sempre em direção à morte/ Ela está na terra úmida do rio. Traga seu poder até nós/ Para todos nós que caminhamos sempre em direção à morte/ Cantamos para que venha rogar por nós/ Curvamo-nos e clamamos Senhora para que venha nos proteger da morte/ Cantamos para que venha rogar por nós.

25. Minha criança querida, meu bebê muito amado.

Agradecimentos

Escrever uma história de época foi um exercício de pesquisa, esforço e paciência, além de uma oportunidade única de aprendizado para mim. Mas, de modo algum, o processo ocorreu de forma solitária. O respaldo de uma bibliografia rechonchuda possibilitou a exploração de um mundo que eu conhecia superficialmente — agradeço aos historiadores e pesquisadores por ampliar meus conhecimentos. Porém o incentivo de algumas pessoas é que constituiu a força necessária para que este livro existisse.

Agradeço, portanto, a:

Luciana Villas-Boas, minha agente, e toda a equipe da Villas-Boas & Moss, pela crença em meu potencial e pela busca incansável de um lugar ideal para minhas histórias. Como se isso já não fosse o bastante, Luciana tem o mérito de ter me indicado títulos essenciais para suporte na construção desta obra.

Eugênia Ribas Vieira, minha nova editora, e a Globo Alt por apostarem não só neste romance como no meu trabalho. Estou muito feliz.

Glauciane Faria, grande amiga e primeira leitora de todos os meus textos. Lá se vão cinco anos desde seu *inbox* motivacional: "Por que não escreve uma história? Se quiser, leio os capítulos e vou dizendo o que achei. Você não tem nada a perder mesmo". Palavras como essas não podem ser esquecidas.

Viviane Santos, pessoa maravilhosa que a blogosfera me apresentou. Nossos gostos semelhantes nos uniram e nos levaram a uma das mais brilhantes discussões que já tive a oportunidade de travar com alguém até hoje. O resultado dela? *O AMOR NOS TEMPOS DO OURO!* A ela, meu obrigada infinito por despertar em mim a confiança — e a ousadia — de escrever um romance histórico. Valeu, limão!

Ao grupo de leitoras-beta mais fantástico do planeta: Aline Tavares, Ana Cláudia Fausto, Janyelle Mayara, Laís Souza, Mayra Carvalho, Thaís Feitosa e Vivian Castro. Foram meses de discussões acaloradas, reveladoras, importantíssimas para que a história ficasse calibrada. O interessante é a riqueza de culturas presente nesse time, formado por uma mineira, uma carioca, uma alagoana, uma paraibana, duas paulistas e uma cearense. Eta, Brasil grande!

Mayra Carvalho, merecedora de um agradecimento especial por ter escrito o poema de abertura do livro e dedicado a esta obra. Ela é uma escritora sensível, que sabe trabalhar as palavras como um ourives engastando uma pedra preciosa num anel delicado.

Grupo de fãs da Marina Carvalho, do Facebook e do Whatsapp. Sou privilegiada por contar com pessoas tão apaixonadas por minhas histórias, capazes das mais incríveis demonstrações de apoio. Vocês são demais!

Blogueiros e leitores de todo o país, que disseminam tudo o que escrevo, sendo os verdadeiros marqueteiros da minha carreira.

Minha enorme família, queridos que são a base do que sou.

Meu marido e filhos, por TUDO.

Você, que chegou até aqui, engrossando o grupo de leitores que dão oportunidade às minhas histórias.

De forma indireta, aos músicos e cantores que emprestaram suas canções para a elaboração de uma *playlist* bem eclética e inspiradora.

Este livro, composto na fonte Fairfield,
foi impresso em papel pólen soft 70 g/m² na gráfica BMF.
São Paulo, Brasil, julho de 2020.